刘亮程

我正一遍遍经历谁的童年／月光也追过来／谁的叫声让一束花香听见／树上的孩子／一朵花向整个大地开放自己／马老的胡子都白了／好多人没有老年／守夜人／冯七奶／墙洞／不认识的白天／卖磨刀石的人／老鼠／那块麦地是谁的／刘扁／冯三／张望／顺风买卖／韩拐子／王五／天空的大坡／村庄的劲／村长／把时间绊了一跤／给太阳打个招呼／车户／铁匠铺／ 坎土曼／铁匠家族

中华散文珍藏版

刘亮程散文

人民文学出版社

图书在版编目(CIP)数据

刘亮程散文/刘亮程著.—北京:人民文学出版社,2015
(中华散文珍藏版)
ISBN 978-7-02-010942-5

Ⅰ.①刘… Ⅱ.①刘… Ⅲ.①散文集—中国—当代 Ⅳ.①I267

中国版本图书馆CIP数据核字(2015)第093788号

责任编辑　杜　丽
装帧设计　刘　静
责任印制　王景林

出版发行　人民文学出版社
社　　址　北京市朝内大街166号
邮政编码　100705
网　　址　http://www.rw-cn.com

印　　刷　北京明恒达印务有限公司
经　　销　全国新华书店等

字　　数　245千字
开　　本　880毫米×1230毫米　1/32
印　　张　10.75　插页3
印　　数　1—10000
版　　次　2016年8月北京第1版
印　　次　2016年8月第1次印刷

书　　号　978-7-02-010942-5
定　　价　33.00元

如有印装质量问题,请与本社图书销售中心调换。电话:010-65233595

作者像

三、风把人刮歪

刮了一夜大风。我在半夜被风喊醒。风在草棚和麦垛上发出恐怖的怪叫，类似女人不舒畅的哭喊。这些突兀地立在荒野中的草棚麦垛，绊住了风的腿，扯住了风的衣裳，缠住了风的头发，让她追不上前面的风。她撕扯、哭喊。喊得满天地都是风声。

我把头伸出草棚，黑暗中隐约有几件东西在地上滚动，滚得极快，一晃就不见了。风把麦捆刮走了。我不清楚刮走了多少，也只能看着它刮走。我比一捆麦子大不了多少，一出去了肯定找不见回来了。风朝着村子那边刮哩。如果风不在中途拐弯，一捆一捆的麦子会在风中跑回村子。明早人醒来，会见一捆捆麦子躺

作者手迹

出 版 说 明

为了全面展示二十世纪以来中华散文的创作成就,我社于2005年4月编辑出版了"中华散文插图珍藏版系列"。到目前为止,已经出版了四辑五十位现当代文学大家的散文集,其目的是要将"五四"新文学革命以来近百年间的中华散文作一次全方位地展示和总结。为此,该系列书也成了"人文版"散文的标志性出版物,在作家、读者和图书市场中产生了极大的影响。

这套"中华散文珍藏版"是在此基础上的精选,其宗旨是进一步扩大散文的社会影响力,优中选优,精益求精,为读者,特别是为青年读者提供一套散文阅读范本。

人民文学出版社一直秉承读者至上、质量第一的出版原则,但愿这套书的出版,能为多元思潮中的人们洒下一捧甘霖。

人民文学出版社编辑部

目　录

我正一遍遍经历谁的童年 …………………………………… 1
月光也追过来 ………………………………………………… 5
谁的叫声让一束花香听见 …………………………………… 7
树上的孩子 …………………………………………………… 11
一朵花向整个大地开放自己 ………………………………… 14
马老的胡子都白了 …………………………………………… 18
好多人没有老年 ……………………………………………… 21
守夜人 ………………………………………………………… 24
冯七奶 ………………………………………………………… 30
墙洞 …………………………………………………………… 35
不认识的白天 ………………………………………………… 45
卖磨刀石的人 ………………………………………………… 54
老鼠 …………………………………………………………… 59
那块麦地是谁的 ……………………………………………… 67

刘扁 …………………………………………………………… 71
冯三 …………………………………………………………… 75
张望 …………………………………………………………… 78
顺风买卖 ……………………………………………………… 81
韩拐子 ………………………………………………………… 83
王五 …………………………………………………………… 86
天空的大坡 …………………………………………………… 90

1

村庄的劲 ……………………………………………… *93*
村长 ……………………………………………………… *97*
把时间绊了一跤 ………………………………………… *100*
给太阳打个招呼 ………………………………………… *103*
车户 ……………………………………………………… *108*

铁匠铺 …………………………………………………… *114*
坎土曼 …………………………………………………… *136*
铁匠家族 ………………………………………………… *150*

库半 ……………………………………………………… *166*
挖洞 ……………………………………………………… *182*
麻扎 ……………………………………………………… *203*

风中的院门 ……………………………………………… *213*
炊烟是村庄的根 ………………………………………… *214*
鸟叫 ……………………………………………………… *216*
捉迷藏 …………………………………………………… *222*
风改变了所有人的一生 ………………………………… *230*
天边大火 ………………………………………………… *232*
谁的影子 ………………………………………………… *235*
那时候的阳光和风 ……………………………………… *237*
共同的家 ………………………………………………… *240*
两条狗 …………………………………………………… *244*
永远一样的黄昏 ………………………………………… *246*
最后一只猫 ……………………………………………… *247*
追狗 ……………………………………………………… *250*
两窝蚂蚁 ………………………………………………… *252*

我的树 …………………………………………………… *257*
树会记住许多事 ………………………………………… *259*
我认识那根木头 ………………………………………… *263*
老根底子 ………………………………………………… *267*
一个长梦 ………………………………………………… *270*
春天多远 ………………………………………………… *276*
高处 ……………………………………………………… *281*
谁惊扰了我 ……………………………………………… *282*
我受的教育 ……………………………………………… *284*
韩老二的死 ……………………………………………… *285*
村庄的头 ………………………………………………… *290*
走着走着剩下我一个人 ………………………………… *292*
偷苞谷的贼 ……………………………………………… *299*
空气中多了一个人的呼吸 ……………………………… *306*
一场叫刘二的风 ………………………………………… *309*

我正一遍遍经历谁的童年

我看见他们朝那边走了,挽着筐,肩上搭着绳子。我穿过宽宽的沙枣林带。树全老了,歪斜着身子。树梢上一些鸟巢和干枯叶子。我很少抬头往上看。我把那时的天空忘记了。林带尽头是沙漠。我爬上沙包后眼前是更多的沙包。我再看不见他们,也不敢喊,一个人呆呆地张望一阵,然后往回走。

沙包下面有一排小矮房子,沙子涌到窗根。每次我都绕过去,推开一扇一扇门。里面空空的。有时飞出几只鸟。地上堆着沙子。当我推开最后一扇门,总是看见那两个老人,一男一女,平躺在一方土炕上,棉被拥到脖跟,睡得安安静静。我一动不动望着他们。过好一阵,好像一阵风吹进门,睡在里面的男人睁开眼,脸稍侧一下,望我一眼。我赶紧跑开。

每次都是那个男人醒来,女人安静地躺在旁边。我不知道他们是谁的爷爷奶奶。我跑着跑着就忘掉村子,转一圈回到那排小矮房子对面,远远盯着我推开的门。我想等那两个老人出来,送我回去。又怕他们出来追我。我靠着一棵枯树桩,睡着又醒来,那扇门还开着。

我想那两个老人已经死了。可能早就死了,再不会下炕来关门。可是,我第二天再来时那排小矮屋的门又统统关上。我轻脚走过去,一扇一扇地推开,只到推开最后那扇门,看见的依旧是那个情景:他们平躺着,大大的脸,睡得很熟。我觉得我认识那张男人的脸,他睁开眼侧脸望我的那一瞬,我的一切似乎都

1

被他看见了。我不熟悉那个女人,她一直没对我睁开眼睛。每次,我都想看她睁开眼睛。我跑到那棵枯树桩下等。黄昏时他们从一座沙包后面出来,背着柴。我躲在树后,不让他们看见。他们走过后我跟在后面,穿过沙枣林带回到村里。

他们是比我大的孩子,不跟我玩。到哪都不带我。看见了就把我撵回村子。比我小的那群孩子我又不喜欢。突然地,我长到一个前不着村后不着店的年龄。他们一个个长大走了,我留在那里。跟我同龄的人就我一个。我都觉得童年早过去了。我早该和大人们一起下地干活了。可我仍旧小小的,仿佛我在那个年龄永远地停住。我正一遍遍经历谁的童年。我不认识自己,常常忘掉村子,不知道家在哪里。有时跟着那群大孩子中的一个回到一间低矮房子。他是我大哥。他从来不知道我跟在他后面回到家,吃他吃剩的饭,穿他穿旧的衣服。套上他嫌小扔掉的布鞋。逐渐地我能走到他到过的每一处,看见他留下的脚印,跟我一模一样。有时我尾随那群收工的大人中的一个回到屋子。那个我叫父亲的人,一样不知道我跟在他后面。我看见的全是他的背影。他们下地,让我待在家,别乱跑。我老实地答应着,等他出去,我便远远地尾随而去。

走着走着他们便消失。眼前一片哗哗响的荒草和麦田。我站着望一阵,什么都看不见,最矮的草都比我高过半个头顶。又一次,我被丢下。我站着等他们收工。等太阳一点点爬高又落下。等急了我便绕到沙包下那排小矮房子前,一扇一扇地推开门——那两个老人,他们过着谁的老年。好像不是自己的。他们整天整夜地睡。每次都这样,那个男人睁开眼,侧脸望望我。我跑开后他仍平躺在那里。那个女人从来不睁开眼看我。仿佛她早就看烦了我。多漫长的日子啊,我都觉得走不出去了。我在那里为谁过着他们不知道的童年。没有一个跟我一年出生的孩子。仿佛生我的那年在这个村子之外。我单独地长到一个跟许多人没有关系的年岁。

还有那两个老人,被谁安放在那里,过着他们不知道的寂寞晚年。村子里的生活朝另一条路走了。我们被撇下。仿佛谁的青年、壮年,全被偷偷过掉,剩下童年和老年。夜里我一躺下,就看见那两张沉睡的脸。看见自己瞪大眼睛茫然不知的脸。我的睡全在他们那里。我一夜一夜地挨近他们。我走出村子,穿过一片宽宽的沙枣林带,来到那排小矮房子前。门又被关上了。

我又一次忘掉回去的路。我在那里呆站着等他们收工。我看见的全是那些人的背影:后脑勺蓬乱的头发,皱巴巴的背上,粘着草叶和泥土。天色昏黄时我随那个叫父亲的人回到家。多陌生的一间房子,在一个坑里,半截矮墙露出土。房顶的天窗投下唯一的一柱光。我啥都不清楚。甚至不认识那个我叫父亲的人。我只看见他青年,接近中年的样子。他的老年被谁过掉了。从那时候一直到将来,我没遇见他的老年。突然地,他在一天早晨出去,我没跟随上他。我在那里呆站着等他回来,一直到天黑,天再一次黑。我在那样的等待中依旧没有长大成人。

多少年后我寻找父亲,他既不在那些村头晒太阳的老人堆里,也不在路上奔波的年轻人中。他的岁月消失了。他独自走进一段我看不见的黑暗年月。在那里,没有一个与他同龄的人。没有一个人做他正做的事情。我的父亲在他那样的日子艰难得熬不到头。等他出来,我又陷入另一段他所不知的年月中,没头没尾。我看不见已经过去的青年,看不见我正经历的中年。我看见的全是我不知道在为谁度过的童年。我不记得家,常常忘掉村子,却每次都能走到那排住着一对老人的低矮房子前。

直到有一天,我认出那张男人的脸。我从他侧脸看我的眼睛里,看见我看他时的神情。那是多少年后的我。他被谁用老扔在那里。我还认出那个女人。她应该是我妻子。我和她没有一天半宿的青春。她直接就老掉了,躺在那里。剩下全是睡梦。我没有挨过她的身体,没跟她说半句情话。她跟谁过完所有的日子,说完所有的话,做完所有的事情,然后睡在我身边。

月光也追过来

　　夜晚我穿过村子,走进那排矮土屋中的一间,我关好门,静静蹲着。那排旧房子一直没有拆掉,那时我有一间自己的小房子,我夜夜回到那里,孤单、害怕。门薄薄的,风一吹就能破。窗户在高高的后墙上,总是半开着,我够不着。我打开锁,锁孔有点锈了,老半天打不开,一阵一阵的风从后面追来,我不敢往后看。门终于打开了,我又不敢一下进去,开一个小缝,朝里望,黑黑的。有人吗,我在心里说。

　　一坨月光落在地上,我一侧身进去,赶紧关门,用一根木棍牢牢顶住,再用一根木棍顶在下面,这时我听见风涌到门口,月光也追过来,透进门缝的月光都会吓我一跳。我恐惧地坐在里面,穿过村子的那条路晾在月色里,我能看清路的拐角,一棵歪柳树的影子趴在地上。刚才,我匆忙走过时,没敢往那边看,我觉得它像一个东西,在地上蠕动,有时它爬到路中间,我远远绕过去,仿佛它会吃掉我。过了那个拐角是一个芦苇坑,路弯弯的向里倾斜着,我也不敢向芦苇坑看,那些苇梢一摇一摇,招魂似的,风一大就朝路上扑,我总感觉后面有东西追过来,是一阵风还是一缕月光,还是别的什么,我不敢往后看,我偷偷摸摸的,好像穿过村子时被谁看见了,我甚至害怕被房子和树看见。门薄薄的,天窗永远敞着,不管我来还是不来,那坨月光都在地上汪着,我坐久了,它会慢慢移过来,照在我的腿上、脸上。我不敢让它照,就坐在它移过的地方,然后看见它越移越远,最后从墙上出去了，我抬起头，从天窗望出去，满世界的月光。月亮不见了。

而我们的新房子，在村子的另一边（西边），已经比旧房子还要破旧。

但我不害怕刮风。风越大我睡得越安静。仿佛我在满天地的风声中藏掖好自己。那时我可以翻身，大声喘气咳嗽，我的声音隐藏在树叶和草垛的声响中。

我记得我在村庄的夜晚行走的模样，我小小的，拖着一条大人的影子，我趴在别人的窗口倾听，有时趴在自家的窗口倾听，家里没有一丝声音，他们都到哪去了。别人家也没人。院门朝里顶住，门窗关着，梯子趴在墙上，我静悄悄爬上房，看见一个大人的影子也在爬墙，他在我上面，我上去时他已经在房顶，好像他早就在房顶等我了。

夏天的夜晚天窗口敞开，白白的一坨月光落在屋里，有时在地上，照见一只鞋，另一只被谁穿走，有时照见两只，一大一小，仿佛所有人穿着一只鞋走在梦中，另一只留在炕头，等人回来。月光移过炕头时，照见一张脸，那么陌生，像谁的父亲，和兄弟。

谁的叫声让一束花香听见

一些沙枣花向着天上的一颗星星开,那些花香我们闻不见。她穿过夜空,又穿过夜空,香气越飘越淡。在一个夜晚,终于开败了。

可能那束花香还在向远空飘,走得并不远,如果喊一声,她会听见。

可是,谁的叫声会让一束花香听见。那又是怎样的一声呼唤,她回过头,然后一切都会被看见——一棵开着黄白碎花的沙枣树,枝干曲扭,却每片叶子都向上长,每朵花都朝天开放。树下的人家,房子矮矮的,七口人,男人在远路上,五岁的孩子也不在家,母亲每天黄昏在院门外喊,那孩子就蹲在不远的沙包上,一声不吭,看着村子一片片变黑,自己家的院子变黑,母亲的喊声变黑。夜里每个窗户和门都关不住,风把它们一一推开。那孩子魂影似的回来,蹲在树杈上,看着空荡荡的房子。人都到哪去了。妈妈。妈妈。那孩子使劲喊。却从来没喊出一句。

另外一个早晨,这家的男人又要出远门,马车吱出院子,都快走远了,突然听见背后的喊声。

"呔。"

只一声。他蓦然回头,看见自己家的矮土房子,挨个站在门前沙枣树下的亲人:妻子一脸愁容,五个孩子都没长大,枯枯瘦瘦的,围在母亲身边。那个五岁的孩子站在老远处,一双眼睛空空荡荡地望着路——这就是我的日子。他一下全看见了。

他满脸泪水地停住。

他是我父亲,那个早晨他没走成,被母亲喊住了。我蹲在远远的土墙上,看见他转身回来。车上的皮货卸下来,马牵进圈棚。那以后他在家待了三年,或是五年,我记不清。我以后的生活被别人过掉了,我再没看见这个叫父亲的人。也许他给别人当父亲去了。我记住的全是他的背影,那时他青年接近中年的样子,脊背微驼,穿一件蓝布上衣,衣领有点破了,晒得发白的后背上,落着尘土和草叶,他不知道自己脊背上的土和草叶,他一直背着它。那时候我想,等我长大长高一些,我会帮他拍打脊背上的土,我会帮他把后脑勺的一撮头发捋顺。我一直没长大。我像个跟屁虫,跟在他后面,似乎从没走到前头,看见过他的脸。我想不起他的微笑,不知道他衣服的前襟,有几只纽扣。还有他的眼睛,我只看见他看见过的东西,他望远处时我也望远处,他低头看脚下的虫子时我也看着虫子,他目光抚过的每样东西我都亲切无比。但我从没看见他的眼睛。有一天我和他迎面相遇,我会认不出他,与他相错而去。我只有跟在后面,才会认识他,才是他儿子。他只有走在前面,才是我父亲。

在我更小的时候,他把我抱在胸前,我那时的记忆全是黑暗,如果我出生了,那一刻我会看见,我的记忆到哪去了。我怎么一点都想不起出生时的情景,我连母乳的味道都忘记了,我不会说话的那几个月、一年,我用什么样的声音说出了我初来人世的惊恐和欢喜。

还有什么没有被看见。

那棵沙枣树又陪我们过了一年。如果树有眼睛,它一样会看见我们的生活,看见自己的叶子和花在风中飘远。更多的叶子落在树下,被我们扫起。树会看见我们砍它的一个枝干做了锨把。那个断茬慢慢地长成树上的一只眼睛,它天天看见立在墙根的铁锨,看见它的枝做成的锨把,被我们一天天磨光磨细。父亲拿锨出去的早晨它看见了,我一身尘土回来的傍晚他看见了。整个晚上,那个断茬长成的树眼,直直地盯着我们家院子,盯着月亮下窗户和门。它看见什么了。那个蹲在树杈的五岁男孩又看见了什么。

夜夜刮风。风把狗叫声引向北边的戈壁沙漠。雪把牛哞单独包裹起来,一片片撒向东边的田野。雨落在大张的驴嘴里。夜晚的驴叫是下向天空的一场雨,那些闪烁的星星被驴叫声滋润。每一粒星光都是深夜的一声惊叫。我们听不见。我们看见的只是它看我们的遥远目光。

多少年后,我才能说出今天傍晚的一滴雨,它落在额头,冰凉传到内心时我已是一个中年人。当什么突然击疼我,多少年后,谁发出一声叫喊。那些我永远不会叫出的喊声,星星一样躲得远远。我被她胆怯地注视。

多少年后,我才碰见今天发生的事情,它们走远又回来。就像一声狗吠游遍世界回到村里,惊动所有的狗,跟自己多年前的回音对咬。

有一种小黑沙枣,专门长着喂鸟。人也喜欢吃。熟透了黑亮黑亮。人看着树上的沙枣做农活,沙枣刚黑一点小尖时,编糖,收拾磙子。沙枣黑一半时,麦种摊在苇席上晾半天,拌种的肥料碾碎。沙枣全黑时鸟全聚在树上,人下地,把麦子播撒下去。对鸟来说,沙枣的甘甜比麦粒可口,顾不上到地里刨食麦种。树上的沙枣可以让鸟一直吃到落雪前,那时麦苗已长到一拃高,根早扎深了。

鸟想到吃麦粒时已经太晚。

　　我们在一棵沙枣树下生活多少年,一些花香永远闻不见。几乎所有的沙枣花向天开放,只有个别几朵,面向我们,哀哀怨怨的一息香环家绕院。

　　那些零碎星光,也一直在茫茫夜空找寻花香。找到了就领她回去。它们微弱的光芒,仅能接走一丝花香,再没力气照在地上。

　　更多的花香被鸟闻见。鸟被熏得头晕,满天空乱飞,鸣叫。

　　还有一些花香被那个五岁的孩子闻见。花落时,他的惊叫划破夜晚。梦中走远的人全回来,睁大双眼。其实什么都看不见,除了自己的梦。

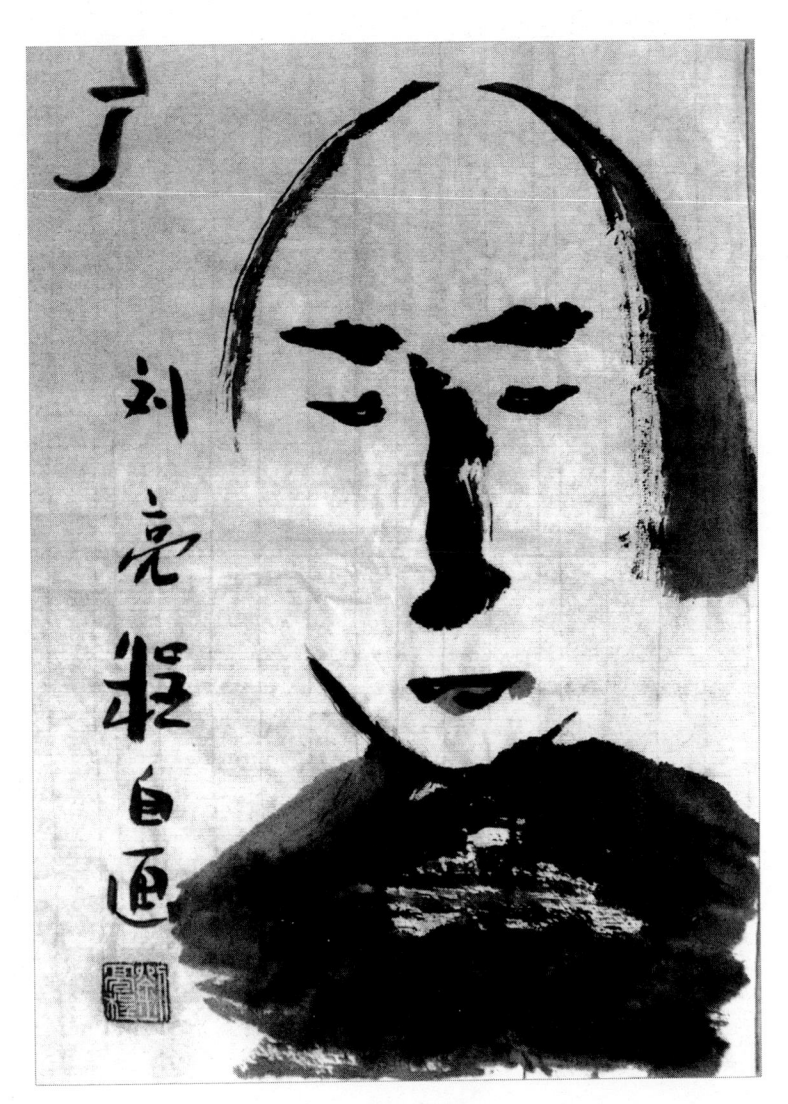

作者自画像

20 多岁时的作者

树上的孩子

我天天站在大榆树下,仰头看那个爬在树上的孩子。我不知道他的名字。也许没有名字。他的家人"呔"、"呔"地朝树上喊。那孩子听见喊声,就越往高爬,把树梢的鸟都吓飞了。

村里孩子都爱往高处爬。一群一群的孩子,好像突然出现在村子,都没顾上起名字。房顶、草垛、树梢,到处站着小孩子,一个离一个远远的。大人们在下面喊:

"呔,下来。快下来。下来给你糖吃。"
"看,老鹰飞来了,把你叼走。"
"再不下来追上去打了。"

好多孩子下来了。那个年龄一过,村庄的高处空荡了,草垛房顶上除了鸟、风刮上去的树叶,和偶尔一个爬梯子上房掏烟囱的大人,再没什么了。许多人的头低垂下来。地上的事情多起来。那些早年看得清清楚楚的远山和地平线,都又变得模糊。

只有那个树上的孩子没下来,一直没下来。他的家人把各种办法用尽了。父亲上去追,他就往更高的树梢爬。父亲怕他摔下来,便不敢再追。他用枝叶在树上搭了窝,母亲把被褥递上去,每天的饭菜用一个小筐吊上去。筐是那孩子在树上编的。那棵榆树长得怪怪的,一根磨盘粗的独干,上去一房高,两个巨

11

杈像一双手臂向东斜伸过去。那孩子爬在北边的树杈,南边的杈上落着一群黑鸟,啊、啊地叫,七八个鸟巢筑在树梢。

我不知道那孩子在树上看见了什么。他好像害怕下到地上。

村里突然出现许多孩子,有的比我大,有的比我小,不知道从哪来的。多少年后他们长成张三、韩四,或刘榆木,我仍然不能一一辨认出来。我相信那些孩子没有长大,他们留在童年了。长大的是大人们自己,跟那些孩子没有关系。不管过去多少年,只要有人回去,都会看见那些孩子还在那里,玩着多少年前的游戏,爬高上低,村庄的房顶、草垛、树梢,到处都是孩子。

"上来。快上来。"

只要你回去,就会有一个孩子在高处喊你。

只有那个树上的孩子被我记住了。有一天他上到一棵大榆树上,就再不下来。他的家人天天朝树上喊。我站在树下,看他看地上时惊恐的目光。地上究竟有什么,让他这样害怕。一定有什么东西被他看见了。

我记不清他在树上待了多久,有半个夏天吧。一个早晨,那个孩子不见了,搭在树梢的窝还在,每天吊饭的小筐还悬在半空,人却没有了。有人说那孩子飞走了,人一离开地就会像鸟一样长出翅膀。也有人说让老鹰叼走了。

多少年后我想那个孩子,觉得那就是我。我五岁时,看见他爬在树上,十一二岁的样子。他一脸惊恐地看着地上,看着时而空荡,时而人影纷乱的村庄。我站在树下盯着他看,他也盯着我,我觉得那个树上的目光是我的。我十一二岁时在干什么呢。我好像一直没走到那个年龄。我的生命在五岁时停住了。剩下的全是被别人过掉的生活。多少年后我回来过我的童年,那棵榆树还在,树上那孩子搭的窝还在。他一脸惊恐地目睹的村子还在。那时我仍不知道他惊恐地上的什么东西。我活在自己永远看不见的恐惧中。那恐惧是什么,他没告诉我。也许他一脸的恐惧已经把什么都告诉我了。

  我五岁时看见自己,像一群惊散的鸟,一只只鸣叫着飞向远处。其中有一只落到树上。我的生命在那一刻,永远地散开了。像一朵花的惊恐开放。

一朵花向整个大地开放自己

我记住临近秋天的黄昏,天空逐渐透明,一春一夏的风把空气中的尘埃吹得干干净净。早黄的叶子开始往远处飘了。我的母亲,在每年的这个时节站在房顶,做着一件我们都不知道的事。

她把油菜种子绑在蒲公英种子上,一路顺风飘去。把榆钱的壳打开,换上饱满麦粒。她用这种方式向远处播撒粮食,骗过鸟、牲畜,在漫长的西风里,鸟朝南飞,承载麦粒、油菜的榆钱和蒲公英向东飘,在空中它们迎面相遇。鸟的右眼微眯,满目是迅疾飘近的东西,左眼圆睁,左眼里的一切都在远去。

我很早的时候,看见母亲等候外出的父亲,每个黄昏她做好晚饭等,铺好被褥等。我们睡着后她望着黑黑的屋顶等。我不知道远去的人中哪个是我的父亲。我不认识他。偶尔的一个夜晚他赶车回来,或许是经过这个有他的家和孩子的村庄。在我迷迷糊糊的梦中,听见马车吃进院子,听见他和母亲低声说话。他卸下几袋粮食装上几张皮子,换上母亲纳的新鞋,把他穿破的一双鞋脱在炕头。在我们来不及醒来的早晨,他的马车又赶出村子上路了。出门前他一定挨个地抚摸我们的头,从土炕的这边到那边,他的五个孩子,没有一个在那时候醒来,看他一眼,叫声爹。他走后的一年里,这个土炕上又会多一个孩子。每次经过村庄他都会让母亲再一次怀孕,从他离开的那一夜起,母亲的身体会一天天变重。她哪都去不了。我的母亲,只有在每年的五月,榆钱熟落时,成筐地收拾榆树种子。她早早把榆树下的地铲平,扫干净,等榆钱落了厚厚一层,便带我们来到树下。那时东风已刮得起劲了。我们在沙沙的飘落声里,把满地的榆钱扫成堆,一筐筐提回家。到了六月,早熟的蒲公英开始朝远处飘了。我的母亲,赶在它们飘飞前,把那些带小白伞的种子装进布袋,她用它给儿女们做枕头,让她的孩子夜夜梦见自己在天上飞,然后,她在早晨问他们看见了什么。

许多事情他们不知道。母亲,我看你站在高高的房顶,手一扬一扬,仿佛做着一件天上的事。风吹种子。许多事情没有弄清。一棵蒲公英只知道它的种子随风飘起,知不知道每一颗都落向哪里。第二年春天,或夏天,有没有它们落地扎根的消息随风传来。就像我们的亲人,在千里外的甘肃老家,收到我们在虚土庄安家的消息。

那些信上说,我们已经在一道虚土梁上住下来,让他们赶紧来,我们在梁上等他们。虚土梁是一个显眼的高处,几十里外就能看见我们盖在梁上的房子,望见我们一早一晚的炊烟。

信里还说,我们在梁上顶多等五年。顶多五年,我们就搬到一个更好的地方。

他们说等五年的时候,只想到五年内故乡的亲人有可能到齐,地里的余粮够重新上路,房后的榆树长到可以做辕木。

可是,栽在屋前的桃树也会长大,第三年就开花结果。那些花和果会留人。今年的桃子吃完了,明年后年的鲜桃还会等他们。等待人们的不仅仅是远处的好地方,还有触手可及的身边事物。

一年年整平顺的地会留人,走熟的路会留人,破墙头会留人。即使等来的老家亲人,走到这里也早筋疲力尽,就像当初人们到来时一样,没有前走的一丝力气。

不过,等到真正动身了,人就已经铁了心,什么东西都留不住了。铃铛刺撕扯衣襟也没用,门槛绊脚也没用,泪水遮眼也没用。

关键是人没动身之前,下午照在西墙的一缕阳光,就把人牢牢留住。长在屋旁一棵小草的浅浅花香,就把人永远留住。

蒲公英从五月开始播撒种子。那时早熟的种子随东风飘向西边的广阔戈壁。到了七月南风起时,次熟的种子被刮到沙漠边的灌木丛,或更远的沙漠腹地。八九月,西风骤起,大量熟落的种子飘向东边的干旱荒野。十月,北风把最后的蒲公英刮向南山。南山是蒲公英最理想的生栖地。吹到北沙漠的种子,也会在漫长的漂泊中被另一场风刮回来、落在水土丰美的南山坡地。

一年四季,一棵生长在虚土梁上的蒲公英,朝四个方向盛开自己。它巨大的开放被谁看见了。在一朵蒲公英的盛开里,我们生活多年。那朵开过头顶的花,覆盖了整个村庄荒野。那些走得最远的人,远远地落在一朵飘飞的蒲公英后面。它不住地回头,看见他们。看见和自己生存在同一片土梁的那些人,和自己一样,被一场一场的风吹远。又永远跑不快跑不远。它为他们叹息,又无法自顾。

一粒种子在飘飞的路途中渐渐有了意识,知道自己要往哪去,在哪扎根。一粒种子在昏天暗地的大风中睁开眼睛,看见迅疾向后漂移的荒漠大地,看见匍匐的草,疯狂摇晃的树木,看见河流、深陷荒野的细细流水,和向深处扩展的莽莽两岸,看见一片土坡上,艰难活命的自己,一根歪斜的枝,几片皱巴巴叶子。看见秋天从头顶经过,风声枯涩,带走夏天时就已坠地的几片黄叶——这就是我的命啊。一粒种子在落地的瞬间永远地闭上眼睛。从此它再看不见自己。不知道自己是否发芽,是否长出叶子,是否未落稳又被另一场风刮走。它的生长,只是一场不让自己看见的黑暗的梦。

这就是一棵草。

它或许永远不知道自己怎样活着。它的叶子被一只羊看见,被飘过头顶的一粒自己的种子看见。

就在人们待在村里,梦想着怎样远走的那些年,一群鸟一次次飞到南方又回来。一窝蚂蚁,排起长队,拖家带口迁徙到戈壁那边的胡杨绿地。连爬得最慢的甲壳虫,也穿过荒滩去了趟沙漠边。每一朵花都向整个大地开放了自己。

马老的胡子都白了

我出生时爷爷就是一个老头,我没看见他的壮年、青年和少年。我一睁眼他就老掉了。后来,我没长大,他又不见了。我不知道他去了哪里。在他的记忆中我没有青年中年,也没有老年。他没看见我长大。我也没看见。一个早晨人们把他放到车上,他穿着新衣新裤新鞋子,好像睡着了,闭着眼睛。父亲把缰绳搁在他手里,一根青柳条的细绳鞭放在另一只手里,然后马车嘚嘚上路了。

多少年后,我开始记事的时候——也许没有多少年,只是比一个早晨稍长一点的时间,一辆空马车从村子另一边回来,径直走到我们家门口。马老的胡子都白了,车也几乎散架。车箱板上一层沙尘一层树叶,说明马车穿过多少个秋天和春天。

母亲说,这辆马车是陪送你爷爷的,没让它回来。

它是不是把爷爷送到地方,来接我们。我在心里说。

空马车从此停在院子,车架用一个条凳支起。老马拴在棚下,母亲说它快死了,却没死,一直拴在草棚下面。从我记事起就有一匹老马拴在草棚下,不吃草不睡觉。夜里眼睛白白的望着我们家门,望着窗户和烟囱。我从草棚下来,悄悄站在它身后,顺着它的眼睛望去,我们家木门在星光里,暗暗开了,又关住。又开了。一下一下,像多少人进进出出,炕睡满了,地上站满了。我不敢进屋。我睡觉的地方睡满了不认识的人。车空空停在院子,等了多少年,辕木都朽了一根,没一个人上路。

秋天,跑顺风买卖的冯七说,在奇台看见我爷爷。他穿着新衣新裤新鞋子,坐在一条向南的巷子里,晒太阳。冯七过去跟他说话。老人家说不认识他。怎么可能呢。冯七说了许多虚土庄的事,老人家一个劲摇头。

我爷爷可能被一段颠路摇醒,看见自己新衣新裤新鞋子,躺在马车上,就什么都明白了。他把车掉回头,拍了一把马屁股,车便空跑回来。我爷爷回过头,望上百年的往事里走,他经过我出生看见他的那段日子时,我感觉有一个亲人回来,我闻到他的气息,他带来的风声里没有一粒尘土。我没看清他的面容,只感到我在他的目光里,我静静停住,后退几步,想让他看清我。我想他会停留一段日子,我听见他的脚步,在院子里走动,有时走到路上又回来。他一定知道我感觉到了他。他的脚步越来越轻,我越来越安静。什么都听不见时,我站在阳光中,不敢走动,怕碰到他身上。他可能就在沙枣树荫里,在木头上,斜歪着身子。或许站在我身后,胡须垂到我的头顶。

这样的时刻很长,有几个季节,我停住生长。跑买卖的马车时常经过村庄。院门一天到晚敞开。家里剩下我一个人。我爷爷回来的时候,他们都到哪去了。

突然地,有一天我再感觉不到他。院子变得空空的。我知道他走了。

他走进没有我的漫长年月,在那里,他和我从没见过面的奶奶,过着我不知道的日子。多少年后,他回到童年时,我听见他的喊声,我回过头。那时我刚好在童年,我和他一起玩捉迷藏,爬树梢上房顶。我不知道和我玩耍的孩子中有一个是我爷爷。他回来过自己的童年。在那里他和我不分大小。

他往回走的时候,曾经收获过的粮食又一次被他收获,早年的一日三餐,一顿不缺,让他再次吃饱,用掉的力气也全回到身上。

好多人没有老年

有一年赶马车的冯七走到老年,我觉得这个人真有意思,贩运了一辈子东西,把虚土庄的粮食和皮子运到奇台,又把那里的瓷器和盐运回虚土庄,天南海北地跑买卖,其间赚了多少说不清。最后他的车马把他送到老年。

有的人一趟车没坐,靠两条腿走到老年。像韩瘸子,靠一条腿,一根木棍,一瘸一拐的,也走到老年。还有冯瞎子,黑摸着也到了老年。看来老年并不是一个难以到达的地方。为啥好多人没有老年。

我父亲的老年就不见了。我没有看见一个老掉的父亲。他一样没看见长大后的我。

我觉得父和子,就是一场相互帮忙的事,我们叫谝工。我幼年无助时他养育我,他老了走不动时我养活他。中间那段时光,我青年,他壮年,谁也不靠谁,各干各的事。

可是我没有看见父亲的老年。他好像转过身去,背对着我老掉了。

很早前一个傍晚,母亲做好晚饭,叫我去喊父亲,我走出院门,空中昏黄昏黄,没有一丝风。我在树下聊天的中年人中找,没有。又去墙根晒太阳的老人堆里找,还没有。我一声一声喊,没人答应。

我记得母亲做好饭,她往锅里揪面片时,我围在灶火旁,她一碗一碗盛饭时我已站在院门外,她让我去喊父亲,我就站在门口喊。又站在路上喊。空气昏黄昏黄,我喊一声,天就暗一层。

后来天透黑了,我往家走,路突然变得模糊。好像我到了另一个村子,又好像家就在前面,却老走不到。我担心饭放凉了,担心母亲等得着急。

那一次,我没有回到家中,我到哪去了我不知道。我没有回来端起那碗饭。父亲也没有回来。也许他回来了而我不在。我只记得没找到父亲,一直没找到。我跑到村头,看见一条一条的岔路。

我也许从没碰见过父亲,他偶尔回来的夜晚我在梦中,母亲说我出生后的半年里,父亲哪都没去,他坐在我身边,一会儿逗我笑,一会儿抱起我转转,我不时望望母亲,又望望他,我好像不认识这个以后我叫父亲的人,我的眼睛在他脸上看来看去,又盯着他的手看。一个早晨他走了,再回来时我已经开口说话,母亲说他是父亲,让我叫。我怎么也叫不出这两个字。我的记忆中没他的影子,他突然来到我眼前,一个早晨他又走了,我没有醒来。

父亲肯定从另一条路上走了,我没有追上他。弟弟在一个晚上被抱走。我大哥去了哪里。还有另一个弟弟和妹妹,又在哪。母亲也许忘了她生养了几个儿女,她偶尔醒来,看见儿女们睡在沙枣树和草垛的阴影里,她喊他们。

"呔,回到炕上睡。"

没有一个答应。她过去给他们盖衣服,发现好几个孩子不是自己的。她没生过他们。又是谁家的孩子呢。等天亮了再说吧,天一亮,谁家孩子回到谁家。可是,那以后天亮了没有,我母亲记不清了,她的记忆在那一刻停住,接下来是我看见的,我趴在沙枣树枝上,看着她回到炕上,然后天渐渐亮了,守夜人的四个儿子,从四个方向回到家,老守夜人从房顶下来。鸡叫二遍的时候,我在树枝上睡着。在我没闭严实的一丝目光里,我母亲醒来,她的儿女们睡在炕上,一个不多,一个不少。

守 夜 人

每个夜晚都有一个醒着的人守着村子。他眼睁睁看着人一个个走光,房子空了,路空了,田里的庄稼空了。人们走到各自的遥远处,仿佛义无反顾,又把一切留在村里。

醒着的人,看见一场一场的梦把人带向远处,他自己坐在房顶,背靠一截渐渐变凉的黑烟囱。每个路口都被月光照亮,每棵树上的叶子都泛着荧荧青光。那样的夜晚,那样的年月,我从老奇台回来。

我没有让守夜人看见。我绕开路,爬过草滩和麦地溜进村子。

守夜人若发现了,会把我原路送出村子。认识也没用。他会让我天亮后再进村。夜里多出一个人,他无法向村子交代。也不能去说明白。没有天大的事情,守夜人不能轻易在白天出现。

守夜人在鸡叫三遍后睡着。整个白天,守夜人独自做梦,其他人在田野劳忙。村庄依旧空空的,在守夜人的梦境里太阳照热墙壁。路上的塘土发烫了。他醒来又是一个长夜,忙累的人们全睡着了。地里的庄稼也睡着了。

按说,守夜人要在天亮时,向最早醒来的人交代夜里发生的事。早先还有人查夜,半夜起来撒尿,看看守夜人是否睡着了。后来人懒,想了另外一个办法,白天查。守夜人白天不能醒来干别的。只要白天睡够睡足，晚上就会睡不着。再后来也不让守夜人天亮时汇报了。夜里发生的事，守夜人在夜里自己了结掉。贼来了把贼撵跑，羊丢了把羊找回来。没有天大的事情，守夜人决不能和其他人见面。

从那时起守夜人独自看守夜晚，开始一个人看守，后来村子越来越大，夜里的事情多起来，守夜人便把村庄的夜晚承包了，一家六口人一同守夜。父亲依旧坐在房顶，背靠一截渐渐变凉的黑烟囱，眼睛盯着每个院子每片庄稼地。四个儿子把守东南西北四个路口。他们的母亲摸黑扫院子，洗锅做饭。一家人从此没在白天醒来过。白天发生了什么他们全然不知。当然，夜里发生了什么村里人也不知道。他们再不用种地，吃粮村里给。双方从不见面。白天村人把粮食送到他家门口，不声不响走开。晚上那家人把粮食拿进屋，开夜伙。

村里规定，不让守夜人晚上点灯。晚上的灯火容易引来夜路上的人。蚊虫也好往灯火周围聚。村庄最好的防护是藏起自己，让人看不见。让星光和月光都照不见。

多少年后，有人发现村庄的夜里走动着许多人，脸惨白，身条细高。多少年来，守夜人在夜里生儿育女，早已不是六口，已是几十口人。他们像老鼠一样昼伏夜出。听说一些走夜路的人，跟守夜人有密切交往。那些人白天睡在荒野，在大太阳下晒自己的梦。他们把梦晒干带上路途。这样的梦像干草一样轻，不拖累人。夜晚的天空满是飞翔的人。村庄的每条路都被人梦见，每个人都被人梦见。夜行人穿越一个又一个月光下的村庄。一般的村子有两条路，一条穿过村子，一条绕过村子。到了夜晚穿过村子的路被拦住，通常是一根木头横在路中。夜行人绕村而行，车马声隐约飘进村子，不会影响人的梦。若有车马穿村而过，村庄的夜晚被彻底改变。瞌睡轻的人被吵醒,许多梦突然中断。其余的梦改变方向。一辆黑暗中穿过村庄的马车,会把大半村子人带上路程,越走越远,天亮前无法返回。而突然中断的梦中生活会作为黑暗留在记忆中。

如果认识了守夜人,路上的木头会移开,车马轻易走进村子。守夜人都是最孤独的人,很容易和夜行人交成朋友。车马停在守夜人的院子,他们星光月影里暗暗对饮,说着我们不知道的黑话。守夜人通过这些车户,知道了这片黑暗大地的东边有哪些村庄,西边有哪条河哪片荒野。车户也从守夜人的嘴里,清楚这个黑暗中的村庄住着多少人,有多少头牲畜,以及那些人家的人和事。他们喜欢谈这些睡着的人。

"看,西墙被月光照亮的那户人,男人的腿断了,天一阴就腿疼。如果半夜腿疼了,他会咳嗽三声。紧接着村东和村北也传来三声咳嗽。那是冯七和张四的声音。只要这三人同时咳嗽了,天必下雨。他们的咳嗽先雨声传进人的梦。"

那时,守在路口的四个儿子头顶油布,我能听见雨打油布的声音,从四个方向传来。不会有多大的雨,雨来前,风先把头顶的天空移走,像换了一个顶棚。没有风头顶的天空早旧掉了。雨顶多把路上的脚印洗净,把遍野的牛蹄窝盛满水,就住了。牛用自己的深深蹄窝,接雨水喝。野兔和黄羊,也喝牛蹄窝的雨水,人渴了也喝。那是荒野中的碗。

"门前长一棵沙枣树的人家,屋里睡着六个人,女人和她的五个孩子。她的二儿子睡着牛圈棚顶的草垛上。你不用担心他会看见我们,虽然他常常瞪大眼睛望着夜空,他比那些做梦的人离我们还远。他的目光回到村庄的一件东西上,那得多少年时光。这是狗都叫不回来的人,虽然身体在虚土庄,心思早在我们不知道的高远处。他们的父亲跟你一样是车户,此刻不知在穿过哪一座远处村落。"

在他们的谈论中,大地和这一村沉睡的人渐渐呈现在光明中。

还有一些暗中交易,车户每次拿走一些不易被觉察的东西,就像被一场风刮走一样。守夜人不负责风刮走的东西。被时光带走的东西守夜人也不负责追回来。下一夜,或下下一夜,车户捎来一个小女子,像一个小妖精,月光下的模样让睡着的人都心动。她将成为老守夜人的儿媳妇留在虚土庄的长夜里。

夜晚多么热闹。无边漆黑的荒野被一个个梦境照亮。有人不断地梦见这个村庄,而且梦见了太阳。我的每一脚都可能踩醒一个人的梦。夜晚的荒野忽暗忽明。好多梦破灭,好多梦点亮。夜行人借着别人的梦之光穿越大地。而在白天,只有守夜人的梦,像云一样在村庄上头孤悬。白天是一个巨人的梦。他梦见了我们的全部生活。梦见播种秋收,梦见我们的一日三餐。我们觉得,照他的梦想活下去已经很好了。不想再改变什么了。一个村庄有一个白日梦就够了。地里的活要没梦的人去干。可能有些在梦中忙坏的人,白天闲甩着手,斜眼看着他不愿过的现实生活。我知道虚土庄有一半人是这样的。

天倏忽又黑了。地上的事看不见了。今夜我会在梦中过怎样的生活。有多少人在天黑后这样想。

这个夜晚我睡不着了。我睡觉的地方躺着另一个人,我不认识。他的脸在月光下流淌,荡漾,好像内心中还有一张脸,想浮出来,外面的脸一直压着它,两张脸相互扭。我听说人做梦时,内心的一张脸浮出来,我们不认识做梦的人。

我想把他抱到沙枣树下,又担心他的梦回来找不到他。把我当成身体,那样我就有两场梦。而被我抱到沙枣树下的那个人,因为梦一直没回来,便一直不能醒来,一夜一夜地睡下去,我带着他的梦醒来睡着,我将被两场不一样的梦拖累死。

梦是认地方的。在车上睡着的人,梦会记住车和路。睡梦中被人抱走的孩子,多少年后自己找回来,他不记得父母家人,不记得自己的姓,但他认得自己的梦,那些梦一直在他当年睡着的地方,等着他。

夜里丢了孩子的人,把孩子睡觉的地方原样保留着,枕头不动,被褥不动,炕头的鞋不动,多少多少年后,一个人经过村庄,一眼认出星星一样悬在房顶的梦,他会停住,已经不认识院子,不认识房门,不认识那张炕,但他会直端端走进去,睡在那个枕头上。

我离开的日子,家里来了一个亲戚,一进门倒头就睡。

已经睡了半年了。母亲说。

他用梦话和我们交谈。我们问几句,他答一句。更多时候,我们不问,他自己说,不停地说。开始家里每天留一个人,听他说梦话。他在说老家的事,也说自己路上遇到的事。我们担心有什么重要事他说了,我们都去地里干活,没听见。后来我们再没工夫听他的梦话了。他说的事情太多,而且翻来覆去地说,好像他在梦中反复经历那些事情。我们恐怕把一辈子搭上,都听不完他的梦话。

也可能我们睡着时他醒来过,在屋子里走动,找饭吃。坐在炕边,和梦中的我们说话。他问了些什么,模模糊糊的我们回答了什么,谁都想不起来。

自从我们不关心他的梦话,这个人离我们越来越远。

我们白天出村干活,他睡觉。我们睡着时他醒来。

我们发现他自己开了一块地,种上粮食。

大概我们的梦话中说了他白吃饭的话,伤他的自尊了。

他在黑暗中耕种的地在哪里,我们一直没找到。

有一阵我父亲发现铁锨磨损得比以前快了。他以为自己在梦中干的活太多,把锨刃磨坏。

可是梦里的活不磨损农具。这个道理他是孩子时,大人就告诉了。

肯定有人夜晚偷用了铁锨。

一个晚上我父亲睡觉时把铁锨立在炕头,用一根细绳拴在锨把上,另一头握在手里。

晚上那个人拿锨时,惊动了父亲。

那个人说,舅,借你铁锨打条埂子。光吃你们家粮食,丢人得很。我自己种了两亩麦子。

我父亲在半梦半醒中松开手。

从那时起,我们知道村庄的夜晚生长另一些粮食,它们单独生长,养活夜晚醒来的人。守夜人的粮食也长在夜里,被月光普照,在星光中吸收水分营养。他们不再要村里供养,村里也养不起他们。除了繁衍成大户人家的守夜人,还有多少人生活在夜晚,没人知道。夜里我们的路空闲,麦场空闲,农具和车空闲。有人用我们闲置的铁锨,在黑暗中挖地。穿我们脱在炕头的鞋,在无人的路上,来回走,留下我们的脚印。拿我们的镰刀割麦子,一车车麦子拉到空闲的场上,铺开,碾轧,扬场,麦粒落地的声音碎碎地拌在风声里,听不见。

天亮后麦场干干净净,麦子不见,麦草不见,飘远的麦壳不见。只有农具加倍地开始磨损。

冯七奶

那个夜晚,风声把一个女人的叫唤引向很多年前,她张开的嘴被一个黑暗的吻接住,那些声音返回去。全部地返回去。

像一匹马,把车扔在远路,独自往回跑,经过一个又一个月光下的村庄。

像八匹马,朝八个方向跑,经过大地上所有村庄。沿途每扇门敞开,每个窗户推开。一个人的过去全部被唤醒。月亮在每个路口升起。所有熄灭的灯点亮。

她最后的盛开没有人看见。那个夜晚,风声把每个角落喊遍,没有一粒土吹动,一片叶子飘起。她的儿女子孙,睡在隔壁的房间里,黑暗中的呼吸起起伏伏。一家之长的大儿子,像在白天说话一样,大声爷气的鼾声响彻屋子。妻子在他身旁轻软地应着声。几个儿女长短不一的鼻息表现着反抗与顺从。狗在院墙的阴影里躺着。远远的一声狗吠像是梦呓。院门紧闭。她最后的盛开无声无息。没有人看见那朵花的颜色。或许她是素淡的,像洒满院落的月光。或许一片鲜红,像心中看不见的血一样。在儿孙们绵延不断的呼吸中,她的嘴大张了一下,又大张了一下。

多少年后他们听见她的喊声,先是儿子儿媳,接着孙子孙女,一个个从尘土中抬起头,顺着那个声音,走向月光下洁白的回返之途。在那里,所有道路被风声扫净。所有坎坷被月光

作者书法作品

在新疆

铺平。

　　风声在夜里暗自牵引,每一阵风都是命运。一个夜半醒来的女孩子,听见风拍打院门,翻过院墙拍打窗户。风满世界地喊。她的醒是唯一的答应。整个村庄只有她一个人被风叫醒,她睁开眼,看见黑暗中刮过村庄的一场风,像吹散草垛一样吹开她的一生。她在呜呜的风声中,看见她的出生,像一声呼喊一样远去的少女光景。接着她看见当年秋天的自己,披红挂彩,走进一户人家的院子。看见她在这个院子里度过多年的生活,像月亮下的睡眠一样安静。风把一切都吹远了。她还看见她的一群儿女,一个个长大后四散而去,像风中的树叶。她始终没有看清娶她做妻的男人的脸。从第一夜,到最后一夜,她一直紧闭双眼。

　　在我身上跑马的男人是谁呢。

　　男人像一个动物,不断向她身上趴过去。

　　仿佛每天这样,熄灯后男人很正经地睡一阵。满炕是孩子们翻身的声音,一个的脚蹬着另一个的埋怨声。接着,是他们渐渐平缓的呼吸,夹杂着东一句西一句的梦话。

　　这时男人便窸窸窣窣爬过来,先过来一只手,解开她的衣服,脱掉上衣和内裤。接着过来两条腿,一条跨过她的双腿,放到另一边,一条留在这边。然后是一堵墙一样压下来的身体。整个过程缓慢,笨拙,偷偷摸摸。她不知道自己该做什么,像一块地一样平躺着,任他耕耘播种。男人也像下地干活一样,他从不知道问问那块地愿不愿意让他种,他的犁头插进去时,地是疼还是舒服。她也从未对他说过一句话,她始终紧闭眼睛。

这个男人已经趴过我的二十六岁了。

一个晚上,她在他身子下面忧伤地想。她不知道她的忧伤是什么。每当他压在她身上,她的双臂便像翅膀一样展开,感觉自己仰天飞翔。她喜欢那种奇怪的感觉,男人越往下用劲,她就飞得越高,都飞到云里去了。

后来孩子满炕时,她的双臂只好收回来,不知所措地并在身边。她觉得似乎应该动动手,抚摸一下男人的脊背,至少,睁眼看他一眼。可是,她没有。

每年春天,男人拉一些种子出去,秋天运回成车的苞谷麦子。在她的记忆中春天秋天就像一天的早晨黄昏一样,她日日在家照料孩子,这个刚能走路,另一个又要出生。她的男人一次比一次播得及时,老大和老二相距一岁半,老二老三相差一岁三个月,老三老四以后,每个孩子只相距一岁或八个月。往往这个还在怀里没有断奶,那个又哇哇落地。哥哥弟弟争奶吃。她甚至没有机会走出村子,去看看男人种的地。有一个下午她爬上房顶,看见村庄四周的油菜花盛开,金黄一片。她不知道哪一片是她男人种的。她真应该到男人劳作的地里去看看,哪怕站在地头,向他招招手,喊他一声。让这个一辈子面朝黄土的人,抬一下头。可她没有。她像一块地一样动不了。男人长年累月,用另一块地上的收成,养活她这块地。

有一年她的男人都快累死,几乎没力气干床上的事,地里的庄稼一半让老鼠吃了。那一年干旱,人和老鼠都急了。麦子没长熟,老鼠便抢着往洞里拖。人见老鼠动手了,也急死慌忙开镰,半黄的麦子打回来。其实不打回来麦子也不会再长熟,地早干透了。

饥荒从秋天就开始了,场光地净后,男人装半车皮子,在一个麻麻亮的早晨,赶车出村。

干旱遍及整个大地,做顺风买卖的车马,像一片叶子在荒野上飘摇,追寻粮食。有关粮食的一点点风声都会让他们跑百里千里,累死马,摔破车。她的男人吆喝马车,沿着风和落叶走过的道路,沿着那些追赶树叶的赌徒走过的道路,一直朝东。

又一个黄昏,晚饭的灶火熄灭后,男人吆车回来,一脸漆黑,车上装着疙疙瘩瘩的几麻袋东西。也是在那个昏暗的墙角,他接过她递来的一碗汤饭,呼噜呼噜喝完,然后很久,没有一丝声音,男人的碗和端碗的手,埋在黑暗中,儿女们在唯一的油灯下,歪着头打盹。

第二年,难得的一场丰收,收获的夏粮足够他们吃到来年秋天,眼看要饿死、瘦得皮包骨头的儿女们,一个个活过来,长个子,长肉和骨架。

这个男人终于趴过我的四十岁了。他好像累坏了,喘着粗气。

又一个晚上,她在他身体下面想。

男人就像一个动物,不断趴过她的身体。他的一只蹄子陷在里面了,拔不出来。今天拔出来,明天又陷进去。这块泥地他过不去了。

事完后,他像一头累坏的牲口,喘着粗气,先是那条腿,笨拙地拿过去,有时那东西像在她身上生了根,他拔出时有一种生生的疼。接着他的身体退回去,那只解开她衣服的手,从来不知道帮她把脱了的衣服穿上,也不知道摸摸她的腿和胸脯。

男人天蒙蒙亮出去,天黑回来。天天这样,晚饭的炉火熄灭后,家里唯一的油灯亮起。儿女们围着昏黄的灯光吃晚饭,盯着碗里的每一粒粮、每一片菜叶,往嘴里送。正是他们认识粮食的年龄。男人坐在一旁的阴影里,呼噜呼噜把一碗饭吃完,递过空碗,她接住,给他盛上第二碗饭。

她递给他饭时眼睛盯着灯光里的一群儿女，他们一个接一个，从她胸脯上掐断奶，尝到粮食滋味，认出自己喜欢的米和面，青菜和水果。他们的父亲呼噜呼噜把又一碗饭吃完，不管什么饭都吃得有滋有味。那么多年她只记住他吃饭的声音，甚至没有来得及看清他的脸和眼睛。

四十岁以后的她，那个男人再没看见。她睁开眼睛，身子上面是熏黑的屋顶。她的男人不见了。她带着五个孩子，自己往五十岁走。往五十五岁走。孩子一个个长大成家后，她独自往六十岁走。

现在，她已经七十三岁。走到跟多年前一样的一个夜晚。风声依旧在外面呼喊。风声把一个人的全部声音送回来。把别的人引开，引到一条一条远离村庄的路上。她最后的盛开没有人看见。那个生命开花的夜晚，一个女人的全部岁月散开，她浑身的气血散开，筋骨散开，毛孔和皮肤散开。呼吸散开。瞳孔的目光散开。向四面八方。她散开的目光穿过大地上一座座没有月光的村庄，所有的道路照亮。所有屋顶和墙现出光芒。土的光芒。木头和落叶的光芒。一个人的全部生命，一年不缺地，回到故乡。

墙　洞

我每天去那个洞口,我趴在地上,一边脸贴着地朝里面看,什么都看不见,有时洞里钻出一只猫,它像在那边吃饱了老鼠,嘴没舔干净,懒洋洋地出来。有时那只黑母鸡,在墙根走来走去,一眨眼钻进墙洞不见了,过一阵子,它又钻出来,跑到鸡窝旁咯咯地叫。我母亲说,黑母鸡又把蛋下哪去了。她说话时眼睛盯着我,好像心里清楚我知道鸡把蛋下哪了。我张着嘴,想说什么又没有声音。

整个白天院子里就我一个人。他们把院门朝外锁住,隔着木板门缝对我喊,好好待着,别乱跑。我母亲快中午时回来一趟,那时我已在一根木头旁睡着了。母亲轻轻喊我的名字。我知道自己醒了,却紧闭双眼,一声不吭。也有时我听见她回来,趴在门框上,满眼泪花看着她开门。家里出了许多事。有一个人翻进院子,把柴垛上一根木头扛走了。他把木头扛过来,搭在院墙上,抱着木头爬上去,把木头拿过墙,搭在另一边,又抱着溜下去。接着我看见那根木头的一端,在墙头晃了一下,不见了。

突然有一天,他们没有回来。我待到中午,趴在木头上睡一觉醒来,又是下午,或另一个早晨,院子里依旧没有人,我扒着木板门缝朝外看,路上空空的。

不时有人拍打院门,喊父亲的名字。又喊母亲的名字。一声比一声高。我躲在木头后面,不敢出来。家里不断出一些事情。还有一个人，双手扒在墙头，像只黑黑的鸟，窥视我们家的院子。他的眼睛扫过家里每一样东西，从南边的羊圈、草垛，到门前的灶头、锅、立在墙根的铁锨，当他看见尘土中呆坐的我，突然张大嘴，瞪大眼睛，像喊叫什么，又茫然无声。

我在那时钻过墙洞，我跟在那只黑母鸡后面。它一低头，我也低着头，跟着钻进去。墙好像很厚。有一会儿，眼前黑黑的。突然又亮了。我看见一个荒废的大院子，芦苇艾蒿遍地。一堵土院墙歪扭地围拢过去。院子的最里边有一排低矮的破土房子，墙根芦苇丛生。一棵半枯的老柳树，斜遮住屋角。

从那时起前院的事仿佛跟我没关系了。我每天到后院里玩。我跟着那只黑母鸡走到它下蛋的草垛下，看见满满的一窝蛋。我没动它们。我早就知道它会有那么多蛋藏在这边。我还跟着那只猫走到它能到达的角角落落，我的父母从不知道，在我像一只猫、一只鸡那样大小的年纪，我常常地钻过墙洞，在后面的院子里玩到很晚。直到有一天，我无法回来。

那一天我回来晚了，许多天我都回来晚了。太阳落到院墙后面，星星出来了，我钻过墙洞。院子里空空的，他们不在家。我趴在木板门框上，眼泪汪汪，听外面路上的脚步声，人说话的声音。它们全消失后我听见父亲的脚步声。他总是走在母亲前面，他们在路上从来不说一句话，黑黑地走路，常常是父亲在院门外停住了，才听见母亲的脚步声，一点点移过来。

那一天比所有时候都更晚。我穿过后院的每一间房子。走过一道又一道木框松动的门，在每一个角落翻找。全是破旧东西，落满了土，动一下就尘土飞扬。在一张歪斜木桌的抽屉里，我找到一张发黄的黑白照片。照片上是一个很像我父亲的清瘦老人，留着稀疏胡须，目光祥和地看着我。那时我还不知道他是我死去多年的爷爷。他就老死在后院这间房子里。在他老得不能动弹那几年，我的父母在前面盖起新房子、围起院墙，留一个小木门通到后院。他们给他送饭、生炉子、太阳天晾晒被褥。我不知道那时候的生活，可能就这样。爷爷死后这扇小木门再没有打开过。

后院永远是我不认识的一种昏黄阳光，暖暖的，却不明亮。墙和木头的影子静静躺在地上。我觉不出它的移动。我从一扇木门出来，又钻进一扇矮矮的几乎贴地的小窗户。那间房子堆满了旧衣服。发着霉味。我一一抱出来，摊在草地上晾晒。那些旧衣服从小到大，整整齐齐叠放着（我有过多么细心的一个奶奶啊）。我把它们铺开，从最小的一件棉夹袄，到最大的一条蓝布裤子，依次摆成一长溜。然后，我从最宽大的那条裤子钻进去，穿过中间的很多件衣服，到达那件小夹袄跟前，我的头再塞不进去。身子套不进去。然后再回过头，一件件钻过那些空洞的衣服。当我再一次从那件最大号的裤子探出头，我知道了从这些空裤腿、袖子、破旧领口脱身走掉的那个人可能是我父亲。

我是否在那一刻突然长大了。

在我还能回来的那些上午、下午，永远是夏天。我的母亲被一行行整齐的苞谷引向远处。地一下子没有尽头。她给一行苞谷间苗，或许锄草，当她间完前面的苗，起身返回时后面的苞谷已经长老了。她突然想起家里的儿子。那时我父亲正沿一条横穿戈壁的长渠回来。他早晨引一渠水浇苞谷地。他扒开口子，跟着渠水走。有时水走得快，远远走在前头。有时水让一个坎挡住，像故意停下来等他。他赶过去，挖几锹。那渠水刚好淌到地头停住了。我的父亲不知道上游的水源已干涸。他以为谁把水截走了。他扛着锨,急急地往上游走,身后大片的苞谷向他干裂着叶子。他在那片戈壁上碰见往回赶的母亲。他们都快认不出来。

怎么了。

怎么回事。

他们相互询问。

我认为是过了许多天的那段日子,也许仅仅是一个下午。我不会有那样漫长的童年。我突然在墙那边长大。我再钻不过那个墙洞。我把头伸过去,头被卡住。腿伸过去,腿被卡住。天渐渐黑了,好像黑过几次又亮了。我听见他们在墙那边找我,一遍遍喊我的名字。我大张着嘴,发不出一丝声音。

我试着找别的门。这样的破宅院,一般墙上都有豁口,我沿墙根转了一圈又一圈,以前发现的几个小豁口都被谁封住了,墙也变得又高又陡。我不敢乱跑,爬在那个洞口旁朝外望。有时院子里静静的,他们或许出去找我了。有时听见脚步声,看见他们忙乱的脚,移过来移过去。

他们几乎找遍所有的地方,却从没有打开后院的门,进来找我。我想他们把房后的这个院子忘了,或许把后院门上的钥匙丢了。我在深夜故意制造一些响动,想引起他们注意。我使劲敲一只破铁筒,用砖头击打一截朽空的木头。响声惊动附近的狗,全跑过来,围着院墙狂吠。有一只狗,还跑进我们家前院,嘴对着这个墙洞咬。可是,没有一个人走过来。

许多天里我听见他们呼喊我的声音。我的母亲在每个路口喊我的乳名,她的嗓子叫哑了,拖着哭腔。我的父亲沿一条一条的路走向远处。我趴在墙洞那边,看见他的脚,一次次从这个院子起程。他有时赶车出去,我看见他去马棚下牵马,他的左脚鞋帮烂了,我看见那个破洞,朝外翻着毛,像一只眼睛。另一次,他骑马出去找我。马车的一个轮子在上一次外出时摔破了。我看见他给马备鞍,他躬身抱马鞍子时,我甚至看见他的半边脸。他左脚的鞋帮更加破烂了。我看不见他的上身,不知他的衣服和帽子,都旧成什么样子。我想喊一声,却说不出一点声音。

我从后院的破烂东西中,翻出一双旧布鞋,从墙洞塞出去。我先把鞋扔过墙洞,再用一根长木棍把它推到离洞口稍远一些。第二天,我看见父亲的脚上换了这双不算太破的旧鞋。我希望这双旧鞋能让他想起早先走过的路,记起早年后院里的生活,并因此打开那扇门,在他们荒弃多年的院子里找到我。可是没有。他又一次赶车出去时秋收已经结束。我听见母亲沙哑的声音对他说,就剩下北沙窝没找过了。你再走一趟吧,再找不见,怕就没有了。让狼吃了也会剩下骨头呀。

他们说话时,就站在离洞口一米远处,我在那边呆呆地看着他们的脚,一动不动。

这期间我的另一个弟弟来到家中。像我早已见过的一个人。我独自在家的那些日子,他从扣上的院门,从院墙的豁口,从房顶、草垛,无数次地走进院子。我跟他说话,带他追风中的树叶。突然地,看见他消失。

只是那时,他没有经过母亲那道门。他从不知道的门缝溜进来,早早地和我成了兄弟。多少年后,他正正经经来到家中,我已在墙的另一面,再无法回来。

我企望他有一天钻过墙洞,和我一起在后院玩。我用了好多办法引诱他。我拿一根木棍伸过墙洞,拨那边的草叶,还在木棍头上拴一片红布,使劲摇。可是,他永远看不见这个墙洞。有几次他从洞口边走过去。他只要蹲下身,拨开那丛贴墙生长的艾蒿草,就能看见我。母亲在屋里做饭时,他一个人在院子里玩。他很少被单独留在家里。母亲过一会出来喊一声。早些时候喊一个名字,后来喊两个名字。我的弟弟妹妹,跟我一样,从来不懂得答应。

我趴在洞口,看见我弟弟的脚步,移过墙根走到柴垛旁,一歪身钻进柴垛缝。母亲看不见他,在院子里大喊,像她早年喊我时一样。过一阵子,母亲到院门口喊叫时,我的弟弟从柴垛下钻出来。我从来没发现柴垛下面有一个洞。我的弟弟,有朝一日像我一样突然消失,他再钻不回来。我不知道柴垛下的洞通向哪里。有一天他像我一样回不来,在柴垛的另一面孤单地长大。他绕不进这个院子,绕不过一垛柴。直到我的母亲烧完这垛柴,发现已经长大成家的儿子,多少年,在一垛柴后面。

在这个院子,我的妹妹在一棵不开花的苹果树后面,孤单地长到出嫁。她在那儿用细软的树枝搭好家,用许多个秋天的叶子缝制嫁衣。我母亲有一年走向那棵树,它老不开花,不结果。母亲想砍了它,栽一棵桃树。她拨开密密的树枝发现自己的女儿时,她已到出嫁年龄。我在洞口看见他们,一前一后往屋子里走。我看不见他们的上半身。母亲一定紧拉着他们的手。

你们咋不答应一声,咋不答应一声。我的嗓子都喊哑了。

母亲说这句话时,他们的脚步正移过墙洞。

我们就这样过着自己不知道的日子,我父亲只清楚他有一个妻子,两三个儿女。当他赶车外出,或扛农具下地,他的妻子儿女在另一种光阴里,过着没有他的生活。而我母亲,一转眼就找不到自己的儿子。她只懂得哭,喊。到远处找。从来不知道低下头,看看一棵蒿草下面的小小墙洞。

我从后院出来时已是一个中年人。没有谁认识我。有一年最北边的一个墙角被风刮倒,我从那个豁口进进出出。我没绕到前院去看我的父亲母亲。在后院里我收拾出半间没全塌的矮土房子,娶妻生子。我的儿子两岁时,从那个墙洞爬到前院,我在洞口等他回来。他去了一天,又一天。或许只是一会儿工夫,我眼睛闭住又睁开。他一头灰土钻回来时,我向他打问那边的事。我的儿子跟我一样只会比画,什么都说不清。我让他拿几样东西回来。是我早年背着父母藏下的东西。我趴在洞口给他指:看,那截木头下面。土块缝里。

他什么都找不到,甚至没遇见一个人。在他印象里墙洞那边的院子永远空空的。我不敢让他时常过去,我想等他稍长大一些,就把这个墙洞堵住。我担心他在那边突然长大,再回不来。

就这样过了好些年。有一年父亲不在了,我听见院墙那边母亲和弟妹的哭喊声。有一年我的弟弟结婚,又一年妹妹出嫁,我依旧像那时一样,趴在这个小洞口,望着那些移来移去的脚。有时谁的东西掉到地上,他弯腰捡拾,我看见一只手,半个头。

仍不断有鸡钻过来,在麦草堆上下一个蛋,然后出去,在那边咯咯地叫。有猫跑到这边捉老鼠。我越来越看不清前院的事。我的腰已经弓不下去,脸也无法贴在地上。耳朵也有点背。一次我隐约听母亲说,后院那个烟囱经常冒烟。

母亲就站在洞口一米处,我看见她的脚尖,我手中有根木棍就能触到她的脚。

"是一户新来的,好像是谁家的亲戚。"父亲说。

父亲的脚离得稍远一些,我看见他的腿朝两边撇开。

"他住我们家的房子也不说一声。"

"他可能住了很多年了。多少年前,我就听见后院经常有动静。我以为是鬼,没敢告诉你。我父母全在那间房子老死的。死过人的房子常有响动。"

我隐隐听见母亲说,要打开后院的门进去看看。又说找不见钥匙了。或许有钥匙但锁孔早已锈死。

他们说话时,我多想从墙洞钻过去,站在他们面前,说出所有的事。

可是,当我走出后院的豁口,绕过院墙走到前院门口时,又径直地朝前走去。我不是从这个门出去的,我对那扇半掩的木板门异常陌生。我似乎从未从外面进入过。就像我在路上遇见牵牛走来的父亲。这个一次次在远路上找过我的父亲。我向他一步步地走近,我的心快跳出来。我想遇面的一瞬他会叫出我的名字。我会喊一声父亲。尽管我压根发不出一丝声音。可是,什么都不会发生。我们只是互望一眼,便相错而去。我们早已无法相识。我长得越来越不像他。

我只有从那个再不能钻过的墙洞回来,我才是他的儿子。我才能找到家,找到锅头,扣在案板上的碗和饭。找到我每个中午抱着睡着的那根木头,找到我母亲少有的一丝微笑,和父亲的沉默和寡言。

在另外的地方我没办法认识他们。即使我从院门进来,我的父母一样不会接受,一个推开院门回来的儿子。我不是从院门走失的。他们回来的那个傍晚院门紧锁,而我不见了。

有一天我硬要从这个墙洞钻过去,我先塞进头,接着使劲往里塞肩膀和身子。我的头都快出去了,身子却卡在墙中,进退不能。

我的妻子回来,见我不在家,就出去找。找一趟回来我还不在,她又出去,在村里每户人家问。在每个路口喊我的名字。像早年我母亲喊我一样。

一个下午,她找到前面的院子,问我母亲有没有看见她丈夫。

我听她哭哑着嗓子说话，听见我母亲低声的回答。她一定从我妻子身上看见多年前的自己。那时她就这副失魂落魄的样子找我。

我妻子出去时，我的儿子一人留在院子。他哭喊一阵，趴在木头上睡着，醒来又接着哭喊。多少年前，我跟他一样在前院度过这样的日子。只是我不会喊。

天黑以后，我听见妻子回来的脚步声。那时，我的儿子已趴在地上睡着。她抱起他哭。她的哭腔在夜里拖得很长很长。我动不了头。也动不了身子。这期间一只黑母鸡每天走到洞口。第一次它的头都伸进来了，眼看碰到我的脸，赶紧缩回去，跑开几步。以后它每天来到洞口，偏着头看里面，看见我一样望着它的眼睛，它叫几声。有时它转过身，用爪子向洞口刨土。我不知道它的意图。我的头和脸都被土蒙住，眼睛也快睁不开。

一个早晨，我母亲起来收拾院子，她拿着一把芨芨扫帚，刷刷地扫地上的树叶和土，有一扫帚，就从墙洞口的草根下刷过去，我一惊，睁开眼睛。看见我们家的一个早晨。晨光将院子染得鲜红。我的母亲开始生炉做饭。我听见她折柴火的声音。听见炉中火焰的声音。听见铁勺和锅碗的轻碰擦摩。过了会儿，母亲端碗过来，坐在那根木头上，家里只剩下她一个人。父亲不在了。妹妹出嫁。弟弟也不知到哪去了。我看不见她手中的碗，看不见她拿筷子的手和一双不知在看着什么的眼睛。我只闻见饭的味道，像在很多年前的中午，我在那时候，永远地闭住眼睛。

我的儿子有一天来到墙根，他转了好几圈，没找到那个墙洞。一层一层的尘土和落叶，埋住我露在洞外的腿和脚。我的儿子站在又一个秋天的落叶上面，踮起脚尖，想看见前院的东西。看不见。他使劲跳蹦子。他的头一下一下地蹿过墙头又落下。他看见墙那边的果树，看见一个秋天的菜园子，旁边塌了一半的马圈棚。

他没有看见我母亲。那时她已直不起腰,整日佝偻着身子,在院子里走动。有一天,她会走到那棵靠墙生长的艾蒿草跟前,拨开枝叶,看见那个小墙洞,她会好奇地把一边脸贴在地上,往里面望,或许什么都看不见。或许,她会看见我差一点就要伸出洞口的头顶。

不认识的白天

一个我叫舅舅的男人,秋收后在家里住过几天,隐约听见他和母亲说,要从我们家抱一个孩子过去。

舅舅家五个女儿,没有儿子。

舅舅答应换一个女孩过来。母亲说,她自己会生,下一个就是女孩了。

他们说话时我站在下风处,耳朵朝着他们。我担心母亲会让舅舅抱走我。

最后抱走的是我弟弟。我看着他被抱走,我头蒙在被子里,从一个小缝看见他们。我没有喊,也没有爬起来拦住。

弟弟脸朝西侧睡着,我也脸朝西,每晚一样,他先睡着,我跟在后面,迷迷糊糊走进一个梦。听刘二爷说,梦是往后走,在梦中年龄小的人在前面。

那时弟弟一岁半,不到两岁。我的梦中从没出现他,我只是夜夜看着他的后脑勺,走进一个没有他的梦里。白天他跟在我后面,拉着我的手和衣襟。他什么路都不知道,才下地几个月。哪条路上都没有他的脚印。不像我,村里村外的路上,没路的虚土梁上,都能遇到自己的脚印。以前我撒过尿的地方,留下一片黄色的硬碱壳子。在虚土梁上撒一泡尿,比一串脚印留的时间长。脚印会被风吹走。尿水结成的硬碱壳子,却可以原样保留好多年,甚至比人的命还长。人后半生里遇见最多的,是自己前半生撒尿结的硬碱壳子。不光狗和狼认识自己撒的尿,人也认识自己撒的尿。每个人撒尿的习惯不一样,尿水冲出的痕迹就不一样。有人喜欢对准一处,在地上冲出一个洞。有人不这样。听说王五爷撒尿时喜欢拨动球把子,在地上写一个连笔的王。我偷偷看过王五爷的尿迹,确实这样。刘二爷撒尿会不会写一个连笔刘,我没有跟去看过。这些聪明人,脑子里想法多,肯定不会像一般人老老实实地撒尿。即使撒尿这样的小事情,也会做得跟别人不一样,做成大事情。多少年后,这片荒野远远近近的芨芨草和红柳墩后面,到处能看到结成硬碱壳子的连笔"刘"或"王"字。连空气中似乎都飘着他们的尿骚味。这片天地就这样被他们牢牢占住。

我快睡过去了,听见被子动。

"睡稳了,抱起来。"我父亲的声音。

我一动不动,心想如果他们要抱走我,怎么办,我睁开眼睛,哭闹。把全家人叫醒。有什么用呢,下一个晚上我睡着时还会被抱走。那我一声不吭,假装睡着,然后我认下回来的路,自己跑回来。

被抱起来的是弟弟,他们给他换了新衣新鞋。

我不知道为什么假装睡着。如果我爬起来,抱住弟弟不放,哭着大喊,喊醒母亲和大哥,喊醒全村人,他们也许抱不走他。也许守夜人会拦住。但我没爬起来,也没听到母亲的声音,也许她和我一样,头蒙在被子里,假装睡着。

过了一会儿,我听见母亲低低地哭泣,听见马车驶出院门,从西边荒野上走了。我记住这个方向,等我长大,一定去把弟弟找回来。我会找遍西边所有的村子,敲遍每户人家的门。

我一直没有长大。

以后我去过那么多村庄,在这片荒野中来回地游走,都没想到去找被抱走的弟弟。长大走掉的是别人,他们没为我去做这件事情。

那个早晨,我弟弟走进一场不认识的梦中。他梦见自己醒来,看见五个姐姐围在身边,一个比一个高半头,一个比一个好看。他不好意思地笑了笑,又闭着眼睛。她们叫他另外一个名字:榆树。让他答应。他想说,我不叫榆树,叫刘三。又觉得在梦中,叫就叫吧,反正不是真的,醒来他还是刘三。

两个大人坐在旁边,让他叫爸爸妈妈。他认得那个男的,是舅舅,到过自己家,还住了几天。怎么变成爸爸了。自己有爸爸妈妈呀,怎么又成了别人家的儿子。他想不清。反正是梦。梦里的事情,怎么安排的就怎么做,跟演戏一样,一阵子就过去了。他刚会听话时,母亲就教他怎样辨别梦。母亲说,孩子,我们过的生活,一段是真的,一段是假的。假的那一段是梦。千万别搞混了。早晨起来不要还接着晚上的梦去生活,那样整个白天都变成黑夜了。

但我弟弟还是经常把梦和现实混在一起。他在白天哭喊,闹。我们以为他生病了,给他喂药。以为饿了,渴了,给他馍馍吃,给水喝。他还是哭闹。没命地哭喊。母亲问他,他说不出。

他在早晨哭,一睁眼就哭。哭到中午停下来。愣愣地朝四处望,朝天上地上望。半夜也哭,哭着哭着又笑了。

母亲说,你弟弟还没分清梦和现实。他醒来看不见梦里的东西了,就哭喊。哭喊到中午渐渐接受了白天。梦里他认识的白天又不见了,又哭喊,哭着哭着又接受了。我们不知道他夜夜梦见什么。他在梦里的生活,可能比醒来好,他在梦里还有一个妈妈,可能也比我好。不然他不会在白天哭得死去活来。

弟弟被抱走前的几个月,已经不怎么爱哭了。我带着他在村里玩,那时村里就他一个这么小的孩子,其他孩子,远远地隔着三岁、五岁,我们走不到跟前。我带着他和风玩,和虫子树叶玩,和自己的影子玩。在我弟弟的记忆里人全长大走了,连我也长大走了,他一个人在村子里走,地上只剩下大人的影子。

在他刚刚承认睁开眼看见的这个村子,刚刚认牢实家里的每个人,就要把梦分开了,突然地,一个夜晚他睡着时,被人抱到另一个村庄。

他们给他洗头,剃光头发,剪掉指甲,连眉毛睫毛都剪了。

"再长出来时,你就完全是我们家的人了。"让他叫妈妈的女人说。

他摸摸自己的光头,又摸摸剪秃的指甲,笑了笑。这不是真的。我已经知道什么是真的了。我的弟弟在心里说。

多少年后,我的弟弟突然醒过来。他听一个邻居讲出自己的身世。邻居是个孤老头,每天坐在房顶,看村子,看远远近近的路。老头家以前七口人,后来一个一个走得不见了。那个孤老头,在自己家人走失后,开始一天不落清点进出村子的人。只要天边有尘土扬起,他就会说,看,肯定是我们家的人,在远处走动。

他说"看"的时候,身后只有半截黑烟囱。

那时我的弟弟站在房后的院子。在他的每一场梦中都有一个孤老头坐在房顶。他已经认得他,知道关于他的许多事。

一个早晨,我弟弟趴梯子上房,站在孤老头身后,听他挨家挨户讲这个村子,还讲村子中间的一棵大树。讲到舅舅家时,老头停住了。停了好久,其间烟囱的影子移到西墙头,跌下房,房顶的泥皮被太阳晒烫,老头的话又来了。

你被马车拉到这一家的那个早晨,我就坐在房顶。老头说。我看见他们把你抱到屋里。你是唯一一个睡着来到村庄的人。我不知道你带来一个多么大的梦,你的脑子里装满另一个村庄的事。

你把在我们村里醒来的那个早晨当成了梦。你在这个家里的生活,就这样开始了。你一直把我们当成你的一个梦,你以为是你梦见了我们。因为你一直这样认为,我们一村庄人的生活,从你被抱来睁开眼睛的那一刻,就变虚了。尽管我们依旧像以前一样实实在在地生活,可是,在你的眼睛中我们只是一场梦。我们无法不在乎你的看法。因为我们也不知道自己活在怎样的生活中。我们给了你一千个早晨,让你从这个村庄醒来。让你把弄反的醒和睡调整过来。一开始我们都认为这家人抱回来一个傻子,梦和醒不分。可是,多少年来,一个又一个早晨,你一再地把我们的生活当成梦时,我们心里也虚了。难道我们的生活只是别人的一个遥远睡梦。我们活在自己不知道的一个梦里。现在,这个梦见我们的人就走在村里。

从那时起,我们就把你当神一样看,你在村里做什么都没人管。谁见了你都不大声说话。我们是你梦见的一村庄人。你醒了我们也就不见了。烟一样散掉了。不知道你的梦会有多长。我们提心吊胆。以前我看远处路上的尘土,看进出村子的人。现在我每天盯着你看。我把梯子搭在后墙,让你天天看见梯子。有一天你会朝上走到房顶。我等了你好多年,你终于上来了。我得把前前后后的事给你说清楚,你会认为我说的全是梦话。你朝下看一看,你会不会害怕,这个梦是不是太真了。

我弟弟一开始听不懂孤老头的话,他两眼恍惚地望着被老头说出来的村子,望着房顶后面的院子,他的姐姐全仰头望他,喊榆木,榆木,下来,吃午饭了。

他呆呆地把村子看了一遍又一遍。又看着喊他下来的三个姐姐,另两个怎么不见了。怎么少了两个姐姐,他使劲想。突然,他惊醒过来。像一个迷向的人,回转过来。村子真实地摆在眼前,三个姐姐真实地站在院子里,他不敢看她们,不敢从房顶下来。以前他认为的真实生活,原来全是回忆和梦。他的真实生活在两岁时,被人偷换了。他突然看见已经长大的自己,高高晃晃,站在房顶。其间发生了多少他认为是梦的事,他一下全想起来。有一天,那个让他叫爸爸的男人去世了,他的五个姐姐抱头痛哭,让他叫妈妈的女人泣不成声。他站在一边,愣愣地安慰自己:这是梦中的死亡,不是真的。

另外一年大姐姐远嫁,娶她的男人把马车停在院门口,车上铺着红毡,马笼头上缀着红缨。他依稀记得这辆马车,跑顺风买卖的,去年秋天,一场西风在村里停住,这辆马车也停下来,车户借住在姐姐家里,半个月后西风又起了,马车却再没上路,赶车的男人自愿留下来,帮姐姐家秋收,姐姐家正好缺劳力,就让他留下了。他看上了二姐姐,一天到晚眼睛盯着二姐姐看,好像他的目光缠在二姐姐身上,结了死疙瘩。最后,姐姐的父亲把大姐姐给他拉走了,因为二姐姐还没成人,赶车人说愿意住下等,等到二姐姐成人。姐姐的父亲好像默许了,不知为什么,没等到几年,只过了一个秋天,一个冬天和春天,他又决定娶大姐姐了,他不等二姐姐成人了,可能等不及了,也可能发生了其他事,赶车人忍不住,摘了先熟的桃子。这些我的弟弟全看见,但他没认真去想,去记。赶车人把大姐姐抱到车上,在一场东风里离开村子。出门前家里人都难过,姐姐的母亲在哭。另几个姐姐也围着车哭。当了新娘的姐姐,抱着弟弟哭,弟弟也想流泪,放开嗓子哭,又想这只是梦里,不必当真。

他的五个姐姐,一个比一个喜欢他。那两个让他叫爸爸妈妈的大人,也特别喜欢他。但他一想到只是梦,也就不留心了。他从不把他们的喜欢当回事。

作者和妻子女儿在伊犁

获鲁迅文学奖后发言

这么多年,在他自认为是梦的恍惚生活中,他都干了些什么。他的大姐姐,经常把他带到梁下的芦苇丛,摸他的小鸡鸡。用舌头舔。含在嘴里,像糖一样唆。把他的手拉着,放到她的腿中间。

二姐姐在出嫁的头天晚上,把他带到沙沟那边,让他脱了裤子,把他的小鸡鸡放在她那个地方,让他顶,使劲顶。他不明白,照着姐姐说的做,突然一下进去了,像掉进一个坑里,他叫了一声,赶紧往外拔,却又更深地陷进去。

他的三姐姐,用同样的方式要了他。大姐姐把他带到梁下的时候,二姐姐、三姐姐都看见了,她们跟着脚印走到芦苇丛。

他的三个大姐姐,教会他亲嘴抚摸和做爱,然后他用这些教会最小的两个姐姐。

我弟弟对这些羞愧不已,他在得知自己身世的第五天,逃跑了。这五天他一直没回村子,藏在村外的大榆树上,眼睛直直地盯着村子,进进出出的人和牲口,盯着姐姐家的房顶和院门。这真是我真实生活的村庄吗?我一直认为是梦,一场一场的梦,我从没有认真对待过这里的人和事情,我由着性子,胡作非为。我干了多少不是人干的事情。我当着人的面亲姐姐的嘴,摸姐姐的乳房。我以为他们全是梦中的影子,我梦见这一村庄人,梦见五个姐姐。我醒来他们全消失。可是,醒来后他们真真实实地摆在面前。

弟弟失踪后,整个荒野被五个姐姐的呼喊填满,远嫁的两个姐姐也回来了,她们在每条路上找他。在每个黄昏和早晨对着太阳喊他。每一句他都听到了,他一句不回应。他没法答应。他找不到他的声音。

整个村子都乱了。地上到处是乱糟糟的影子。梦见他们的人醒了,一村庄人的生活,重新变得遥远。

我弟弟沿着他梦中走过的道路找到虚土庄。自从抱走了弟弟,舅舅再没来过虚土庄。他把两个村庄间的路埋掉。他担心我弟弟长大了会找回来。弟弟还是找回来了。

弟弟回来的时候,家已经完全陌生,父亲走失,母亲变成白发苍苍的老人,哥哥们长成不认识的大人,他被抱走后出生的妹妹,都要出嫁。他被另一个村庄的风,吹得走了形。连母亲都认不出他。多少年他吃别处的粮食,呼吸另一片天空下的空气,已经没有一点点虚土庄人的样子。说话的腔调,走路的架势,都像外乡人。

母亲一直留着弟弟的衣服和鞋,留着他晚上睡觉的那片炕。尽管又生了几个弟弟和妹妹,他睡过的那片炕一直空着,枕头原样摆着。夜里我睁开眼,看见一坨月光照在空枕头上。我每夜感觉到他回来,静静地挨着我躺下,呼出的鼻息吹到我脸上。有时他在院子里走动,在院门外的土路上奔跑叫喊。他在梦中回来的时候,村子空空的,留给他一个人。所有道路给他一个人奔跑,所有房子由他进出,所有月光和星星,给他照明。

我从谁那里知道了这些,仿佛我经历了一切,我在那个早晨睁开眼睛,看见围在身边的五个姐姐,一个比一个高半头,一个比一个好看。也许那个晚上,我的一只眼睛跟着弟弟走了。我看见的一半生活是他的。

我弟弟像一个过客,留在虚土庄,他天天围着房子转几圈,好像在寻找什么。村里没有一个认识他的人,他也不认识他们。他时常走到村外的沙包上,站在张望身边,长久地看着村子。那时张望已经瞎了眼,他从我弟弟的脚步声判断,一个外乡人进了村。我弟弟是夜里走失的,在张望的账本里,这个人多少年没有动静,好像睡着了。当我弟弟走到跟前时,他才听出来,这双脚多年前,曾经踩起过虚土梁上的尘土,那些尘土中的一两粒,一直没落下来,在云朵上,睁开眼睛。

我弟弟站在我当年站的地方,像我一样,静静听已经瞎了的张望说话。他一遍又一遍说着村里的人和事,一户挨一户地说。

看,房顶码着木头的那户人家,有五口人不在了。剩下的三口人出去找他们,也没回来。

门口长着沙枣树的那户人家呢。人都到哪去了。这么些年,那棵沙枣树下的人家都发生了什么事。我弟弟问。

不知道张望向他回答了什么。也许关于自己家的事,他一句话都问不到。和我那时一样。这个张望,他告诉我村庄的所有事情,唯独把我们家的事隐瞒了。也许他身后站着另一个人时,他说的全是我们家的事。

看,门口长一棵沙枣树的那户人家。

他会怎样说下去,在他几十年来,一天天的注视里,我们家到底发生了什么事,谁走了,谁在远处没有回来。我们家还有几口人在外面。我在哪里。

在别处我也从没听到过有关我们家的一丝消息。仿佛我们不在这个村庄。仿佛我们一直静悄悄地过着别人不知道的生活。

我弟弟回来的时候,我只是感觉他带回来我的一只眼睛。我的另一只眼睛,又在别处看见谁的生活。我什么都记不清,乱糟糟的。也许那时候,我刚好回到童年,回到他被人抱走的那个夜晚,我头蒙在被子里,从一个小缝看着他被抱走,我依旧不知道该怎么办。

卖磨刀石的人

房子一年年变矮，半截子陷进虚土。人和牲口把梁上的虚土踩实，房子也把墙下的虚土压实。那些地，一阵子长苞谷，一阵子又长麦子。这阵子它开始长草了，从虚土庄到天边，都是草。草把大地连起来，我们村边的一棵芦苇，刮风时能拍打到天边的另一棵芦苇。

七月，走远的人回来说，东边是大片的铃铛刺，一刮风铃铛的响声铺天盖地，所有种子被摇醒，一次次走上遥远的播种之路。红柳和碱蒿把西边的荒野封死，秋天火红的红柳花和天边的红云连作一气，又从天空涌卷回来，把村庄的房顶烟囱染红，把做饭的锅染红，晚归的人和牛也是红的。

只有几个孩子的梦飘过北边沙漠。更多人的梦，还在早年老家的土墙根，没走到这里。只有回到老家的路是通的，那条路，被无数的后来者走宽，走通顺。

刘二爷说，我们无法利用一场梦，把村庄搬到别处。即使每人梦见一辆大车，梦见一条畅通无阻的大路，可是，又有谁能把这些车和路梦到一起。梦中谁又会清醒地知道我们的去处。

每年七月，跑买卖的冯七闻着麦香回来，马脖子上的铃铛声在几里外传进村子。我们对他拉回来的东西没一点兴趣，喜欢听他说外面的事，他跑的地方最多，走的路最远。那些夜晚，村里一半人围在冯七家院子。有人想打听自己家人在远路上的消息。有人想打问自己的消息。冯七从来不带回同村人的消息,仿佛他们在远处从没有相遇。仿佛每个人都去了不同的地方。

当冯七讲完他经过的所有村庄后,天还没亮,院子黑压压坐着人,有的睡着了,有的半睡半醒。这时就有人问,你每次回来时,看见了一个怎样的虚土庄。你见识了那么多人,回来看见的虚土庄人又是怎样一种人,我们在怎样的生活中过着一生。

冯七说,我从北边回来的那个下午,看见虚土庄子的背后,零乱的柴垛,破土墙,粪堆,草圈棚。看见晚归人落满草叶尘土的脊背,蓬乱的后脑勺。多陌生啊。我就想,我们一次次回去的是这样一座村庄。一天天的劳忙后我们变成这样一群背影。

你们或许从没注意过村子的背后,也很少有人从背后走进村子。

我从东边回来的中午,看见太阳照亮的屋墙。所有人和牲畜在西北墙根乘凉。村庄的东面比西面新,漫长的西风把向西的墙吹秃、刮歪,把向西的草垛吹乱。从西边走过的人,会以为虚土庄是个几百年的老庄子了,从东边看才知道是个新庄子。

而我从南面回来的早晨,看见的却是另一番情景:整洁的院落,敞亮的门窗,刚洒过水,清扫干净的路。穿着一新准备出门的村人。南面是村庄的门面,向着太阳月亮。我们不欢迎从北边来的人,我们把北边来的人叫贼娃子。北边没有正经路,北边是我们长柴火、放羊、套兔子打狼的地方。南来的路到了虚土庄,叉开两条腿,朝西朝东走了。

我还没有从天上到达过虚土庄,不知道一只鸟、那群飞旋的鹞鹰看见了一座怎样的村庄。它们呱呱地叫,因为我们的哪件事情。它们在天上议论我们村子,落到地上时说天上的事,叽叽喳喳,说三道四。听懂鸟语的人说,鸟天天在天上骂人,在树枝上骂人,人以为鸟给自己唱歌,高兴得不得了。柳户地村有个懂鸟语的,也会听猪马羊这些牲口的话,他只活了二十七岁,死掉了。说是气死的。所有动物都在骂人,诅咒人。那个听懂牲口话的人就被早早骂死了。

冯七讲述的远处村庄让人们彻底绝望。他把村里人的脑子讲乱了,弄不清到底有多少个村庄。当他讲述一个村庄时,在人们心中就会有三四个相同的村庄,出现在不同的远方。它们星星一样密布在远远近近的地方。

无论我们朝哪个方向走,最终都将融入前方的一个村庄,在那里安家落户,变成外来人,种别人种剩的地,听人家指使。

另一些买卖人带来的消息,证实了冯七的说法。这片荒野四周都已住满人,只剩下虚土庄周围的这片荒野。虚土庄人的远方早就消失了,人、牛马羊,都没有更远的去处。以前我们长柴火、放羊、套兔子打狼的北沙窝,我们认为连鸟都飞不过去的北沙窝,到处是人走出的路,沙漠那头的人,已经把羊群赶过来,吃我们村边地头的草了。他们挖柴火的车,也已停到我们村边,挖我们地头墙根的梭梭红柳。老早我们叫砍柴火,砍一些梭梭红柳枝就够烧了。现在近处的梭梭红柳枝被砍光,我们只有挖它们的根。

刘二爷说,那些车户,一开始想找一条路,把整个村子带出去。后来走的地方多了,把别处的好东西一车车运回村子时,觉得没必要再去别处了。况且,他们找到的所有路都只适合一辆马车奔跑,而不适合一个村庄去走。他们到过的所有村庄都只能让一个人居住,而无法让一个村庄落脚。

七月,麦香把走远的人唤回村子。割麦子了。磨镰刀的声音把猪和羊吓坏了。卖磨刀石的人今年没来。大前年七月,那个背石头的人挨家挨户敲门。

　　卖磨刀石了。

　　南山的石头。

　　这个喊声在大前年七月的早晨,把人唤醒。突然地,人们想起该磨刀割麦子了。本来割麦子不算什么事,每年这个时节都割麦子。麦子黄了人就会下地。可是,这个人的喊声让人们觉得,割麦子成了一件事。人被突然唤醒似的,动作起来。

　　那时节人的瞌睡很轻,大人小孩,都对这片陌生地方不放心。夜晚至少有一半人清醒,一半人半睡半醒。一片树叶落地都会惊醒一个人。守夜人的两个儿子还没出生。另两个,小小的,白天睡觉,晚上孤单地坐在黑暗中,眼睛跟着父亲的眼睛,朝村庄的四个方向,转着看。守夜人在房顶上,抵挡黑暗的风声。风中的每一个声音都不放过。贴地刮来的两片树叶,一起一落,听着就像一个人的脚步,走进村子。风如果在夜里停住,满天空往下落东西。落下最多的是尘土叶子,也有别的好东西,一块头巾,几团骆驼毛。

　　后来人的瞌睡一年年加重,就很难有一种声音能喊醒。狗都不怎么叫了。狗知道自己的叫声早在人耳朵里磨出厚茧。鸡只是公鸡叫母鸡。鸡叫声越来越远,梦里的一天亮了,人们穿衣出门。

　　一块磨刀石五年就磨凹了。再过两年,我才能听到那个背石头人的敲门声。他在路上喊。

　　卖磨刀石了。

　　南山的石头。

　　然后挨家敲门。敲到我们家院门时,我站在门后面,隔着门缝看见他脊背上的石头。他敲两下,停一阵再敲两下。我一声不吭。他转身走到路中间时,我突然举起手,在里面哐哐敲两下门,他回过头,疑惑地看一眼院门,想转身回来,又快步地朝前走了。过一阵我听见后面韩拐子家的门被敲响。

卖石头的人在南山采了石头,背着一路朝北,到达虚土庄再往西,路上风把石头的一面吹光。有时碰见跑顺风买卖的,搭一段路。但是很少。卖石头的人大多走侧风和顶风路,迎着麦香找到荒野中麦地拥围的村庄。

他再回到虚土庄时我已经长大走了。我是提一把镰刀走的,还是扛一把铁锨,或者赶一辆马车走的,我记不清。那时梦里的活开始磨损农具,磨刀石加倍地磨损,早就像鞋底一样薄了。一块磨刀石两年就磨坏了。可是卖磨刀石的人,来虚土庄的间隔,却越来越长,七八年来一次。他背着石头在荒野上发现越来越多的村庄,卖石头的路也越走越远,加上他的脚步,一年比一年慢,后来多少年间,听不到他的叫卖声了。

老　鼠

　　我整夜整夜睡不着。天空在落土。天一黑天空就开始落土。后来白天也落。我们以为人踩起的土在落。那时候人都慌张了，四处奔波，牲口也跟着奔波，被踩起的土一阵一阵朝天上落。夜晚地悄静下来时那些土又往回落。越落越多，永远都落不完。

　　我们没踩起这么多土呀。

　　赶人意识到天已经变成土天时，人倒不乱跑了。或许奔波乏了，都躲在屋里不愿露头。偶尔遇见一两个走路人，全耷拉脑袋，不住地摇头，像干了多大的懊恼事。其实在抖头上的土。不断下落的尘土先把人的脊背压弯，再把头压垂，接着两只前肢落地。两米之外就分不清人畜。三五米外啥都看不见，全是黄昏昏的土。

　　我从那时起整夜睡不着。白天也睡不着。我躺在大土炕的最西边，一遍遍地想着事情。天空不断在落土，能听见屋顶的椽子微微下垂的声音。听见土墙一毫毫下折的声音。每到半夜，我父亲就会上房去扫土。我听见他开门出去，听见他爬立在东墙的梯子。然后听见他的脚落到房顶。椽子嘎叭叭响。听见扫帚刷刷的声音。父亲下房后我又听见房顶的椽子檩子，在一阵细微的响动中，复原自己。

　　夜夜有孩子在哭。狗拖着长腔朝天叫。出生了不少孩子，那些年。有的没长大就死掉了。有的长大后死了。整个那一茬人,没几个活下来的。老鼠越来越多。地上到处是洞。那时落下的土,多少年后又飞扬起来,弥天漫地。那时埋掉的人,又一个个回到地面。只是,我没有坚持住自己。我变成了另一种动物,悄无声息生活在村子地下。我把我的口粮从家里的粮仓中,一粒粒转移到地下。把衣服脱在地上,鞋放在窗台。我的家人以为我被土埋掉了。

一群群的鸟经过村子,高声鸣叫,像在喊地上的人:走了,走了。人不敢朝天上看,簌簌下落的土一会就把人的眼睛糊住。鸟飞着飞着翅膀不动了,一头栽下来。一落地很快埋进土里找不见。牲口不断地挪动蹄子。树越长越矮,一棵变成好多棵。人不停地走,稍站一会儿就被土埋掉半截子。喊人救命。过来一个扛铁锨的,把他挖出来。

经常有人被土埋掉,坐在墙根打个盹人就不见了。走累了在地上躺一会儿人就不见了。剩下的人已经没力气挖土里人。

人人扛着铁锨。只有不断地在院子里挖土,才能找到昨天放下的东西。铁锨本身也在被土埋没。根本没有路。以前的路早看不见了,新的路再不可能被踩出。人除了待在家,哪都不敢去。麦子长黄时,土已经涌到穗头,人贴着地皮收割麦穗,漏收的被土埋住,又生芽长叶。一茬接着一茬往上长。

我在那时候变成一只鸟了。我不敢飞。(或许我以前远飞过,翅膀越来越重,一头栽下来。)我在一只鸟落地那一瞬接住它的命。它活不成了,我替它活一阵子。我不住抖羽毛上的土,在越来越矮的房顶上走来走去。我的父亲过几个时辰出来一次,一抬腿跨上房顶。立在东墙上的梯子只露出一点头儿。这时我飞起来,听见父亲在底下刷刷地扫房顶的土。有一次我看见他拿一把锹挖东墙根的土，他大概想把那只梯子挖出来，从天窗伸进屋里。事实上不久以后他们便开始从天窗进出。门和窗子全埋入尘土。

我父亲干活时，我就站在他身后的树梢上。那棵树以前有十米高。我那时常坐在树下，看站在树梢上的鸟，飞走又落回来。我爬上树，却怎么也到不了那个最高的树枝。如今这棵树只剩下矮矮的树梢了。我"爸"、"爸"地对着父亲大叫。叫出的声音却是"啊"、"啊"。我父亲好像听烦了，转身一锹土扬过来，我险些被埋掉，扑扇着翅膀飞走了。他已经不认识这个鸟儿子了。我在不远处伤心地看着他的脊背被土压弯，他的头还没有耷拉下去。他还在坚持。我为什么就坚持不住呢。

土刚开始下落的那些夜晚，我还能睡着。尘土像棉被一样覆盖村子和田野。土不像雨点一样打人，也不冰凉，也没有声音。它不断落在身上时人的皮肤会变重，而整个身体会逐渐放松。人很快就会睡过去。树上的叶子，在不知觉中被土压垂，落下去。我经常在半夜醒来，听见叶子沉沉的坠落声。家里人全在睡梦中。我兀地坐起，穿衣出门，在昏黄的月色中走遍整个村子。我推开一家又一家院门，轻脚走进院子，耳朵贴着窗户细听。

在很多个夜里，我重复着这件事，却又不知自己为什么要这样。村子里空空静静，月光把漫天的尘土染成昏黄（白天尘土是灰白的）。树啪啪往下掉叶子，听上去像无数个小人从树上往下跳。我不敢靠近树走，巷子中间有一窄溜露着月光。我往前走时心里想着最好遇见一个人。他从那头走过来，我听见他的脚步声，看见他模糊的影子。也许真遇见了我会害怕得停下来，转身往回跑，以为自己遇见鬼了。

还在早些时候,我就对父亲说,我们走吧,这地方住不成了。庄稼长一寸就被土埋掉一寸。树越长越低。什么东西都落满了土,一开始人拿起啥东西都要嘴对着吹一吹土,无论吃的还是用的。后来土落厚了就用手拍打。再后来人就懒得动了。土落在头上脸上也不洗了。落在身上也不拍打了。仿佛人们认为人世间就是这般境地。连我父亲都已经认命。他说,儿子,我们往哪走啊,满世界都是土。我说不是的,父亲,我知道有些地方天是蓝的,空气跟我们以前看见的一样透明。在那里田野被绿草覆盖。土地潮湿。风中除了秋天的金黄叶子,没有一粒尘土。

我父亲默然地看着我。

我们该走掉一个人。我说。总不能全让土埋在这里。

我说这些话时,一只一只的鸟正在飞离村子。有的飞着飞着翅膀不动了,直直掉下来。地上已经没有路。

很久以后,我父亲都坚持认为我走掉了。尽管家里其他人认为我被土埋掉了。他们知道我不好动,爱坐在墙根发愣。爱躺在地上胡想事情。最先被土埋掉的,就是这种人。他们说。

我父亲却坚信自己的看法。他说我正生活在一片没有尘土的蓝天下。他说我在那里仍旧没有忘记养成的习惯,拿起什么都要对着嘴扑扑地吹两下,再用手拍打两下。

我们家总算走出去一个人。即使我们全埋掉了,多少年后,还会有一个亲人,扛着铁锨回来,挖出我们。

我父亲这样说时,我就躲在家里的桌子底下,羞愧地低着头。

我常常躲在这儿听家里人说话。

又一年过去了。每年秋收结束后,我父亲总会说这一句话。那时天已经黑了,家里人全待在屋里。收回的粮食也堆在屋里。一家人黑黑坐着,像在等父亲再说些什么。有人等着等着一歪身睡着。有人下炕去喝水,听见碗碰到水缸。外面簌簌在落土。我在他们全睡熟时,爬上炕沿,看见我以前睡觉的地方,放着两麻袋粮食,安安静静,仿佛我还躺在那里,一夜夜地想着一些事。我试着咬开一只麻袋,一半是土一半是麦子。

　　有时我听他们商量着,如何灭掉家里这一窝老鼠。他们知道老鼠洞就在桌子底下。他们在睡觉前,听见桌子底下的动静,说着要灭老鼠的事。说着说着全睡着了。从来没有人动手去做。猫在刚开始落土时就逃走了。村里的狗也逃走了。剩下人和牲畜。牲畜因为被人拴住没有走掉。人为啥也没走掉呢?

　　我父亲依旧在半夜上房扫土。不是从东墙的梯子,而是从天窗直接爬到房顶。门和窗户都被土埋掉了。我父亲上房后,先扛一把锨,在昏黄的月光里走遍村子,像我数年前独自走在有一窄溜月光的村巷。村子已不似从前,所有房子都被土埋掉一大半。露出的房顶一跨脚就能上去。我父亲趴在一户人家的天窗口,侧耳听一会儿里面的动静,又起身走向另一家。当回到自家的房顶刷刷地扫土时,依旧有一只鸟站在背后的矮树梢上,"啊、啊"地对他大叫。

　　那已是另一只鸟了。

　　我父亲永远不会知道,他的儿子已经变成老鼠。

　　我原想变成一只鸟飞走的。

　　还在早些时候,我就对父亲说,我们飞吧,再晚就来不及了。

　　那时道路还没有全部被土埋没。在人还可以走掉时,人人怀着侥幸,以为土落一阵会停。

　　不断有鸟飞过村子。有的飞着飞着翅膀不动了,一头栽下来。更多的鸟飞过村子,在远处一头栽下来。可能有个别的鸟飞走了。

　　我在那时变成了鸟。

一只一只鸟的命,从天上往下落。在它们未坠落之前,鸟的命是活的。鸟的惊叫直冲云霄。它们还在空中时,我能接住它们的命往下活。我那时已经在土里了。我的家人说得对,我确实被土埋掉了。我坐在墙根打了个盹,或许想了一会儿事情,我的身体就不见了。在土埋住我的眼睛前,我突然看见自己扇动翅膀。我看见自己翅膀的羽毛,黑白相间。很大的一双翅膀,悠然伸展开。我被它覆盖,温暖而幸福地闭上眼睛。

接下来是我的翅膀上面,那双鸟眼睛看见的世界。我并没有飞掉。只是在那一刻展开了翅膀。

以后的日子多么漫长,一年一年的光景从眼前过去了。在一只鸟的眼睛里,村庄一层层被土埋掉。我的家人只知道,屋旁日渐低矮的树梢上多了一只鸟。他们拿土块打它,举起铁锨撵,它飞出几米又回来。见了家里的谁都"啊、啊"地叫。后来他们就不管它了。

他们在那个昏黄的下午,发现我不在了。那时他们刚从地里回来,在院子里拍打身上的土、头上的土。多少年后他们都不知道,这院房子一半被天上落下的土埋掉。一半被他们从身上抖下的土埋掉。村里有房子的地方都成了一座座沙土丘。他们抖完土进到屋里,很快就发现我不见了。不知从何时开始,每天收工回来,家里人都要相互环视一遍,确认人都在了才开始吃饭。

他们又来到院子,大声喊我的名字。一人喊一声,七八个声音,此起彼伏。我在树枝上"啊、啊"地叫,一块土块飞过来,险些打着我的翅膀,我看见是我的弟弟扔的,我赶紧飞开。

过了一会儿我飞回来时,他们已不喊我的名字了。天也黑了一些。我的弟弟拿一把铁锨,说要到我常喜欢待的地方去挖挖,看能否在土里找见我。我父亲却坚信我走远了,让他们别再费劲,都快进屋去。他们说话时我就站在旁边的树枝上,圆睁着双眼,陌生地看着他们。

每天夜里我都跳到房顶,头探进天窗,看睡了一炕的家人。看从前我睡觉的那片炕。我父亲半夜出来扫土时,我又落到一旁的树枝,直直地看着他。他扛着锹在昏黄月光下的村子里,挨个地窥视那些天窗时,我就飞在他头顶,无声地扇动翅膀。

仿佛永远是暗夜。白天也昏昏沉沉。太阳在千重尘土之外,起起落落。我一会儿站在树枝上,一会儿又飞到房顶。他们很少出来了。地里的庄稼被土埋没。外面彻底没人做的事情了。我不住抖着翅膀上的土,不住从土中拔出双脚。从外面看过去,村庄已成一座连一座的沙土丘。天上除了土什么都没有。已经好几年,天上不往过飞鸟了。我有些寂寞,就试着下了一个蛋,一转眼就找不见了。我用爪子挖土,用翅膀扇,都没用,土太厚了。过了一个月,我都有快淡忘这件事了。突然,从我丢蛋的深土中钻出一只老鼠,我吓了一跳,正要飞开,老鼠说话了:爸爸,你原谅我。我没办法才变成老鼠。你也变成老鼠吧。你变成鸟,想在被土埋掉前远远飞走。可是,满世界都是土。我们只有土里的日子了。

那以后我才知道,好多人变成老鼠了。我以前认识的那些人,张富贵、麻五、冯七、王秀兰、刘五德,全鼠头鼠脑在土里生活,而且一窝一窝地活下来。我父亲在一个又一个昏黄月夜,耳朵贴着那些天窗口听见的已不是人的呼噜和梦呓,而是吱吱的老鼠叫声。

这个村庄只剩下我们一家人了。

我父亲扛着铁锹爬进天窗,看见缩在墙角灰头土脸的一群儿女。他赶他们出去,吹吹风,晒晒太阳。再窝下去身上就长毛了。

他们全眼睁睁看着父亲，一动不动。

最后的几麻袋苞谷码在我以前睡觉的炕边，在中间那只麻袋的底下，有一个小洞，那是我打的，每天晚上，我从麻袋里偷十二粒苞谷。我和我的五个儿女（我已经五个儿女了），一个两粒，就吃饱了。

我估算着，我的家人要全变成老鼠，还可以活五年。那些苞谷足够一大窝老鼠吃五年。要接着做人，顶多熬五个月就没吃的了。到那时，我和我的儿女或许会活下去。老鼠总是比人有办法活下去。那些埋在沙土中的谷粒、草籽草根，都是食物。

我父亲肯定早想到了这些。他整夜在村子里转，一个人，一把铁锨。他的背早就驼了，头也耷拉下来。像我许多年前独自在村里转，那时我整夜想着怎样逃跑，不被土埋掉。他现在只想着怎样在土里活下去。他已经无处逃跑了。我不知道他还能坚持多久。迟早有一天，他从外面回来，看见一群儿女全变成老鼠，吱吱地乱窜。他会举锨拍死他们，还是，睁一眼闭一眼，任他们分食最后的粮食。

他迈着人的笨重脚步，在村子里走动时，我就跟在他身后，带着我的五个儿女。我看见的全是他的背影。他走到哪，我们跟到哪。我对我的儿女说，看，前面那个黑乎乎的影子，就是你们的爷爷。我的儿女们有点怕他，不敢离得太近。我也怕他肩上的铁锨，怕他一锨拍死我。我的父亲永远不知道，他在昏黄的月色中满村子走动时，身后跟着的那一群老鼠，就是他的儿孙。

我的儿女们不止一次地问我：我们为啥一夜一夜地跟着这个人在村子里转？我无法说清楚。遍地都是老鼠，我父亲是唯一一个走在外面的人了。尽管他看上去已不太像人，他的背脊被土压弯，头被土压垂，但他肩上的铁锨，直直地朝天戳着。

那块麦地是谁的

我走到荒舍时遍地的麦子熟了,却看不到割麦子的人。我想,我不能这样穿过秋天,我得干点事情。

这个村庄怪怪的,我只听见它的鸡鸣狗吠,感觉村子就在大片荒草麦田中间,却看不见房子。它好像被自己的声音包裹着。

每年这时候,从东到西,几千里的荒野上,麦子长黄,和青草分开。山南的农人提镰刀过来,闻着麦香走向村庄和麦地。那些人满脸胡须,右肩搭一个褡裢,右手提镰刀,整个身子向右斜,他们好像从不知道往左肩上放些东西,让身体平衡。只用半个身子,对付生活。

山南的麦子在六月就割完,已经吃得差不多了。漠北的牧羊人这时也把羊群赶到地边等着,人收割头遍后,羊会收割二遍。鸟和老鼠早就下嘴了,人抢收时,老鼠在地下清扫粮仓。老鼠不着急,它清楚不管地里的还是收回粮仓的,都是它的食物。人也知道躲不过老鼠,人种地时认真,收割时就马虎,不能收得太干净,给老鼠留下些,老鼠在地里吃饱了,就不会进村子。

那时候,仿佛比的是谁有多少种子。地无边际地闲置着,平坦肥沃。只要撒上种子,会有成群的人帮你收割。

如果我帮一户人家割完麦子,我问,要不要压冬麦的人手,那样我就会留到九月。甚至可以在人家过冬,然后春种春播,一年年待下去,一辈子就过去了。

我把一片黄熟的麦子割了,捆起来,躺在麦子上等地主来给我付工钱。

地在沙包后面,离村子不远。在地里干活时能听到村子里的人声和鸡鸣狗叫,声音翻过沙包传过来,听上去村子仿佛在半空里。

麦子一块一块陷在荒野中,村子也陷在荒野。看上去麦地比村庄陷得深远。尤其麦子割倒后,麦地整个塌下去。

我把自己陷在麦地了。

别人是先找到地主,要一片活去干。我不想进村子找活,太麻烦。我看不清那个村子。我先找到这片麦子,我想活干完总会有人来付钱。

我在麦地等了一天,没人来给我付工钱。

我自己找到村里。

"沙包后面那块麦子是谁的。"我挨家挨户问。

家家锁着门。这时节人都在地里。我叫出来一群狗,追着我咬。我敲谁家的门,它们追到谁家门口。也不下嘴,只是围着叫。

我坐在路边休息,狗也围着我蹲下。

太阳一下子跃过房顶,到墙那边了。地里的人踩着塘土回来,我在路口截住一个人问。

"沙包后面那块麦子是谁的。"

我抬手指去时,村子北边全是沙包。我也辨不清自己割了哪个沙包后面的麦子。我被一群狗追糊涂了。

"哪个沙包后面。"

那个人等我指清楚。我的手却茫然了。

我又问了一个人。"沙包后面的麦地是谁的,有两亩地。"

我没用手指,把头向北边扬了扬。

"可能是另一个村庄的。"那个人从北边走来的。他头都没回,丢下这句话走了。

我又追上去,挡在他前面。

"不可能是别的村庄的地。"我大声说,"路从地边一直伸到你们村子。要是别的村庄的地,路会把我带到那里。"

那个人站住了,打量了我几眼。

"那你看路通到谁家房子,找谁去。"

"我是顺着路找来的。快进村时所有路汇成一条大路了。"

天一下黑了。我一个人晾在路中间,没人理我。我给他们指,没人愿意过去看看那块地。

"我给谁家干活了,没钱给一碗饭吃。给一口水喝。给半片破毡让我躺一夜。行不行。"

我喊着喊着睡着了。我的腿早瞌睡了,腰和胳膊也瞌睡了。只有嘴还醒着,说了那么多,唾沫都说光了,没人理。我喊最后一句时,整个身体像一座桥塌下去。

醒来时我躺在村外的荒野上。不知道几天过去了。我被人用一辆牛车拉出村子,扔在荒野上。我的身边有牛蹄印和车轱辘印。还有一堆牛粪。

我一下生气了。

这个村庄怎么这样对待人。我要报复。就像野户地报复胡三一样,我要报复这个村子。怎么报复我一时没想清楚。我狠狠地用眼睛瞪了村子两眼,跺了三下脚,屁股撅起来对着村子放了一个屁,还想啐一口吐沫,口干舌燥,连一滴唾沫星子都没有。我想这已经够狠了,一个被人仇恨地用眼睛瞪过的村子,肯定不会有好下场。一块被人狠狠地用脚踩过的土地,也不会再长出好庄稼的。而我对着村子放的那个屁,已经把这个村子搞臭了,多少年间,它的麦香是臭的,一日三餐是臭的,男人闻女人是臭的,女人闻男人是臭的,小孩闻大人是臭的,肯定会这样,因为这个村庄的名字臭掉了。

至于以后,我对这个村庄又干了些什么,走着看吧。路远着呢,哪年我又绕到这个村子,我也说不清。

我回到沙包后面,把我割倒的麦子打了,反正我没处去,我总得吃点粮食。我在地头挖了一个地窝子,门朝那个被声音包裹的村子。总会有人到这块地里来吧。我天天朝村子那边望,我好像就这样待了一个秋天和一个冬天,没过来一个人,也没人声传出来,只有鸡鸣狗吠,和马嘶。

陪汉学家汤姆访黄沙梁与村民合影（前排中为作者）

乘坐沙漠车

刘　扁

刘扁说,儿子,我们停下来是因为没路走了。有本事的人都在四处找出路,东边南边,西边北边,都有人去了。我们不能跟着别人的屁股跑。我越走越觉得,这片大地是一堵根本翻不过去的墙,它挡住了我们。从甘肃老家到新疆,走了几千公里的路,其实就像一群蚂蚁在一堵它们望不到边的墙上爬行一样,再走,走多远也还在墙这边。我们得挖个洞过去。

井架支在院子,靠牛棚边。开始村里人以为父子俩在挖一口井。父亲刘扁在底下挖掘,儿子往上提土。活大多在晚上干,白天父子俩下地劳作,一到晚上,井口那只大木轱辘的咯吱声响彻村子。

后来井挖得深了,父亲刘扁就再不上来,白天黑夜地蹲在井底,儿子吊土时顺便把吃的喝的吊下去。父亲有事了从底下喊一句话,很久,瓮声瓮气的回声从井口冒出来,都变了音。儿子头探进去,朝下回应一句,也是很久,听见声音落到井底。

儿子根据吊上来的土,知道父亲穿过厚厚的黄土层,进入到沙土地带。儿子把吊上来的土,依颜色和先后,一堆堆摆在院子,以此记忆父亲在地下走过的道路。

有一阵子,父亲刘扁在下面没声音了。儿子耳朵对着井口久久倾听。连一声咳嗽都没有。儿子知道父亲已走得很远,儿子试探地摇摇井绳,过了很久,父亲从底下摇动了井绳,一点动静颤悠悠地传到绳的另一头。儿子很惊喜，又赶紧连摇了两下。

从那时起，大概半年时间里，儿子吊上来的全是卵石。石堆已高过院墙，堆向外面的荒草滩。儿子开始担忧。父亲陷在地深处一片无边无际的乱石滩了。那石滩似乎比他们进新疆时走过的那片还大。那时儿子还在母亲肚子里，作为家里最轻小的一件东西被带上路。儿子时常踏上父亲在地下走过的路途，翻过堆在院子里的大堆黄土，再翻过一小堆青土，直到爬上仍在不断加高的沙石滩。儿子在这个石堆顶上，看不见父亲的尽头。

又一段时间，有半个冬天，父亲刘扁在地下一块岩石上停住了。他无法穿过去。儿子在上面感到了父亲的困苦和犹豫。儿子下地回来，睡一觉起来，父亲在下面仍没有动静。父亲坐在地深处一块岩石上想事情。儿子每天把饭菜吊下去，又把空碗吊上来。这样停滞了几个月，冬天过去，雪消后快要春耕时，父亲又开始往下挖了。儿子吊上来的不是石头，而是一种从没有见过的铁黑粉末。儿子不知道父亲怎样穿过那层厚厚岩石。似乎那块岩石像一件事情被父亲想通想开了。

另外一次，父亲刘扁遇到了一条地下河流，要搭桥过去。父亲在底下摇了五下绳子，儿子在上面回摇了三下，父亲又摇了两下，儿子便明白父亲要一根木头。儿子不清楚那条地下河的宽度和水量，就把家里准备盖房的一根长椽子吊了下去。儿子和父亲，通过摇动绳子建立了一种只有他俩知道的语言方式。可是，随着绳子不断加长，这种交流也愈加困难。有时父亲在地深处摇三下绳，井口的绳子只微微动一下。儿子再无法知道父亲的确切意图。

况且，村里已没绳子可借。每隔几天，儿子就要满村子跑着借绳子，麻绳、皮绳、草绳，粗细不一地接在一起，木轳辘的咯吱声日夜响彻村子。已经快把全村的绳子用完了。儿子记得王五爷的话:再大的事也不能把一个村庄的劲全用完。村庄的绳子也是有限的,尽管有绳子的人家都愿给他借,但总有人会站出来说话的。绳子是村庄的筋,有这些长短粗细的绳子绑住、拴住、连住、捆住、套住,才会有这么多不相干的东西汇集在一起,组成现在的村子。没有绳子村庄就散掉了,乱掉了。

最后一次,已经不知道时间过去了几年,儿子用自己唯一的一条裤子,拧成布绳接上,给父亲吊下去一碗饭。那根疙疙瘩瘩的井绳,放了一天一夜才放到头。

可是,下面没有一点反应。

儿子又等了两天,把绳摇上来,看见吊下去的饭丝毫未动。

儿子慌了,去找王五爷。

王五爷说,你父亲大概一个人走了。他已经找到路了,那条路只能过去一个人。许多人探求到的路,都像狗洞一样只能钻过一个人,无法过去一个家、一个村子。你父亲走得太深远,已经没力气回来。

一开始他把挖掘的土装进筐让你吊上来。他想让你知道脚下的地有几层,树和草的根扎到了第几层。蚁鼠蛇蝎的洞打到了哪一层。后来他知道你的绳子和筐再无法到达那里,他便一个人走了。他挖前面的土,堵后面的路。那是一条真正的不归路。

你父亲现在到达什么位置我不清楚,但他一定还在村庄底下。夜深人静时耳朵贴地,就会听到地底下有个东西在挖洞。我一直在听。村里人也一直关心着这件事,不然他们不会把绳子全借给你。

早几年,我听到你父亲的挖掘声有点犹豫,挖挖停停。这阵子他似乎认定方向了,挖掘声一刻不停,他挖了那么深,其实还在村庄底下,说不定哪一天,在哪个墙角或红柳墩下,突然开一个洞,你父亲探出头来。但他绝不会走到地上。

你父亲在地下挖掘时,也一定倾听地面上的动静。地上过一辆车、打夯、劈柴、钉橛子,你父亲都能听见。只要地上有响动,你父亲就放心了,这一村子人还没走,等着自己呢。

有时我觉得,你父亲已上升到地表的黄土层中。或者说,就在草木和庄稼的根须下乘凉呢。我们抚摸麦穗和豆秧时,总能感觉到有一个人也在地下抚摸它们的根须。又是一个丰年啊!你父亲在地下看见的,跟我们在地上看见的,是同一场丰收。

有一个人管着村庄的地下,我们就放心多了。他会引领粮食和草木的根须往深处扎,往有养分和水的地方扎。他会把一棵树朝北的主根扭过头来,向东伸去。因为他知道北边的沙石层中没水,而东边的河湾下面一条条暗河涌着波澜。我们在地上,只能看见那棵树的头莫名其妙向东歪了。成片的草朝东匍匐身子。

听了我的话,孩子,你不要试图再挖个洞下去找你父亲。你找不到的,他已经成了土里的人。每人都有一段土里的日子。你父亲正过着自己土里的日子,别轻易打扰他。你只要在夜深人静时耳朵贴地去听,他会给你动静。就像那时他在井底摇动绳子,现在,他随便触动一棵树一株草的根须,地上面就会有动静。

孩子,你要学会感应。

冯　三

人的名字是一块生铁,别人叫一声,就会擦亮一次。一个名字若两三天没人叫,名字上会落一层土。若两三年没人叫,这个名字就算被埋掉了。上面的土有一铁锨厚。这样的名字已经很难被叫出来,名字和属于他的人有了距离。名字早寂寞地睡着了。或朽掉了。名字下的人还在瞎忙碌,早出晚归,做着莫名的事。

冯三的名字被人忘记五十年了。人们扔下他的真名不叫,都叫他冯三。

冯三一出世,父亲冯七就给他起了大名:冯得财。等冯三长到十五岁,父亲冯七把村里的亲朋好友召集来,摆了两桌酒席。

冯七说,我的儿子已经长成大人,我给起了大名,求你们别再叫他的小名了。我知道我起多大的名字也没用。只要你们不叫,他就永远没有大名。当初我父亲冯五给我起的名字多好:冯富贵。可是,你们硬是一声不叫。我现在都六十岁了,还被你们叫小名。我这辈子就不指望听到别人叫一声我的大名了。我的两个大儿子,你们叫他们冯大、冯二,叫就叫去吧,我知道你们改不了口了。可是我的三儿子,就求你们饶了他吧。你们这些当爷爷奶奶、叔叔大妈、哥哥姐姐的,只要稍稍改个口,我的三儿子就能大大方方做人了。

可是，没有一个人改口，都说叫习惯了，改不了了。或者当着冯七的面满口答应，背后还是冯三冯三地叫个不停。

冯三一直在心中默念着自己的大名。他像珍藏一件宝贝一样珍藏着这个名字。

自从父亲冯七摆了酒席后，冯三坚决再不认这个小名，别人叫冯三他硬不答应。冯三两个字飘进耳朵时，他的大名会一蹦子跳起来，把它打出去。后来冯三接连不断灌进耳朵，他从村子一头走到另一头，见了人就张着嘴笑，希望能听见一个人叫他冯得财。

可是，没有一个人叫他冯得财。

冯三就这样蛮横地踩在他的大名上面，堂而皇之地成了他的名字。已经五十年了，冯三仍觉得别人叫的他的名字不是自己的。夜深人静时，冯三会悄悄地望一眼像几根枯柴一样朽掉的那三个字。有时四下无人，冯三会突然张口，叫出自己的大名。很久，没有人答应。冯得财就像早已陌生的一个人，五十年前就已离开村子，越走越远，跟他，跟这个村庄，都彻底地没关系了。

为啥村里人都不叫你的大名冯得财。一句都不叫。王五爷说，因为一个村庄的财是有限的，你得多了别人就少得，你全得了别人就没了。当年你爷爷给你父亲起名冯富贵时，我们就知道，你们冯家太想出人头地了。谁不想富贵呀。可是村子就这么大，财富就这么多，你们家富贵了别人家就得贫穷。所以我们谁也不叫他的大名，一口冯七把他叫到老。可他还不甘心，又希望你长大得财。你想想，我们能叫你得财吗。你看刘榆木，谁叫过他的小名。他的名字不惹人。一个榆木疙瘩，谁都不眼馋。还有王木叉，为啥人家不叫王铁叉，木叉柔和，不伤人。

虚土庄没有几个人有正经名字,像冯七、王五、刘二这些有头面的人物,也都一个姓,加上兄弟排行数,胡乱地活了一辈子。他们的大名只记在两个地方:户口簿和墓碑上。

你若按着户口簿点名,念完了也没有一个人答应,好像名字下的人全死了。你若到村边的墓地走一圈,墓碑上的名字你也不认识一个。似乎死亡是别人的,跟这个村庄没一点关系。其实呢,你的名字已经包含了生和死。你一出生,父母请先生给你起名,先生大都上了年纪,有时是王五、刘二,也可能是路过村子的一个外人。他看了你的生辰八字,捻须沉思一阵,在纸上写下两个或三个字,说,记住,这是你的名字,别人喊这个名字你就答应。

可是没人喊这个名字。你等了十年、五十年。你答应了另外一个名字。

起名字的人还说,如果你忘了自己的名字,一直往前走,路尽头一堵墙上,写着你的名字。

不过,走到那里已到了另外一个村子。被我们埋没的名字,已经叫不出来的名字,全在那里彼此呼唤,相互擦亮。而活在村里的人互叫着小名,莫名其妙地为一个小名活这一辈子。

张　望

"除了我,没人知道虚土庄每天早晨出去多少人,傍晚又回来多少人。这一村庄人,扔在荒野上没人管过。"

我五岁时,看见一个人整天站在村头的大沙包上,像一截黑树桩。我从背后悄悄爬上去,他望路上时我也跟着望路上,他看村子时我也学他的样子看着村子。

"看,烟囱冒黑烟的那户人家,有一个人在外面,五年了没回来。这个村庄还有七十六个人在外面。"

只要我在身边,他就会一户一户说下去。从村南头的王五家,说到北头的赵七家。还指着路上的人和牲口说。我只是听,一声不吭。

他从没有说到我们家:"看,门口长着一棵大沙枣树的那户人家……"我一直等他说出这句话。每次快说到我们家时他就跳过去。我从来没从他嘴里,听到有关我们家的一丝消息。虚土庄的许多事情都是这个人告诉我的。他叫张望。

张望二十岁时离家出走过一次。"那时我就觉得一辈子完蛋了。能看见的活都让别人干完了,我到世上干啥来了我不清楚。我长高了个子,长粗了胳膊腿,长大了头。可是没有用处。"

在一个春天的早晨,张望夹在下地干活的人中间,悄无声息出了村子。

"我本来想走得远远的再不回来。其实我已经走得足够远。我担心人们找不到我着急。他们会把活全扔下四处找我。至少我的家人会四处找我。村里丢了一个人,应该是一件大事情。"

将近半年后的一个下午,张望从远处回来,人们已开始秋收。他夹在收工的人中间往回走,没人问他去哪了,见了面只是看一眼,或点点头,像以往见面时一样。往回走时他还在想,他经过的那些村镇的土墙上,一定张贴着寻人启事,有关他的个头、长相、穿着,都描述得清清楚楚。那些人一眼就会认出他。说不定会有人围过来,抓住他的胳膊领回家。因为寻人启事上,肯定有"谁找到这个人重谢一头牛或两麻袋麦子"这样的许诺。

可是,什么都没发生。这个村庄少一个人就像风刮走一棵草一样没人关心。

"我从那时开始干这件事情。每天一早一晚,我站在村头的沙梁上,清点上工收工的人。村里人一直认为我是个没找到事情的人,每天早早站在村头,羡慕地看别人下地干活,傍晚又眼馋地看着别人收工回来。他们不知道我在清数他们。我数了几十年的人数,出入村子的人数全在我的账簿里。

"你看,这活儿也不累人。跟放羊的比,我只干了他一早一晚做的那件事:点点头数。连一个牧羊人都知道,早晨羊出圈时数数头数,傍晚进圈时再数一遍。村里那个破户口簿,只简单记着谁出生了,谁死了。可是,每天出去的人中谁回来了,谁没有回来,竟然没一个人操心。

"我一天不落数了几十年,也没人来问问我,这个村里还剩下多少人。多少人走了,多少人回来。

"本来,这就是我自己的事情。我一直都担心早晨天蒙蒙亮,一个一个走出村庄的那些人中,肯定有一些不会回来。我天天数,越数越担心。每隔一段时间,就会有一个人不回来。多少年后,村里就没人了。谁都不知道谁去了哪里。人在不知不觉中丢失了。当人们觉察到村里人越来越少,剩下的人仍没有足够的警惕,依旧早出晚归,依旧有人再不回来。

"到那时仍不会有一个人来问我,人都去哪里了。他们只有丢了牲口才想到我,站在沙梁下喊:呔,张望,看见我的黑牛娃子跑哪去了? 我们家白绵羊丢了,你见了没有。

"直到有一天,剩下的最后一个人清早起来,发现所有房子空了,道路空了,他满村子喊:人哪去了。人都到哪去了。他跑出去找他们,同样一去不回。"

我五岁时村子里还有许多人。我最想知道的是我们家的人去哪了。我经常回去,房子空空的。我喊母亲,又喊弟弟的名字。喊着喊着我醒来,发现自己躺在一片荒地。家里发生了许多事,两岁的弟弟被人抱走。父亲走丢了,接着是大哥,母亲带着另一个弟弟妹妹去找,我一个人回到家。我在那时开始记事。我知道了村子的许多事,却始终无法弄清楚我们家的一个夜晚。他们全走掉的那个夜晚,我回到家里。

顺风买卖

最早做顺风买卖的人,是冯七。秋天西风起时他装上虚土庄的麻和皮子,向东一路运到玛纳斯,在那里把货卖掉,再装上玛纳斯的苞谷和麦子,运到更东边的老奇台,人马在那里过一个冬天,春天又乘着东风把老奇台的盐和瓷器运到虚土庄。这个人七十岁了,看上去年纪轻轻。他的腿好好的,腰好好的,连牙都好好的没掉一颗。

他的车辖辘换了一对又一对,马换了一匹又一匹。风只吹老了他脊背上的皮,把后脑勺的一片头发吹白了。

他一辈子都顺风,不顺风的事不做,不顺风的路不走。连放屁撒尿都顺着风。后来他不做顺风买卖了,干啥事也还顺风。

冯七住在村北边的大渠边,有时刮东风他向西走二百米,到韩老大家谝一阵串子,等到西风起了再晃悠悠回来。如果东风一直不停,刮一天一夜,他就吃住在那里。刮北风时他会朝南走半里,到邱老二家坐上一天半日。这个人有讲不完的一肚子好故事,一直讲上三天三夜,外面的北风早停了,东风又起,都没有一个人散去。

这个人的走和停全由风决定。没风时人就停住。

他拿鞭杆在风中比画几下,就能量出一场风能刮多远,在什么地方停住。他还知道风在什么地方转向。

早先村里也有人学着他做顺风买卖,装一车皮子,西风起时向东一路赶去。可是,走不了几十里风突然停了。车马撂在戈壁滩上。走也不是，回也不是。后来这门技术被虚土庄的好多男人学会，在一场一场大风里，虚土庄的车马和漫天的树叶尘土一起，顺风到达一个又一个远地，又飘回来。

冯七爷说，有些大风往往是从一个小地方刮出去的。

一个农妇趴在灶口吹火吹起一场大风。

一条公狗追一条母狗在野滩上跑带起一场大风。

一个人一掀被窝撩起一场大风。

天地间的事情就是这样，有个引子，就能引发一件惊天动地的大事。这个引子不需要多大，一点点就够了。

冯七就是一个引子。我觉得许多风就是他引起的。他知道什么时候吹口气，什么时候抖抖衣服或者咳嗽一声，就会引起一场大风。

有时刮东风，好多人围在韩老大家，等他顺风过来讲故事，等半天不来，人们出去，准会看见他站在屋顶，举根长竿子从天上往下够东西。他似乎能算出这场风肯定能刮来好东西，那场风肯定是空的。他的长竿子头上绑着铁钩。能刮来东西的大风昏昏沉沉，云压得很低，把飘向高空的东西全压到低空。一团一团的黑东西飘过房顶。冯七爷跳着蹦子，长竿子朝天上一伸，往下一缒，钩下一个树枝。又一伸一缒，钩下一团毛。

听说他还够下过一块红头巾，在另一场相反的风中，他带着红头巾和一车羊毛上路了。他因此在远处村庄留下一桩风流美事。

韩拐子

村里有三个人的身体,预测天气:韩拐子的腿,冯七的腰,张四的肩肘拐子。

三人分住在西东北三个角上。下雨前,要是从西边来的雨,韩拐子的腿便先疼,这时天空没有云,太阳明亮亮的,一点没下雨的意思。但韩拐子的腿已经疼得坐不住,他拄起拐子朝村子中间的大木头跟前走,路过冯七家的院门,走过张四家的牛圈棚,只要韩拐子出门,就会有人问,是不是要下雨,韩拐子从不轻易吭声。他在大木头上顶多坐十口气的工夫,就会看见冯七和张四捂着腰抱着肩肘来了。三个在木头上一坐,不出半天,雨准会下。下的大小要看三个人皱眉松紧。

要是从东边来的雨,冯七的腰就会先疼。先走到木头跟前的就是冯七。

有时冯七在木头上坐了半天,也不见张四韩拐子来,也不见雨下来,冯七的腰好像白疼了,但东边天际一片黑暗。他感受到的雨没有落进村子。还有时冯七张四都坐在木头上了,不见韩拐子,这时人们就会疑惑,摊在院子的苞谷要不要收回去,縻在地边的牛要不要拉回来,半村庄人围在木头旁等。起风了,凉飕飕的。云越压越低。

到底下不下雨。

有人着急了,问坐在木头上的冯七张四。

两个人都木头一样,不说话。

风刮得更大了,也更凉飕飕了。还不见韩拐子来。

是不是睡着了。天一阴他的腿就疼得睡不着。天都阴成这样了,他的腿咋还不疼。

人们七嘴八舌地说着。云在天上七高八低地翻腾。突然,一阵风——我们都没觉出来,云开始朝四周散,村子上空出现一个洞,一束阳光直照下来,落在木头上,洞越来越大,直到整个村庄被阳光照亮。被挤到四周的阴云,越加黑重了。

这时冯七张四从木头上起来,一东一北,回家去了。

冯七张四坐在木头上时,其余人就只能在一边站着。老年人坐在木头上时,年轻人就只能蹲在地上。当然,没有大人时,娃娃在上面玩,鸡狗猪也爬上跳下。

村子最重要的话都是站在木头上说出来的,有重要的事都把人召集到木头旁宣布。在渠边和麦地埂子上说的事情都不算数。在路上说的事也不算数,人在走,尘土在扬,说的话往后飘。非要认真说事,就得站在路上,面对面地说,说定了再走路。最不算数的是晚上说的话,胡话都是晚上说的。男人骗女人的话也多是晚上说的。话说完事做完人睡着了。或者话说到一半事也做到一半时人已经半醒半睡。我感觉虚土庄一直在半醒半睡中度年月,它要决定一件真实事情时,就得抓住一根大木头。他们围在木头旁说事情时,我看见时间,水一样漫上来,一切都淹没了,他们抱着一根木头在漂,从中午,漂到下午,好像到岸了。时间沉到尘土以下。我在虚土庄看见的时间,浸透每一件事物。它时而在尘土以下,在它上面我们行走、说话。我们的房子压在它上面,麦子和苞谷,长在上面。那时候,时间就像坐在我们屁股下面的一块温暖毛毡。有时它漫上来,我们全在它下面,看见被它淹死的人,快要淹死的人,已经死掉的麦子,一茬撂一茬,比所有麦垛都高,高过天了,还在时间下面。那时我仰起头,看见那根大木头,在时间上面漂。

大木头躺在马号院子门口,旁边一口井。

以前马号在村东北角,人和牲口各住一边,常年的西北风不会把马粪味吹进村子。后来出生了一些人,又盖了些房子,马号就围在中间。晚上人放的屁和马放的屁混在一起,村子有一种特别的味道。马号盖起后,人都喜欢围着马号,有事没事靠着马号墙晒太阳,坐在草垛上聊天,人喜欢和牲口在一起。这一点从后来人围着牲口圈盖房子就可以证明。人离不开牲口,牲口也离不开人。人和狼都吃羊,为啥羊甘心让人吃,不让狼吃。狼吃羊时羊恐惧。人吃羊时羊一点不害怕,羊见人拿刀子过来,就像见人拿一把草过来一样,咩咩地叫。对不会宰羊的人,羊会自己伸长脖子,脸朝一边仰起,喉咙咕噜咕噜地发出声,好像意思是说:往这里捅刀子。

王　五

到达虚土梁的第五天，人刚缓过气来，王五就让每人背一麻袋和自己体重相等的土，朝来的方向走，走到走不动了，把土倒掉。

王五说，我们一下来这么多人和牲口，虚土梁这一块已经显得比别处重了，必须背出去一些土，让地保持以往的平衡。

别看这地方是片高土梁，如果我们不停地往村里搬东西，多少年后，它就会被压下去，变成一个大坑。

如果那样我们就再走不掉了。

有时地会自己调整，增加一个人和牲口，就会多踩起一些土。风把我们踩起的土刮到别处。但那些静止的东西不会掀起尘土。桌子、磨盘、铁砧，它们死死压在地上，把地压疼了，地不会吭声。地会死。

这些重东西，过三年要挪一次。挪动几米都行。让压实的地松口气。被磨盘压僵的一块地，五年能缓过来。土会慢慢变虚。这期间雨水会帮忙，草和虫子也会帮忙。如果一下把地整死了——每一粒土都死掉，它就再缓不过来。一块死地上草不长，虫子不生。连鸟都不落。

有一年，村子大丰收了，从南边来的人一车一车地买走我们的麦子苞谷。村人满怀高兴，因为有钱了，村子里到处是钱的响声。后来卖到只剩下口粮和种子，再没什么可卖时，人们突然觉得村子变轻了,我们的几十万斤粮食,换成了轻得能被风吹走被水漂走的纸票子。而买去我们粮食的沙湾镇,一下重了几十万斤。

从那时起尘土无缘无故扬起来,草叶子满天飞,房顶也像要飞走。人突然觉得自己压不住这块土地。那年秋天,人们纷纷外出买东西,买重东西,没东西买的人也不闲住,从南山拉石头回来,垒在墙根。这样才又把地压住。

又一年村子晃动了一次。好像是秋天,下了一天一夜雨,天快亮时地突然晃起来,许多人还在梦里。坐在房顶的守夜人看见地从西北角突然翘起,又落下。

我们村的西北角有点轻,得埋七块八十斤重的石头,这样村庄才会稳。

王五又出来说话了。从那时起有关地的事情就归王五爷管了。在虚土庄,找到事情做的男人,被人称爷。没事做的男人,长多老都不会有人叫爷。

在这地方,只有风知道该留下什么,扔掉什么。也只有风能把该扔的扔到远处。人不行。人想留的留不住,要扔的也扔不远。顶多从屋里扔到屋外,房前扔到房后。几十年前穿破的一只鞋,又在墙角芦草中被脚碰见。

风带走轻小的,埋掉重大的。埋掉大事物的是那些细小尘土。

我们从地里收回来的,和我们撒到地里的,总量相等。别以为我们往地里撒十斤苞谷种子,秋天收回八百斤苞谷,还有几大车苞谷秆,就证明我们从地里拿回的多了。其实,这些最后全还到地里。苞谷磨成面,人吃了粪便还到地里。苞谷叶子牲口吃了,粪便也还到地里。苞谷秆烧火,一部分变烟飘上天,一部分成灰撒向四野。

人和牲口最后剩下一股子劲,也全耗在地里。

甚至牛吃了野滩的草,把粪拉在圈里,春天也都均匀地撒在田野。

更多时候,牛把粪拉在野滩,再吃一肚子草回来。

地的平衡是地上的生灵保持的。

按说夜晚的村庄最重,人和牲口全回村,轻重农具放在院子。可是,梦会让一切变轻。压在地上的车,立在墙角的镢头和锹,拴在圈棚的牲口,都在梦中轻飘起来。夜晚的村庄比白天更空荡,守夜人夜夜守着一座没有人的村庄。其实什么都不会丢失,除了梦里的东西。

以前在老家村里死了人,都是东边埋一个,西边埋一个。后来死去的人多了,就数不清。先是荒地上埋死人。荒地埋满了,好地也开始埋人。人都埋到了墙根。晚上睡在炕上,感到四周睡满人,人挤人。已经没有活人的地方了。

死亡会把地压得陷下去,压出一个坑。王五说。

一个人的死亡里包含着他一生的重量。人活着时在不断离开一些事情,每做一件事都在离开这件事。人死亡时身体已经空了,而周围的空气变得沉重无比。这是一件好事情,说明人在身体垮掉前,把里面的贵重东西全搬出来了。那些搬出来的东西去了哪里,我们不清楚,只知道在死亡来临前,人的生命早已逃脱。死掉的只是一个空躯体。

我们都知道死和生之间有一个过道。人以为死和生挨得很近,一步就踏入死亡。

其实走向死亡是很漫长的,并不是说一个人活到八十岁就离死亡近了。不是的。一些我们认为死掉的人,其实正在死亡的路上。

那时整个一村庄人也都在死亡路上。我在的时候村里没开始死人。死是后来发生的。听说他们被一个流产在路上的死孩子追上,从那时起,死亡重新开始了。

天空的大坡

　　一只一只的鹞鹰到达村子。

　　它们从天边飞来时,地上缓缓掠过翅膀的影子。在田野放牧做活的人,看见一个个黑影在地上移动,他们的狗狂吠着追咬。有一些年,人很少往天上看,地上的活把人忙晕了。

　　等到人有工夫注意天上时,不断到来的翅膀已经遮住阳光。树上、墙上、烟囱上,鹰一只挨一只站着,眼睛盯着每户人家的房子,盯着每个人。

　　人有些慌了。村庄从来没接待过这么多鹞鹰,树枝都不够用了。鹰在每个墙头每根树枝上留下爪印。

　　鹰飞走后那些压弯的树枝弹起来,翅膀一样朝天空扇动。树干嘎叭叭响。

　　树仿佛从那一刻起开始朝天上飞翔。它的根,朝黑黑的大地深处飞翔。

　　人们只看见树叶一年年地飞走。一年又一年,叶子到达远方。鹰可能是人没见过的一棵远方大树上的叶子。展开翅膀的树回来。永远回来。没飘走的叶子在树荫下的黑土中越落越深,到达自己的根。

　　鹰从高远天空往下飞时,人们看见了天空的大坡。

　　原来我们住在一座天空的大坡下。那些从高空滑落的翅膀留下一条路。

十七岁时的作者

光(田野守护神卓玛摄)

鹰到达村子时,贴着人头顶飞过。鹰落在自己柔软的影子上。鹰爪从不沾地。鹰在天上飞翔时,影子一直在地上替它找落脚处。

刘二爷说,人在地上行走时,有一个影子也在高远天空的深处移动。在那里,我们的影子看见的,是一具茫茫虚土中飘浮的劳忙身体。它一直在那里替他寻找归宿。我们被尘土中的事物拖累的头,很少能仰起来,看见它。

我们在一座天空的大坡下,停住。盖房子,生儿育女。

我们的羊永远啃不到那个坡上的青草。在被它踩虚又踏实的土里,羊看见草根深处的自己。

我们的粮食在地尽头,朝天汹涌而去。

那些粮食的影子,在天空中一茬茬地被我们的影子收割。

我们的魂最终飞到天上自己的光影中。在那里,一切早已安置停当。

鹰飞过村庄后,没有留下一片羽毛,连一点鸟粪都没留下。仿佛一个梦。人们望着空荡荡的村庄,似乎飞走的不是鹰而是自己。

从那时起村里人开始注意天空。地上的事变得不太重要了。一群远去的鹞鹰把翅膀的影子留在了人的眼睛。留下一座天空的大坡,渐渐地,我们能看见那座坡上的粮食和花朵。

刘二爷说,可能鹰在漫长的梦游中看见了我们的村庄。看见可以落脚的树枝和墙。看见人在尘土中扑打四肢的模样,跟它们折断了翅膀一样。

他们啥时候才能飞走啊。鹰着急地想。

可能像人老梦见自己在天上飞,鹰梦见的或许总是奔跑在地上的自己,笨拙、无力,带钩的双爪粘满泥,羽毛落满草叶尘土。

这说明,我们的村庄不仅在虚土梁上,还在一群鹞鹰的梦中。

每个村庄都由它本身和上下两个村庄组成。上面的村庄在人和经过它的一群鸟的梦中。人最终带走的是一座梦中的村庄。

下面的村庄在土中,村庄没被埋葬前地下的村庄就存在了。它像一个影子在深土中静候。我们在另一些梦中看见村庄在土中的景象:一间连一间,没有尽头的房子。黑暗洞穴。它在地下的日子,远长于在地上的日子。它在天上的时光,将取决于人的梦和愿望。

到村庄真正被埋葬后,天上的村庄落到地上,梦降落到地上。那时地上的一棵草半片瓦都会让我们无限念想。

这个地方的生命也分三层。上层是鸟,中层是人和牲畜,下层是蚂蚁老鼠。三个层面的生命在有月光的夜晚汇聚到中层:鸟落地,老鼠出洞,牲畜和人卧躺在地。这时在最上一层的天空飞翔的是人的梦。人在梦中飘飞到最上层,死后葬入最下一层,墓穴和蚂蚁老鼠的洞穴为邻。鸟死后坠落中层。蚂蚁和老鼠死后被同类拖拉出洞,在太阳下晒干,随风卷刮到上层的天空。在老鼠的梦中整个世界是一个大老鼠洞,牲畜和人,全是给它耕种粮食的长工。在鸟的梦中最下一层的大地是一片可以飞进去自由翱翔的无垠天空。鸟在梦中一直地往下落,穿过密密麻麻的树根,穿过纵横交错的地下河流。穿过黑云般的煤层和红云般的岩石。永远没有尽头。

村庄的劲

一个村庄要是乏掉了,好些年缓不过来。首先庄稼没劲长了,因为鸡没劲叫鸣,就叫不醒人,一觉睡到半晌午。草狂长,把庄稼吃掉。人醒来也没用,无精打采,影子皱巴巴拖在地上。人连自己的影子都拖不展。牛拉空车也大喘粗气。一头一头的牛陷在多年前一个泥潭。

这个泥潭现在干涸了。它先是把牛整乏,牛的活全压到人身上,又把人整乏。一个村庄就这样乏掉了。

牛在被整乏的第二年,还相信自己能缓过劲来。牛像渴望青草一样渴望明年。牛真憨,总以为明年是一个可以摆脱去年的远地,低着头,使劲跑。可是,第三年牛就知道那个泥潭的厉害了,不管它走哪条路,拉哪架车,车上装草还是沙土,它的腿永远在那片以往的泥潭中,拔不出来。

刘二爷说,牛得死掉好几茬,才能填平那个泥潭。这个泥潭的最底层,得垫上他自己和正使唤的这一茬牲畜的骨头。第二层是他儿子和还未出生那一茬牲畜的骨头。数百年后,曾深陷过我们的大坑将变成一座高山。它同样会整乏那时的人。

过去是一座越积越高,最后无论我们费多大劲都无法翻过的大山。我们在未来遇见的,全是自己的过去。它最终将挡住我们。

王四当村长那年,动员全村人在玛纳斯河上压坝,把水聚起来浇地。这事得全村人上阵,少一个人都无法完成。仅压坝用料——红柳条一千四百二十捆,木桩八百九十根,抬把子八百个,铁锹、坎土曼各三百把,绳子五百根(每根长四米)就够全村人准备两年。

　　王五爷出来说话了。

　　王五爷说,不能把一个村庄的劲全用完。

　　再大的事也不能把全村人牵扯进去。也不能把牲口全牵扯进去。

　　有些人的劲是留给明年、后年用的。有些人,白吃几十年饭,啥也不干。不能小看这种人。他干的事我们看不清,多少年后我们才有可能知道他在往哪用劲。

　　确实这样,一个没有劲的村庄里,真有一两个有劲的人,在人们风风火火干大事的年代,这个人垂头丧气,无所事事。他把劲攒下了。

　　现在,所有人都疲乏得抬不起头时,这个人的腰突然挺直了,他的劲一下子派上用途。那些没劲的人扔在路边的木头,没力气收回的粮食,都被这个有劲人弄了回来,他空荡多年的院子顷刻间堆满东西。

　　这个人是谁我就不说了,他没有名字。

　　因为他从不跟村里人一块干事情,就没人叫过他名字。他等这一天肯定等了好多年,别人去北沙漠拉柴火,到西戈壁砍胡杨树,他躺在路边的土堆上,像个累坏的人,连眼睛都没力气睁大。有柴火、木头的地方越来越少,那些人就越走越远,在几十里几百里外砍倒大树,扔掉枝丫,把粗直的杆锯成木头装上车。在千里外弄到磨盘或铁钻子。这些好东西一天天朝村庄走近,人马一天天耗掉力气。那些路有多远谁也说不清楚。即使短短一截路,长年累月,反反复复地跑,也跑成了远路。那些负载重物的人马,有些就在离村子不远处,人累折腰,牲口跑断腿,车散架,满载的东西扔到一边。离村庄不远的路上,扔着好多好东西,人们没力气要它了。

有些弄到门口的大东西,比如大木梁,也没劲担到墙壁,任其在太阳下干裂,朽掉。

村子里看见最多的是没封顶的房子,可以看出动工前的雄心,厚实的墙基,宽大的院子,坚固的墙壁,到了顶上却只胡乱搭个草棚,或干脆朝天敞着。人在干许多事情前都没细想过自己的寿命和力气。有些事情只是属于某一代人,跟下一辈人没关系。尽管一辈人的劲用完了,下一辈人的劲又攒足了。但上辈人没搬动的一块石头,下辈人可能不会接着去搬它。他们有自己的事。

一个村庄某一些年朝哪个方向哪些事上用劲,从村庄的架势可以看出来。从路的方向和路上的尘土可以看出来,从人鞋底上的泥土一样能看出来。

有一些年西边的地荒掉了,朝西走的路上长满草,人被东边的河湾地吸引,种啥成啥,连新盖的房子都门朝东开。村里的地面变成褐黄色,因为人的鞋底和牲口的蹄子,从河湾带回太多的褐黄泥土。又过了几年,人们撂荒东边的地,因为常年浇灌含碱的河水让地变成碱滩,北沙漠的荒滩又成了人挥锨舞锄的好场所。村里的地面也随之变成银灰的沙子色。

并不是把村里所有人和牲口的劲全加起来,就是村庄的劲。如果两个村庄打一架,也不能证明打赢的那个村子就一定劲大。

一个村庄的劲有时蓄在一棵树上,在一地关节粗壮的苞谷秆上,还有可能在一颗硕大的土豆上。

村庄每时每刻都在使劲。鸟的翅膀、炊烟、树、人的头发和喊叫,这些在向上用劲。而根、房基、死人、人的年龄都往下沉。朝各个方向伸出去的路,都只会把村庄固定在原地。

一个人要找到自己的劲,就有奔头了。村庄也这样。光狠劲吃粮食不行。

村　长

　　一个人站在马号棚顶的高草垛上，闭住眼睛往天上扔土块。草垛下的院子站满了成年男人，全光着头，闭住眼睛，背对着草垛上的人。草垛上的人也背对他们。

　　"扔了。"
　　"扔了。"
　　那个人喊"扔了"时，土块已经朝背后扔过去，斜着往天上飞，飞到鸟群上面，云上面，仿佛就要张开翅膀，飞远不回来了，又犹疑地停住，一滴泪一样垂落下来，落了很久，我的脖子仰疼了，听见"腾"的一声，紧接着"哇"一声喊叫。过一会儿，一个头裹白布的男人被人拥簇着出来。

　　他是虚土庄的第一个村长，叫刘扁。

　　村长一当三年。一般来说，被土块砸坏的头，三年就长好了。这时就要再砸坏一颗头。
　　"千万不能让一个头脑好的人当村长。"冯七说。
　　他们没把自己落脚的地方当一个村子，也不想要什么村长。这只是块没人要的虚土梁，四周全是荒野。他们原想静悄悄种几年地，再去别处。结果还是被发现了。管这块地的政府像狗追兔子一样，顺着他们一路留下的足迹找到这里，挨家挨户登记了村里的人，给村庄编上号，然后让他们选一个村长出来。非选不可。

"那就让石头去选。"冯七说。

"让土块选吧。"王五说,"都是土里刨食的人,不能拿石头对付。"

他们用土块选出了自己满意的村长。每过三年,我就看见一块大尘土朝天上飞,又泪一样垂落下来。村里又会出现一个叫村长的傻子,头上一个大血包,歪着脖子,白眼仁往天上翻,见人见牲口都嘿嘿笑。

听说在甘肃老家时,村里全是能人当村长,笨人心甘情愿被指使。能人一当村长就要逞能。有一年,村里最能扔土块的马三当上村长,为显他的扔土块本事,故意和河对岸的村子滋事。马三从小爱玩土块,衣兜里常装满各式各样的土块,有圆的,扁的,两头尖尖的,用它打兔子,打狗,打树上的麻雀,打天上的飞雁,打得远而且准。长成大人后这门手艺便没用了,一丢多年。偶尔捡一个土块,扔向追咬自己的狗,不是狗腿断,就是狗头流血。村里狗见了他都躲得远远,马三再无东西可打。当村长后,他觉得终于有机会发挥特长了,为几亩地的事马三组织村民跟对岸的村子斗殴,两村人隔着河岸打土块仗,落进河里的土块把鱼砸死许多。马三在打斗中展尽威风,打伤对方好几个人。他的土块指谁打谁,对方的村长被他一土块打成傻子。那边也有几个能扔会甩的,打过来的土块又准又狠,伤了好几个人。后来这场打斗以马三的村长被撤而告终。

另一年编筐能手王榆条当村长,动员全村人编筐卖钱,还组织编筐比赛。以前村里仅王榆条一人做编筐营生,编一只筐卖两块钱,编多少卖掉多少。

"要是全村人都学会编筐卖钱,我们不种地靠卖筐就能过好日子。"王榆条说。

那一年,村里村外的树被削得精光,几乎所有树枝条都被人编成筐做成筐把子,每家院子堆满筐,却卖不出去几只。又赶上灾年,地里没多少收成,筐都空空的,大筐套小筐。王榆条为做表率砍倒七棵树,在村头编了一只高三米,周长九十米的大筐,两头牛都拉不动。这只筐后来被人砍了一个豁口,安上门,做了羊圈。

那年一过,天上一下没鸟了,光秃秃的树枝上鸟无处筑巢,全飞往别处。天空变得空寂。人听见的全是地上的人声。人的闲话往天上传,又土一样落下来。天上没有声音,人心里发空,说两句话,禁不住看一眼天,久了许多人长成歪脖子,脸朝一边歪。这个毛病直到走新疆的路上才改过来。因为一直朝前走,几千里戈壁,前方的事情把他们的歪脖子扭转过来。

我记不清以后几任村长的名字。好几个人当过村长,我也当过。好端端的一个人,被一土块打成村长,就不一样了。每隔几年,我就看见村里出现一个傻子,头上一个血包,歪着脖子,扛一把锨,在村外的荒野转。村里的事情好像跟他没关系了。

每一任村长都一样,脑子坏了后,村长总听见有橐橐的脚步声每天每夜朝村子走近,村庄的其他声音走远了,一天比一天远。村长不知道他听见的是什么,村长每天在荒野中挖坑,他知道那是些脚步声,那些东西是用脚走来的。这些遍布荒野的坑能陷住他们。

一任又一任村长,在村子周围挖了多少坑,已经不清楚。那些坑不是越挖越远,远到天边,就是越挖越近,近到村头墙根。这取决于村长听到的声音的远近。每任村长脑子被砸坏的程度不同,听到那个声音的远近就不一样。但是那个声音确确实实在朝村庄走近,可能个别的已经进了村子。

把时间绊了一跤

我看见早晨的阳光,穿过村子时变慢了。时光在等一头老牛。它让一匹朝东跑的马先奔走了,进入一匹马的遥遥路途,在那里,尘土不会扬起,马的嘶叫不会传过来。而在这里,时光耐心地把最缓慢的东西都等齐了,连跑得最慢的蜗牛,都没有落在时光后面。

刘二爷说,有些东西跑得快,我们放狗出去把它追回来。有些东西走得比我们慢,我们叫墙立着等它们,叫树长着等它们。我们最大的本事,就是能让跑得快的走得慢的都和我们待在一起。

我在这里看见时光对人和事物的耐心等候。

四十岁那年我回到村里,看见我五岁时没抱动的一截木头,还躺在墙根。我那时多想把它从东墙根挪到房檐下。仿佛我为了移动这根木头又回到村庄。我二十岁时就能搬动这根木头,可我顾不上这些小事。我在远处。三十岁时我又在干什么呢。我长大后做的哪件事是那个五岁孩子梦想过的。我回来搬这根木头,幸亏还有一根没挪窝的木头。

我五十岁时,比我大一轮的张望瞎了眼,韩三瘸了一条腿,冯七的腰折了。就是我们这些人,在拖延时间,我们年轻时被时间拖着跑,老了我们用跑瘸的一条腿拖住时间。用望瞎了的一双眼拖住时间。在我们拖延的时间里,儿孙们慢慢长大,我们希望他们慢慢长大,我们有的是时间让他们慢慢长大。

时间在往后移动。所以我们看见的全是过去。我们离未来越来越远,而不是越来越近。时光让我们留下来。许多时光没有到来。好日子都在远路上,一天天朝这里走来。我们只有在时光中等候时光。没有别的办法。你看,时间还没来得及在一根刮磨一新的锹把上,留下痕迹。时间还没有摩皱那个孩子远眺的双眼。但时光确实已经慢了下来。

每天一早一晚,站在村头清点人数的张望,可能看出些时光的动静。当劳累一天的韩拐子牵牛回到家,最后一缕夕阳也走失在西边荒野。一年年走掉的那些岁月都到哪去了?夜晚透进阵阵寒风的那道门缝,也让最早的一束阳光照在我们身上。那头傍晚干活回来的老牛,一捆青草吃饱肚子。太阳落山后,黄昏星亮在晚归人头顶。在有人的旷野上,星光低垂。那些天上的灯笼,护送每个晚归人。一方小窗里的灯光在黑暗深处接应。当我终于知道时间让我做些什么,走还是停时,我已经没有时间了。

每年春天,村东的树长出一片半叶子时,村西的树才开始发芽。可以看出阳光在很费力地穿过村子。

刘二爷说,如果从很高处看——梦里这一村庄人一个比一个飞得高——向西流淌的时间汪洋,在虚土庄这一块形成一个涡流。时间之流被挡了一下。谁挡的,不清楚。我们村子里有一些时间嚼不动的硬东西,在抵挡时间。或许是一只猫、一个不起眼的人、一把插在地上的铁锹。还是房子、树。反正时间被绊了一跤,一个爬扑子倒在虚土里。它再爬起来前走时,已经多少年过去,我们把好多事都干完了,觉也睡够了。别处的时光已经走得没影。我们这一块远远落在后面。

时间在丢失时间。

我们在时间丢失的那部分时间里,过着不被别人也不被自己知道的漫长日子。刘二爷说。

鸟是否真的飞到了时间上面。有一种鹰,爱往高远飞,飞到纷乱的鸟群上面,飞过落叶和尘土到达的高度。一直飞到人看不见。鸟飞翔时,把不太好看的肚皮和爪子亮给我们。就像我们走路时,不知道该把手放在什么位置,鸟飞在天上,对自己的爪子也不知所措,有的鸟把爪子向后并拢,有的在空中乱蹬,有的爪子闲吊着,被风刮得晃悠。还有的鸟,一只爪子吊下来,一只蜷着,过一会又调换一下。鸟在天上,真不知该怎样处置那对没用的爪子,把地上的人看得着急。不过,鸟不是飞给人看的,这一点小孩都知道。鸟把最美的羽毛亮给天空,好像天上有一双看它的眼睛。鸟从来不在乎我们人怎么看它。

那些阳光,穿过袅袅炊烟和逐渐黄透的树叶,到达墙根门槛时,就已经老掉了。像我们老了一样,那些秋草般发黄的傍晚阳光,垛满了村庄。每天这个时候,坐在门口纳鞋的冯二奶,最知道阳光怎样离开村庄,丝线般细密的阳光,从树枝、墙根、人的脸上丝丝缕缕抽走时,满世界的声响。天塌下来一样。

我们把时间都熬老了。刘二爷说。

当我们老得啃不动骨头,时间也已老得啃不动我们。

给太阳打个招呼

每个人都在找一件事,跟别人不一样的事。似乎没有两个人在干相同的事。土地肥沃雨水充足。人只剩下种和收两件事。随便撒些种子就够生活了。没人操心庄稼长不好,地里草长得旺还是苗长得旺,都不是事情。草和粮一同长到秋天,人吃粮草喂牲口。一个月种,两个月收,九个月闲甩手。

但人不能闲住。除了种地手头上还要有一两件事,这才像个人。要不吃了睡,睡了吃,就跟猪一样了。比如张望,每天一早一晚,站在村头的沙包上,清数上工收工的人。开始人们不知道他每天一早一晚,站在沙梁上在干什么。

"实在没事干,学张望,站在沙梁上,朝远处的路上望望,再朝村子望望,也是件事。"这句话是韩拐子说的。韩拐子自从断了腿,就像一个有功劳的人,啥都不干了。瘸着腿走路,成了他和别人不一样的一件事。就像王五爷靠撒尿在虚土梁留下痕迹。过多少年,韩拐子一个脚印一个拐棍窝的奇特足迹,也会留在虚土中。

人们知道张望每天一早一晚,站在沙梁上清点他们时,村里已经没几个人。好多人学冯七去跑顺风买卖,在一场风中离开村子。另一场风中,有人带着远处的尘土和落叶回来。更多的人永远在远处,穿过一座又一座别人的村子。跑顺风买卖成了虚土庄人人会干的一件事。谁在村里待得没意思了,都会赶一辆马车,顺风远去。丢在村里的话是跑买卖去了。跑赢跑亏,别人也不知道。在外面白住些日子回来,也没人说。反正这是一件事情。不过要做得像个样,出去时装几麻袋东西,回来时装几麻袋东西。不能空车去空车回,让人一看就知道是个闲锤子,跑空趟子呢。

肯定还有人,在村里干我们不知道的事。就像刘扁,挖一个洞钻到地下不出来了。我五岁的早晨,只看见两种东西在离去,一个朝天上,一个朝远处。朝下的路是后来才看见的,村里有人朝地下走了。一些东西也在往地下走,不光是树根,有时翻地,发现几年前扔掉的一截草绳,已经埋到两拃深。而挖菜窖时挖出的一个顶针,不知道谁丢失的,已经走到一丈深的土中。还有我们的说话和喊叫,日复一日的,早已穿过地下的高山和河流。在那些草根和石头下面,日夜响彻着我们无所顾忌的喊叫。

有几年,我认为村里最大的一件事情,就是没人给太阳打招呼。

太阳天天从我们头顶过,一寸一寸移过我们的土墙和树,移过我们的脸和晾晒的麦粒。它落下去的时候,我们应该给它打个招呼。至少村里有一个人在日落时,朝它挥挥手,挤挤眼睛,或者喊一声。就是一个熟人走了,也要打个招呼的,况且这么大的太阳,照了全村人,照了全村的庄稼牛羊,它走的时候,竟没人理识它。

也许村里有一个人,天天在日落时,靠着墙根,或趴在自己家朝西的小窗口,向太阳告别,但我不知道。

我五岁时,太阳天天从我家柴垛后面升起。它落下时,落得要远一些,落到西边的苞谷地。我长高以后看见太阳落得更远,落到苞谷地那边的荒野。

我长大后那块地还长苞谷。好像也长过几年麦子,觉得不对劲。七月麦子割了,麦茬地空荡荡,太阳落得更远了,落到荒野尽头不知道什么地方。西风直接吹来,听不见苞谷叶子的响声,西风就进村了。刮东风时麦子和草一块在荒野上跑,越跑越远。有一年麦子就跟风跑了,是六月的热风。人们追到七月,抓到手的只有麦秆和空空的麦壳。我当村长那几年,把村子四周种满苞谷,苞谷秆长到一房高,虚土庄藏在苞谷中间,村子的声音被层层叠叠的苞谷叶阻挡,传不到外面。

苞谷一直长到十一月,棒子掰了,苞谷秆不割,在大雪里站一个冬天。到了开春,叶子被牲畜吃光,秆光光的。

另外几年我主要朝天上望,已经不关心日出日落了。天上一阵一阵往过飘东西,头顶的天空好像是一条路。有一阵它往过飘树叶,整个天空被树叶贴住,有一百个秋天的树叶,层层叠叠,飘过村子,没有一片落下来。另一阵它往过飘灰,远处什么地方着火了,后来我从跑买卖的人嘴里,没有听到一点远处着火的事,仿佛那些灰来自天上。更多时候它往过飘土,尤其在漫长的西风里,满天空的土朝东飘移。那时我就说,我们不能朝西去了,西边的土肯定被风刮光,剩下无边无际的石头滩。

可是没人听我的话。

王五说,风刮走的全是虚土。风后面还有风,刮过我们头顶的只是一场风,更多的风在远处停住,更多的土在天边落下。

冯七说,西风刮完东风就来了,风是最大的倒客,满世界倒买卖,跟着西风东风各跑一趟,就什么都清楚了。

韩三说,西风和东风在打仗,你把白沙扔过去,他把黄土扬过来。谁也不服谁。不过,总的来说,西风在得势。

在我看来,西风东风是一场风,就像我们朝东走到老奇台再返回来。风到了尽头也回头,回来的是反方向的一场风,它向后转了个身,风尾变风头,我们就不认识了。尤其刺骨的西风刮过去,回来是温暖的东风,我们更认为是两场风了。其实还是同一场风,来回刮过我们头顶。走到最远的人,会看到一场风转身,风在天地间排开的大阵势。在村里我们看不见,一场一场的风,就在虚土庄转身,像人在夜里,翻了个身,面朝西又做了一场梦。风在夜里悄然转身,往东飘的尘土,被一个声音喊住,停下,就地翻个跟头,又脸朝西飘飞了。它回来时飞得更高,曾经过的虚土庄黑黑地躺在荒野。

　　我还是担心头顶的天空。虽然我知道,天地间来来回回是同一场风。但在风上面,尘土飘不到的地方,有一村庄人的梦。

　　我扬起脖子看了好几年,把飞过村子的鸟都认熟了。不知那些鸟会不会记住一个仰头望天的人。我一抬眼就能认出,那年飘过村子的一朵云又飘回来了。那些云,只是让天空好看,不会落一滴雨。我们叫闲云。有闲云的天空下面,必然有几个闲人。闲人让地上变得好看,他们慢悠悠走路的样子,坐在土块上想事情的姿势,背着手,眼睛空空地朝远望的样子,都让过往的鸟羡慕。

　　忙人让地上变得乱糟糟,他们安静不下来,忙乱的脚步把地上的尘土踩起来,满天飞扬。那些尘土落在另外的人身上,也落在闲人身上。好在闲人不忙着拍打身上的尘土,闲人若连身上的尘土都去拍打,那就闲不住了。

　　这片大地上从来只有两件事情,一些人忙着四处奔波,踩起的尘土落在另一些人身上。另一些人忙着拍打,尘土又飞扬起来。一粒尘土就足够一村庄人忙活一百年。

那时村里人都喜欢围坐在一棵榆树下闲聊。我不一样,白天我坐在一朵云下胡思,晚上蹲在一颗星星下面乱想。

刘二爷说,我们一天的大部分时间,朝西看。因为我们从东边来的,要去西边。我们晚上睡着时,脸朝东,屁股和后脑勺对着西边。

要是没有黑夜,人就一直朝前走了。黑夜让人停下,星星和月亮把人往回领,每天早晨人醒来,看见自己还在老地方。

真的还在老地方吗,我们的房子,一寸寸地迁向另一年。我们已经迁到哪一年了。从我记事起,到忘掉所有事,我不知道村里谁在记我们的年月。我把时间过乱了。肯定有人没乱,他们沿着日月年,有条不紊地生活,我一直没回到那样的年月。我只是在另一种时间里,看见他们。看见在他们中间,悄无声息的我自己。我不知道那是不是我。我在村庄里的生活,被别人过掉了。我在远处过着谁的生活。那些在尘土上面,更加安静,也更加喧嚣的一村庄人的梦里,我又在做着什么。

车　户

经常外出的人有好几个名字。尤其车户,十个车户九个贼,一个不偷也拿过几回。他们做贼时用一个名字,做买卖时用一个名字,找女人又用另外的名字。那些人,真名真姓放在家,一个名字的声誉坏了,换上另一个名字。不知底细的人会以为,路上过去了多少人,多少名字留在路上,其实就那几个人,几辆车,来回地跑。

多数名字用一次就扔了。可是,人用过的名字是有生命的,像草籽一样落地生根。在那些少有人去的荒村野店,过往的每个人都被牢牢记住,多年不忘。那里的人老实,木讷,活干完蹲在路边,朝空空的路上望,盼着一年中有几辆车经过村庄,最好在村里住几晚上,听车户天南海北胡诌。车户嘴里没实话,十句话里九句假。一句不假也是胡话。那些孤远村落的人,通过车户的胡吹乱诌,知道他们从未去过的外面世界。他们对车户的话深信不疑,记住车户的名字和讲的每一句话,日积月累,他们对车户的记忆像草一样长满脑子。

冯七早已忘了在这条路上用过多少名字,信口胡说过多少事。多少年后,再次经过只有几户人的荒远村落时,他的名字叫王五,或李六子,那里的人望着他说,几年前有一个叫王多的人,长得和你很像,他卖掉一车皮子,买了一车麦子走了。他路过三道坡时,那里的人又说,几年前有一个叫刘八的人,长得和你一模一样,在村里过了一夜,他显得比你年轻,就是他告诉我们,天从南边可以上去。

在柳户地,有人望着他惊异地说,前年秋天,也是这个时候,有个长得像你的人,在我们家要了一碗水喝,他叫胡木。经过我们村子的人,都会让他留下名字。他再次经过时,我们会用这个名字喊住他。刚才,我喊你胡木,你不答应。你说你叫黄一。这就怪了。

冯七对这样的遭遇并不在意,那也许是以前的自己,叫了别的名字,就被人当成另一个人。可是,相同的遭遇一再地出现在前面的村庄时,冯七渐渐地感到了恐怖,总觉得有一个和自己一模一样的人,已经卖掉一车皮子,买走一车麦子,他永远在他前面,他追上的只是关于他的消息。在这条路上走得越远,和自己一样的人便越多。有许多个名字的自己,在前面干着他正干的事。开始冯七只想尽快做完这趟买卖,回到村里。走着走着车上的东西变轻,买卖不重要了。冯七像追赶自己的影子一样,不停地朝前赶。他觉得要追上那个和自己一模一样的人,看看他到底是谁。他可能就在前面的村庄,他在路上看见他的马车印,甚至听到前面的马蹄声。在柳户地,他听说那个长得和他一样的人,前年秋天经过村子时,他觉得那个人已经不远了,只隔了两年。两年时光,也就是麦子黄两茬,树落两次叶子。房后的红柳,朝上长一拃。其实并不远,只要那个人在前面,被事耽搁些日子,他保管能追上。

什么事能把他耽搁一两年呢。

想想。路上的一个坑,把车辕木颠断。他得停下换一条辕木吧。不会有现成的。先找一棵榆树,粗细、形和没断的那根相配。要些日子去找吧。即使运气好找到了,也不能马上用,把树砍倒,皮剥掉,放到荫凉处荫干。必须要荫干,不能扔在太阳地曝晒,那样木头会裂,不结实了。荫干要时间,一般几个月。几个月呢。就算四个月吧。不过,做马车的行家从不用当年的木头做辕木。树砍倒后,头一年还没死彻底。也许树杆不知道自己被砍倒了,它的体内还有旺盛的生长力。它还发芽,长枝,那些枝能长到一尺高,长着长着,枝就蔫了,叶子跟着死掉了。有的树,砍倒后的第二年,还发芽,长叶子。好像不相信自己死了。这样的木头,匠人都不敢轻易用,尤其不能派大用。比如当房梁,做辕木。它没死干净。一部分已经是木头了,变干,裂口子。一部分还是树。活的。时刻会走形。一棵树被砍倒,彻底变成木头,至少要两年。放两年的木头,匠人就敢放心用了,那时它是弯的就再直不了,是直的也不会轻易变弯。

那个人会不会为一根木头,在一个地方等两年。也许他会凑合着换根辕木,继续赶路。但凑合的东西很快又会坏。他不在这个地方耽搁,就会在另一个地方被耽搁。一旦一根辕木断了,要么老老实实等两年,换根可靠的,一用许多年。要么凑合换一根,跑一段路,在前面的什么地方坏掉,再停下折腾。不论怎样,都会耽搁一两年,那样他就会追上那个人。

即使路上没坑,有坑他绕过去了,仍然有许多的事会发生。随便碰上一件小事,一两年就耽搁掉了。比如一场雨,几百里的路上都是泥泞。人马停在一个地方,等雨停。等风把路吹干。这耽搁不了几天。关键是几场雨后就是夏天。遍野的庄稼和草疯长起来,路上也是草,墙缝房顶也是草,人会被一个季节挡住。所有生命都往上长,麦子未黄,牛羊缺膘,跑买卖的人也瘦骨伶仃,需要停在一个地方,和草木牛羊一起长。人停下来会看到生长。走在路上看见的全是消亡。看到生长人的心就变了。

时间凹下去的地方,就是坑。

文人祭祀博格达（与周涛）

作者全家福

那些常有车过的村庄,路上布满大坑小坑,人守在坑旁,等载满货物的马车颠簸摇晃着走过,车上的东西掉下来。都是有用的好东西,摇晃下一点点就不算白等一年。

那些路上的坑,在夜晚被月光铺平,不会颠簸梦中的车,但会颠醒车上做梦的人。那样的漫长路途,车户一次次睡着,马自个朝前走,遇到岔路口站住,等车户发令,"噢"还是"吁"。等半天没声音,马自选一条路走了。

有时候,马走着走着也睡着了,马蹄声一点点变轻,车马停在荒野中。车上是一场人的梦。车辕里一场马的梦。马站着做梦。太阳迅速地移过头顶,黑夜从四面八方围过来。

还有时候,人一觉醒来发现车停在院子。马在人睡着时掉转车头,踏上回家的路。但更多时候,马把车拉到一个陌生地方,停住。接下来的时光,人四处打听回家的路。荒野上大多是新建的村庄,村庄的名字还没有传到远处,打听一个村庄就像打听一只鸟一样没有着落。车户一旦迷向,唯一的办法是顺着自己的车辙印往回走。或者,干脆睡着,车交给马,马会认路。可是马也常常睡着,醒来不知身在何处。好多车户就这样走丢了,在一个不认识的村庄住下,随便叫个名字,车马卖掉,置一块地,娶妻荫子,过着另一种生活。

冯七走到最远的荒舍时,早已换上自己的真名字:冯富贵。这是他的大名,几十年没用了,把它说给别人时,就像掏出一块变馊的馍馍。

荒舍被自己的声音封锁在黄沙深处,冯七在一声马嘶里走进村子,那里的人见了他说,大概十几年前,一个有点像你的人,来过我们村子,他叫刘五,在村里住了两天,又掉头回去了,什么都没买,也没卖给我们什么,白吃了几顿饭,睡了两场觉,就走了。他进村时车空空的,我们以为他会买一大车东西。已经好多年没人来我们村买东西,十几年前的余粮,还存在仓里。我们年年吃陈粮,把新收的麦子稻米存进仓里放旧。粮仓早盛不下,炕上地下,房顶,牲口棚,到处是粮食,那些旧粮食的味道把我们带到陈年往事里。我们害怕新一年到来,害怕春种秋收。每当温暖的春风刮起时,我们就乞求上天,让我们休歇一阵吧,把这个春天给别人,给别的村庄,我们不要了。可是,每年每年,上天把春种秋收硬塞给我们。扔都扔不掉。

再这样下去,我们就被自己种出来的粮食吃掉了。

就在这时,一辆空马车赶进村子,我们高兴坏了。这下可以卖掉些东西了。不光粮食,牛羊也一茬茬长老,没人来买。

我们好吃好喝招待他。就是那个长得像你的人,他空车走掉了。

那个人走后,我们开始怀疑自己的村子,我们派人出去,假装成外人,四处打问荒舍的事。没人知道荒舍,这个村庄传到外面的只是狗叫和马嘶。

后来终于打问到,好多年前,有个叫刘二的人在我们村外割了几亩麦子,没要到工钱,让人家又饥又渴,睡在路上,还乘人睡着时,拉到荒野上扔了。

这个人醒来后气极了,屁股撅起对我们村子放了几个屁,还恶狠狠瞪了几眼。从此村庄的粮食变臭,肉变苦。可是,我们自己并不知道。

那以后我们全村人出动,找这个被我们得罪的人,给他赔罪,付双倍工钱,让他把那个屁收回去。我们找遍了这片荒野,最后找到虚土庄。问一个叫刘二的人,问遍了村子,都说好像有这样一个人,一直没长大。后来听说长大走了,却没和我们走在一起。

"这个人多少年前就不和我们在一起了。"一个叫王五的老人说,"有时感觉他在我们前面的某个地方,或某一年,我们隐约听着他的声音,踩着他的脚印往前走。有时又觉得他在后面,我们过掉的年月里。他被我们扔在那里。"

我们找到他的家,院子空空的,门被风刮开又关上。一棵巨大的沙枣树,多少年的果子结在上面,枝都压弯了。

冯七听他们说到虚土庄时,突然心跳了一下,这是他在外面第一次听人说自己的村子。但对他们说的事却没多少兴趣,他只关心空车回去的那个像自己的人。十几年前。这说明我往前赶追他的时候,他已经掉头往回走,路上我和那个人肯定相遇过。他的马车从我马车旁过去,他肯定注意到我,想,这个人怎么和我长得一样,只是老一些。怎么会有这种事呢,是否有一个人已经把我前面的日子过掉了。这样想时,他就会急急往回走。现在他早已到家。

许多年后,冯七再不出远门。他的马老死,车辕朽掉。早年跑过的路重新荒芜。那时他在村里,走东家串西家,一遍遍地转,走到谁家天黑了,就住下。村里人已经很少了,有的人家房子空空的,门窗被风刮开又关上。有的人家剩下一半人,炕一半空着,被褥空着,粮食余出来。几乎所有人家都愿意留宿冯七,他有一肚子讲不完的故事,全是远路上的事,他讲的时候,屋外刮着一场风,一盏油灯摇摇晃晃挂在柱子上。炕上地下,蹲满了人,黑乎乎的,好像那些走掉的人也蹲在地上,多年不见的人也悄然回来。他们静静倾听。冯七讲完了人们还在听。冯七睡着了人们还在听。

可能冯七并不知道,人们只想从他嘴里,听到自己和有关家人的哪怕一点点消息。可是,他讲述的所有远处的故事中,没有虚土庄的一个人。也没有冯七自己。只有一座座梦一样悬浮在荒野的村庄,一个叫着不同名字的人,来回地穿越其间。

铁 匠 铺

铁 活

铁匠铺前停着一堆驴车,有的驴卸了,拴在车上,有的驴架着车站着,拴在别的驴车上。驴车卸与不卸要看停车时间长短。时间长,就把驴卸了,驴会轻松舒服些。停留时间短,驴就拉车站着。也有的人懒,嫌卸驴套驴麻烦,就让驴大半天架车站着,自己坐在一旁抽烟闲谝。摊上啥样的主人都是驴的命。驴只有不吭声受着。

铁匠铺是村里最热火的地方,人有事没事喜欢聚到铁匠铺。驴和狗也喜欢往铁匠铺前凑,鸡也凑。都爱凑人的热闹。人在哪扎堆,它们在哪结群,离不开人。狗和狗缠在一起,咬着玩,不时看主人,主人也不时看狗,人聊人的,狗玩狗的,驴叫驴的,鸡低头在人腿驴腿间觅食。

都是来打坎土曼的人,有人打好了,拿在手里端详,其他人在等。打谁的坎土曼,谁就过去抡大锤,铁匠吐迪拿小锤,小锤打哪,大锤跟哪。阿不旦村的男人,个个会抡大锤。小锤只有铁匠吐迪一人会抡。最后,到了打刃的时候,就全是小锤的活了。别的人只能看着。一把坎土曼,眼看着从一块铁烧红,锤扁,一锤锤打出坎土曼的样子,到最后成形,全过程都在眼前。这样的东西用着放心。不像商店里买的,咋做出来、用啥材料做都不知道。

吐迪一天最多打两把坎土曼,这是最快的了,平常时候打一把就收工。现在铁匠铺前排队的人多,那个挖石油管沟的活听说就要开工了,每家都准备了好几把坎土曼,劲大的人备了两三把,村里的坎土曼猛增了多少,铁匠吐迪也不知道。有人嫌他手慢,等不及,到老城巴扎上买。这些外面铁匠打制的坎土曼,以后要干阿不旦村的活。自吐迪记事以来,还没见过哪个阿不旦人用过外面铁匠打的坎土曼。铁匠吐迪也有点急了,好在铁匠铺前等候的人多,帮手抡锤的人也多,吐迪就一天多打一把。多打一把坎土曼就等于多了上万锤,吐迪每天打到最后手臂酸痛,大锤抡完了,小锤的活是他一个人的,没有谁能帮忙。一个人的心再细,力气没有了也没办法。吐迪知道这些赶出来的坎土曼,有的少打了几锤,有的欠点火,他都记着呢,等下次这把坎土曼维修的时候,他再多敲几锤补上吧。欠缺的几锤别人看不出。只有铁匠自己知道。铁越打越硬。好铁活就是一锤锤打硬的,这儿少几锤,那儿缺几锤,东西肯定就差了。

柏　油　路

吐迪家的铁匠铺从去年夏天开始红火起来,那时村外的石油井架已经立起来,巨大轮胎的石油卡车日日从村子中间的马路开过,村子里第一次有了柏油路,石油上的人给铺的,他们的石油大卡车要穿过村子,到东南边的沙漠荒野,就铺了一条柏油路,一直通到井架下。

让铁匠铺红火起来的原因有两个。

一是广播电视上天天说的"西气东输"工程。这个工程从阿不旦村边的油井下开始,向东挖一条几千公里长的深沟,一直通到上海,沟里放进去能钻进一头驴的大管道,再埋掉。就是这个挖沟的工程让扛坎土曼的人兴奋了,来铁匠铺定做坎土曼的人一下多起来，而且都要求把坎土曼打大一些，吐迪打的坎土曼也从每把十八块钱涨到了十九块。

二是因为村里有了柏油路后，驴掌和人的鞋掌，莫名其妙比以前费了。铁匠吐迪首先感到来打钉驴掌的人多了，以前一副驴掌用三个月，现在，一个多月就磨坏。一副驴掌十六块，以前一头驴一年钉四次掌，现在要钉八九次，毛驴的费用猛增了几十块。

柏油路刚通到村里时，人们着实高兴了一阵子。驴比人先觉出柏油路的好，拉重车走到上面跟空车一样轻松。闲时跑到柏油路上溜达，蹄子发出踢踏踢踏的声音，清脆又好听。不像在土路上，全是蹄子入土的"扑哧扑哧"声。不过，驴在柏油路上的清脆蹄声一下让人和驴都不好辨认。人都听熟了驴走在土路上的蹄声，谁家驴的走路声谁能听出来，驴师傅阿赫姆能分辨出村里每头驴的蹄声。驴也能听出其他驴的蹄声。驴除了鸣叫，就是跺蹄子，靠地传递声音交流。有了柏油路后，驴感觉村子分成了两半，变成两个村子。驴在路这边跺蹄子，声音被硬硬的路面拦住，传不到那边。驴跑到柏油路上跺，声音响亮，别的驴听不出谁跺的。柏油路面发出的声音都一样。还有人，走在柏油路上的脚步声也变了，晚上靠走路声辨不出对面来的人是谁。

比驴更喜欢柏油路的是村里的小伙子姑娘，柏油路让他们的皮鞋第一次干干净净有了鞋的模样，也让走路的姿势好看起来。走在坑坑洼洼的土路上，人哪有样子。脚下面一深一浅的，身子跟着一歪一扭，头也跟着一摇一晃，再好的身材也走成傻子。

柏油路铺进村的第二个月，铁匠吐迪发现来钉驴掌的人多了，第三个月，来铁匠铺钉鞋掌的和钉驴掌的人一样多起来。人的鞋掌也比以前磨损得快了。

吐迪鞋掌驴掌一起打。鞋掌小，一块五毛钱一个，一双三块钱。驴掌大,早先一个三块五,现在四块,驴换一次掌要花四四一十六块钱,比鞋掌贵多了。

吐迪不愿打鞋掌,虽然小,打的锤数不比驴掌少,吃力不挣钱。驴掌打不平没麻达,驴走几步自己就走平了。驴都是成年以后钉掌,驴蹄子大小差不多,除了个别几头以前杂交的关中驴,其他都是一个样子,公驴母驴的掌也差不多。鞋掌就不一样,从二十号鞋到五十号鞋,都不一样。男人女人的鞋也不一样。鞋掌大一点小一点,都不行。还要打得平平的,那是细活,却收的粗活的钱。没办法,村里的铁匠,凡是日常用的铁活都得会打,挣不挣钱都要打,你不能把挣钱的驴掌打了,不挣钱的鞋掌让村民到巴扎上去买。

以前,铁活分得细,有粗铁活(打蚂蟥钉、驴掌、坎土曼、镰刀),细铁活(打刀子、锥子、针、铁挂饰、耳掏、铁环扣),铁皮活(打制水桶、洗手壶、炉子),生铁活(翻砂炉齿、炉盖圈)。如今这些小手艺养活不了人,没人干了,零碎的一些小活,全归到干粗铁活的铁匠铺。铁匠铺把跟铁有关的大活小活全收揽了。只要铁匠炉冒烟,铁匠铺前就围着人,有来做铁活的,有看别人做铁活的。

往年这个时候都是来打镰刀的人,从割麦子开始,镰刀就闲不住。阿不旦人只用两种农具,坎土曼和镰刀。坎土曼种,镰刀收。春天坎土曼的活一干完,夏天秋天地里就都是镰刀的活,割麦子,割草,割苞谷秆,钐树枝。吐迪也早早打好几把镰刀,插在铁匠炉的土墙缝里,有急用的人顺手买一把。一般没急事的人,都看着吐迪打镰刀,有的人带一块铁来,让吐迪用自己的铁打,只收点工钱。看的人坐在一旁,抽莫合烟、聊天。坐累了起来帮铁匠打几锤。自己的镰刀打好了,还不走,看铁匠给别人打镰刀,一直坐到铁匠没活了,天也半下午了,才三三两两地散去。出来打一把镰刀,本来就是一天的事情,早打完迟打完,都要把一天在铁匠炉旁磨掉。这是一个习惯。能把一天消磨掉的活,也不是很多的。

今年没人打镰刀了,从开春到现在,铁匠铺打的几乎全是坎土曼。围在铁匠炉边的人,说的也都是有关坎土曼的事,这件事人们说了一年多,说马上就要开始干了,拿坎土曼的人都等得着急了。

坎土曼工程

不光阿不旦村,从附近村庄到龟兹老城的铁匠铺都在打坎土曼,废铁都涨价了。电视上、收音机里,天天有"西气东输"工程的宣传报道,已经报道了一年多。这里的农民,也把坎土曼磨快等了一年多。电视上天天讲这个事情的重要性,说这个工程就像铁路一样,是新疆连接内地的又一个重要通道,要求各地方各行业都要给它让路。

以前县上地区有啥大工程,都是先动员全县农民准备好坎土曼,积极投入到大工程中去劳动。上世纪六十年代挖矿炼钢铁、七十年代大修水库、八十年代植树修路,阿不旦人都参加了,有时全村劳力都上去,一干几个月。这个"西气东输"工程有点特别,没说让他们准备好坎土曼参加,只说了给它让路。

从老城巴扎上传来的小道消息说,这个几千公里的石油输气管道,龟兹县的坎土曼全上去都干不完,恐怕全部南疆的坎土曼都要上。这是靠坎土曼挣钱的一次大好机会。错过这个活,往后一百年二百年,一千年两千年,坎土曼再不会有大用处。

消息刚传出的时候,只是来铁匠铺打坎土曼的人多了,坎土曼涨了价,握坎土曼的人却不急。因为按照常规,这么大的活,石油上肯定先和县上联系,县上召集乡干部开会,乡干部再召集村干部开会,村干部回来再召集村民委员会开会,然后再召集全体村民开动员大会。这种大工程，最后干活的都是村民。村民总是到最后才知道他们要干啥。所以他们握着坎土曼等就行了。

这次乡上县上没安排，石油上也没主动找上门，村长亚生着急了，往乡上跑，乡长又带着亚生往县上跑，县领导答复说，石油上是独立企业，他们的事县上不好直接插手，还是村里自己去联系。不过，县领导说了，这次西部大开发，龟兹是重点，活肯定多得干不完。

亚生村长带回来消息说，他在县长办公室看到"西气东输"施工图纸了，挂在一面墙上，一条表示输油管沟的红线，从写着阿不旦村的地方开始，一直通到另一头的上海。光是阿不旦村的这一段，就上百公里，足够全村人干了。

还说这次"西气东输"工程，说白了就是一个坎土曼工程。为啥？因为它主要的活就是挖一个沟，把管道放进去，再埋掉。挖和埋都是坎土曼的活。说国家在策划这个工程时，首先考虑的并不是上海人的用气问题。上海没气了跟我们新疆有啥关系。但是，要挖一个管沟通到上海，就跟我们的坎土曼有关系了。说这是国家从宏观考虑想的一个办法，目的是要让我们的坎土曼有活干，要我们的坎土曼发挥一次大作用，让扛坎土曼的人大挣一笔钱。

阿不旦人从老城巴扎上听来的说法更多。从去年夏天开始，巴扎上除了毛驴叫声，人说得最多的就是"西气东输"工程，有人把它直接翻译成了"坎土曼挖沟"工程。

消息灵通的老城人把这条沟的尺寸都搞清楚了，说它有一房子深，也就是两三米深。有毛驴子横着那么宽。也就是说，毛驴子在沟里可以转过身。为啥设计成这个尺寸，就是让我们的毛驴子也能在沟里往上运土。

这个沟比人们挖过的任何一条大渠都长都大，真是坎土曼挣大钱好机会。一个劳力挣一百块钱，一家人一年的油盐酱醋钱就够了。挣五百块钱,一年的生活都没麻达了。你想想,五百块钱是多大的钱啊,阿不旦村的人均年收入才三百块钱,这是乡上干部统计的,村里一人一亩地,种麦子收三百公斤,就是三百块钱。但收的麦子缴了公粮,剩下的只够口粮,哪能见到钱。如果麦子没种好,口粮都不够了。

阿不旦村几乎每家都准备了至少两把坎土曼。多半是欠铁匠铺的钱打的。欠账的人说:"坎土曼挣了钱立马还。"铁匠吐迪知道,他们不会拿镰刀或土块模子挣的钱,来还打坎土曼欠的钱。也不会拿卖鸡蛋卖羊皮挣的钱来还他的坎土曼钱。各是各的账。铁匠吐迪只有指望这个坎土曼的大活快点来,让他打的这些坎土曼挣上一点钱。

拖拉机把铁匠铺救活了

把吐迪家的铁匠铺救活的,还不仅仅是坎土曼和驴掌。许多年前,吐迪家的铁匠铺就快维持不下去,只有冬天和农闲时架火开炉。其余时候铁匠吐迪扛着坎土曼种自家的地,谁要打镰刀或铲子,钉驴掌和修坎土曼,把东西扔在铁匠炉前,活攒得差不多,吐迪才架一炉火,师徒俩叮叮当当敲打半天,活干完炉子熄灭。他不会为一把镰刀架一炉火。煤贵得很。架一炉火随便几公斤煤,好几块钱的本,打一把镰刀才挣几个钱。

那时村里只剩下吐迪家一个铁匠铺。早几年有两个铁匠铺,吐迪和他哥哥吐浑的。吐迪的哥哥死后,那个铁匠铺就断火了,剩下吐迪一家。一个村庄的铁匠活,顶多养活一个铁匠,养不活两个。铁匠光靠打铁吃不饱肚子,还要种地。吐迪家到现在还住在破烂房子里,儿子吐逊结婚时都没钱盖新房子。

许多村子的铁匠铺在那时关了门。只有县城的铁匠铺还在敲打着坎土曼、镰刀这几样农具。大工厂造的坎土曼、镰刀早些年曾销售到这里,尽管比手工打造的便宜,但还是没人买。人们依旧喜欢铁匠铺打的坎土曼,厚实、有分量。刃子豁了卷了,哪个铁匠铺打的到哪去修。工厂造的坎土曼坏了找谁去,找到铁匠铺,铁匠都不看,薄薄的铁皮东西,火一烧就不成形了。修不成。

很多东西不再需要铁匠去打了,剪刀、锅铲这些家用小东西,村民们在巴扎上就买,便宜又轻便。地里的活少了,坎土曼镰刀磨损的也慢,一把镰刀,用五六年,还好好的呢。

吐迪的铁匠铺也眼看要歇业了。谁会想到,村里不断增多的拖拉机和农机具,把吐迪的铁匠铺救活了。

拖拉机刚开到村里时,人们说,以后种地都用机器,坎土曼、镰刀没用了,吐迪的铁匠铺也该关门了。

可是,没过多久,开拖拉机的人开始往铁匠铺跑。

第一个来找吐迪修拖拉机的是玉素甫。玉素甫最早把小四轮拖拉机开到阿不旦村。他的小四轮主要在工地上干拉运的活,外面没活时开回村子。

小四轮上一个零件坏了。

吐迪说:"我是打铁的,不会修拖拉机。你到县上修理厂修去吧。"

玉素甫说:"拖拉机也是铁东西,跟镰刀、坎土曼一样的。县上的修理厂我去过,也是一个铁匠开的。"

玉素甫把坏了的零件递给吐迪。一个连接杆,头上磨坏了。

吐迪拿过来端详一阵,在废铁中找了一根粗细差不多的铁条,烧红,照着原件在铁条两头各打了一个连接口。

玉素甫拿着打好的东西比照一番,又拿卷尺量,短了一厘米。

吐迪又把它扔进火炉,烧红,夹出来打了两锤,扔进水盆。

凉了后玉素甫拿出来一比,正好一样长。

吐迪笑笑说："长铁匠短木匠嘛。我们铁匠不怕东西短，两锤就打长了。"

吐迪的铁匠铺就从那时起渐渐成了拖拉机修理铺。村里买小四轮拖拉机买三轮两轮摩托的人多起来，那是改革开放的头些年，到处在搞建筑，从村里到乡里、县城，有跑不完的运输活。阿不旦村最早致富的除了在外面做包工头的玉素甫，就是那几户靠小四轮跑运输的人家，当时一台小四轮车头六千元左右，铁匠铺造一个车斗一千多块钱，加起来七八千元，跑好了一两年就挣回本钱。买农机贷款也很方便，几乎不要抵押。好几户人家贷款买了拖拉机，外面没活时小四轮在村里拉运粮食肥料，突突突的机器声加入到村里的驴叫狗吠中。

车　祸

这些最早富起来的小四轮运输户，后来多一半变成穷人。从上世纪八十年代到现在的二十多年里，阿不旦村开小四轮拖拉机出车祸死掉的人有五个，开小四轮得肺病，挣的钱全花光后死掉的人有三个。小四轮拖拉机的排气管直立在车头上，跑起来烟全部朝后冒到驾驶员脸上，吸到肚子里。小四轮拖拉机开五年人的肺就变黑，以后花多少钱都无法治愈。开摩托车被碰死摔死的人有两个。过马路被石油卡车轧死的人有两个半，一个轧成残废左边的腿和胳膊都锯了变成半个人。

在村里马路上轧死的狗、羊和鸡就数不清了，鸡被车轧死是好事情，轧死一只至少会赔三只鸡的钱——如果司机不跑掉的话。谁家的狗被轧死就发财了，要千儿八百肇事司机都会给，狗是无价的东西。卡车司机在村里肇了事，都想扔点钱私了了赶紧跑人。不然村民围上来挨一顿乱打，打完了还得赔钱。

还没听说毛驴被汽车轧死过，这一点人都觉得奇怪。驴天天在马路上走,就是没出过祸。卡德儿的驴车去年被汽车撞了,车上人当场死了,驴车撞得稀巴烂,驴就地打几个滚,爬起来好好的,仅擦掉几根毛。

每当出了车祸,就会有报废的铁东西被扔到吐迪的铁匠铺里。一些铁东西上沾着血。吐迪看见血就心慌。不收带血的铁。后来送到铁匠铺的铁都没血了,洗干净了。小四轮报废了就是一疙瘩铁,发动机部分全是生铁,铁匠铺没用。车架部分的钢梁,是打坎土曼的好料。摩托车报废了是一堆烂铁皮,铁匠看不上眼。石油卡车栽到渠沟里翻掉了,要是扔上两天不拖走,吐迪铁匠铺里的铁就堆满了。

原　油

一次,一辆石油卡车翻到村头的沟里,油罐裂了,黑乎乎的原油淌了半沟,村里男女老少拿着家里的水桶盆盆罐罐去抢原油,那是阿不旦人第一次用手摸见原油,在他们村子下面埋藏了亿万年的原油,原来是这个样子,黑乎乎的,黏稠黏稠,全村人的手都摸到了它。那以后好长一段时间,村里人手是黑的,脸是黑的,衣服上斑斑驳驳粘着黑油,洗不掉。抢回来的原油却没什么用处,拿到巴扎上卖,没人要,卖给石油上,人家嫌少不要。最后倒在柴火堆上,当烧头。原油倒掉后,水桶、脸盆、坛坛罐罐都变得黑乎乎,洗不掉。

车　斗

吐迪的铁匠铺也在那时添加了一台电焊机和一台切割机。是吐迪买给儿子吐逊的。

吐逊对父亲说,乡里的两个铁匠铺都买了电焊机,挣钱比打铁容易。

吐迪说，我们还是老老实实打铁吧，不要眼馋那些新东西，我们用不来。

吐逊说，那些东西我会用，我在乡上帮一个搞电焊的朋友干过活，焊铁就像缝皮子一样，两块对在一起，焊枪对着一会就缝好了。切割机嘛更简单了，跟我们锯木头一样，我都会。买回来你打铁，我焊铁活。我们一起干。

吐迪听儿子说要和自己一起干，高兴了。儿子天生不喜欢打铁，小时候就不喜欢在铁匠炉旁边玩。一点不像吐迪小时候，整天围着铁匠炉转，眼睛看着耳朵听着，到十一二岁，父亲让他抡锤时，他拿起锤就会打制简单铁器。儿子吐逊初中毕业，该帮父亲干活了，就是不愿干铁匠活，铁匠炉子跟前都不来，也不愿下地干农活，在外面闲逛了两年，不知道都干了些啥，还好没惹麻达回来。村里出去逛的巴郎子，好几个都没回来，直接从街上进了监狱，多少年后，变成一个老老的人回来，村里一半人不认识他。街上有的是游手好闲的人，只要跟上他们，打架、偷抢、贩白面，都少不了干，哪件事犯上，都是多少年的牢。

吐迪就是为了把儿子吐逊留在铁匠铺，才下狠心拿出多年的积蓄，买了电焊机和切割机。在铁锤之外，还添置了钳子、各种型号的扳手，一堆工具。农忙季节，拖拉机、农具的零件坏了，到县城买太远，到铁匠铺方便多了，拖拉机手把坏掉的零件拿来，吐迪照着样子就敲打出来。有些容易坏的零部件，拖拉机手都喜欢让吐迪照着打出来，吐迪打出的零部件比配件门市部买的结实耐用，实打实的钢铁，亲眼看着打出来，没有假。

农民买的小四轮拖拉机，也只买一个车头，车斗都是铁匠铺造。吐逊的第一个车斗是照着玉素甫的车斗焊的，他把玉素甫的小四轮车斗借来，摆在院子，细细琢磨了几天，就照着做出一个一模一样的车斗。焊第三个车斗时，吐逊已经很有经验，不照着别的车斗做了。他焊的车斗一个跟一个不一样,因为焊车斗的材料都是废铁凑的,根据现有的废铁焊车斗,料充足了就会焊得大方些,料紧缺了就焊得紧凑些。一个铁匠炉,一台电焊机,一个切割机,两个铁匠,组成一个小工厂,需要吐迪打的部件吐迪敲打出来,剩下的就全靠吐逊切割焊接,大大小小的铁件对在一起,一个车斗就出来了。轮子用马车轮,或废品站买的小汽车轮,买到轮子再找合适的轴。废品站什么都能买到。尤其石油上的钢铁,好得很。小四轮原带的车斗太小,装不了多少东西。自己做的车斗,大小自己定。到农机公司买一个车斗,三千多块钱。铁匠铺造一个车斗,材料加工钱,满打满算一千多块钱,省多少钱呀。车主省了钱,铁匠铺也挣了钱。吐逊靠电焊机挣的钱,比父亲的铁匠炉挣的多得多。

现在,村里的大小拖拉机都离不开吐迪的铁匠铺。自行车、摩托车坏了,也都推到吐迪的铁匠铺,就差没把电视机、收音机抱到铁匠铺修了。铁匠铺好像比以往更红火,门前总有停着的拖拉机、摩托车,车手自己把车扒开,铁匠铺有的是各种工具,哪个地方颠断了,裂缝了,让吐迪的儿子焊一下。哪个部件坏了,让吐迪照着打一个。除了发动机和那些精密部件,其他的铁匠铺都能打出来。村里的拖拉机、摩托车,开到最后,看外表就是阿不旦的铁匠铺造的。

铁匠铺造的农机具

焊车斗的活主要是儿子吐逊干,人们把这些车斗叫"吐逊牌"车斗。犁铧、钉齿耙都是铁匠炉敲打出来,开车师傅叫它"吐迪牌"犁铧、"吐迪造"钉齿耙。儿子吐逊在车斗牵引架上打上自己的名字,就像父亲和他的祖先们在镰刀和坎土曼上打出一排指甲印一样。吐逊打出的也是弧形指甲印,不同的是他用这些指甲印组成了自己的名字：吐逊·吐迪。后面是父亲的名字，他的姓。

吐迪对儿子吐逊的做法不赞成。吐迪只在他打的坎土曼、镰刀上打出几个指甲印，其他的活，他认为不是正经活，打上家族的印记不好。尤其制作拖拉机犁铧这样的铁活，吐迪都是硬着头皮干，正耕地的拖拉机犁铧断了、磨坏了，跑县城买太远，误事，就找铁匠吐迪，照着旧犁铧打。吐迪打出的犁铧被拖拉机师傅一用，就用上瘾，不去县城门市部买了，吐迪打犁铧用的都是石油上的好钢材，打的犁铧耐磨、结实、便宜，用坏了拿到铁匠铺回火敲打一番，还可以再用。

拖拉机师傅开玩笑说，吐迪师傅，你要是能在铁匠铺打出拖拉机来，我们就不到县城去买了。

吐迪说，拖拉机我打不出来，我儿子吐逊也焊不出来。但拖拉机拉的犁，我一看，还是一把坎土曼嘛，五铧犁是五个坎土曼绑在一起，三铧犁是三个坎土曼绑在一起，犁铧就是坎土曼刃子，犁架就是坎土曼的把子。坎土曼挖进地里把土刨开，挥起来再挖。犁铧挖进去拉着跑，把土翻开，差不多。再先进的拖拉机，它用的犁还是坎土曼嘛。既然是坎土曼，我这个铁匠能打不好吗。还有拖拉机拉的钉齿耙，就是我们用的耙子，多了一些钉齿嘛。

打钉齿是吐迪的拿手活，钉齿形制简单，用粗螺纹钢截短，烧红几锤就打出来。主要是掌握好淬火，让钉齿坚硬又有韧性。钉齿耙的架子却需要吐逊焊接。这个农具是父子合作完成的，吐逊也就不好意思打上自己的名字，只把铁匠家族的指甲印打在架子的角铁上。

吐逊说，现在做什么都要有牌子。有名的牌子叫名牌。父亲你做的铁活也是名牌了，你得打上自己的名字。

吐迪说，坎土曼就是干活的工具，让它背一个名字不累吗。

打坎土曼镰刀的手艺都是祖先发明的，祖先都没有打上自己的名字，我们有脸打上名字？

吐逊说，那些指甲印说不定就是我们祖先的名字，我们不认识了，把它当一种符号。

即使它是祖先的名字，有它也足够了，我们没必要把自己的名字再打上去。吐迪说。

我并没有丢掉祖先的指甲印记号。吐逊说。铁匠铺里制造拖拉机车斗，是从我开始的，我用祖先留下的指甲印打出我的名字，有啥错。再说，我的名字后面的是父亲你的名字，它是我的姓。你看现在工厂造一个针一个纽扣，上面都有工厂的名字。我们铁匠铺造出这么大的车斗，为啥不能打上自己的名字。我没有学会打铁，但学会了用铁焊制车斗农具，以后我的孩子也会拿焊枪，我得给他们留下一个牌子，这个品牌就是我的名字：吐逊·吐迪。

拖拉机的秘密

短短几年，吐逊觉得自己跟熟悉驴车一样熟悉拖拉机了。只是机器里面的工作原理吐逊还不清楚，机器的电路吐逊还不了解。拖拉机这个东西，一个摇把子塞进去，使劲摇几下就发动着了，人上去挂个挡，油门一踩就走了，真是太神奇。吐逊宰过牲口，知道牲口能动是有心脏肝肺和肠胃。吐逊也把拖拉机拆开反复看，一台被卡车撞报废的小四轮，当废铁卖给铁匠铺。吐逊用扳手、撬棍、铁锤拆卸它。他先拆开变速箱，里面是一个挨一个的齿轮和轴。这是它的肠子。吐逊想。拆到剩下机器壳子，吐逊知道它的心肝肺都在里面。

拖拉机的声音力气都是从这个铁壳子里出来的。吐逊对这个铁壳子里的东西充满好奇。他把油底壳卸开，从曲轴箱往里看,里面是一个圆洞,手伸进去油乎乎的。

吐逊小心地,一件一件地拆卸,曲轴、连杆、活塞、缸盖都卸完后,剩下一个空铁壳子。吐逊眼睛往里看,手伸进去摸,什么都没有了。吐逊没想到这个东西拆到最后还是铁,铁拆完就啥都没有了。

吐逊把机器壳子里的铁件卸了装上又卸了,反反复复多少次,他还是搞不清楚拖拉机的力气是从哪传出来的。为了方便看,他用焊枪把机器壳割开,就像把羊破肚一样,里面的五脏六腑都看见了。从最顶的活塞、连杆、曲轴到变速箱的每个齿轮,然后到使拖拉机跑起来的车轮,一个复杂的力气传输过程他都搞清楚了。但是,这个力气从哪来,它的劲是谁给的。谁让这些东西转起来。吐逊想到这里想不下去。

开小四轮的四轮买买提给他说:"看,这是喷油嘴,把油喷到汽缸里,这是点火器,把油点着,一爆炸,就把活塞推下去,活塞又上来,又喷油点火又一爆炸,活塞又推下去,反正就是这样进去出来进去出来,活塞下面带的那些东西就都转起来了。最后转动的是车轱辘。这些东西把车轱辘带着转,车就跑起来了。"四轮买买提学执照时在县农机校上过几天课,学了一些机器的理论知识。

吐逊听了还是直摇头。"看来我只能造车斗,没办法在铁匠铺造一个拖拉机车头。它太复杂了。"

铁　驴　车

车斗的结构吐逊看一眼就清楚,和驴车差不多,也是两个轱辘,一根轴,一个车架子,唯一不一样的就是本来套驴的车辕,改成三角活动牵引架,通过插销连接在车头上。

就是一个铁驴车嘛,被一个铁牲口拉着。这是吐逊对拖拉机的定义。

　　驴车一般的木匠都会做，备两根好辕木，要榆木的。或一根大榆木从中间破开，变成对称的两根，打上横樑，樑下面加枕木，枕木下面安上买来的车轴和轮子，一辆车就能跑了。小四轮车斗是焊一个铁架子固定在现成的车轴上，只是以前的木匠活变成铁匠活。没啥了不起。

　　就连开小四轮也和赶驴车一样，村里大人小孩，上到拖拉机上就会开。坐在驾驶座跟骑在驴上差不多，只不过缰绳变成了方向盘，让驴走用脚磕一下驴肚子，跟踩油门的动作差不多。想跑快换个挡，跟驴屁股上甩一鞭一样。一点小区别是让驴停拉一下缰绳，腿夹一下驴肚子。拖拉机停则松油门踩刹车，主要脚上动作。

　　会赶驴车的人天生会开拖拉机。方向感、对路面的判断，都没问题。没赶过驴车的人说赶驴车比开车复杂。确实这样。赶驴车有一系列复杂的语言和动作。让驴走说"呔球"，或者不说，驴屁股上拍一巴掌。这是人的命令。驴听不听还要看驴的。不像开车，挂个挡，油门一加，肯定走。驴不是机器，人不能操作它，只有相互配合，这就需要和驴长久接触、沟通，达到默契。熟悉驴比熟悉车需要更长时间。要让驴听你的话，听懂你的话，听懂了按你的话去做，才能算一个好赶驴人。人在驴跟前要有威信，驴要信得过你。因为，人去的地方，也是驴和驴车去的地方。人走的路，也是驴车走的路。路咋走，人知道，驴也清楚。驴有驴的走法。人有人的想法。驴听人的，人有时候也要听驴的。好的赶驴人会聪明地把有些事情交给驴。遇到难走的路，人动一半脑子，让驴动一半脑子。车是驴拉的，驴比人知道车轱辘碾在哪自己轻松，陷在哪自己沉重。尤其在车辙很乱的土路上，驴会找到一条入辙的道走。在没车辙的野地，驴左看右看，选择好走的路线，让自己的蹄子走在平坦处，车轮也压在平坦处。这是有拉车经验的驴。没拉车经验的驴,光知道自己走在平坦处,考虑不到后面的车轮走在哪。这样的驴就得人赶着走。

人下来亲自赶驴的时候,驴就不操心了,眯着眼睛走。走哪算哪。走不动车陷住了,人会帮驴拉。实在拉不出来,车上的东西卸了,驴车赶到平坦处,看人把东西搬过来装上。这些都要人费劲,驴帮不上忙。

让驴倒车叫"缩"。光叫不行,缰绳往后拽。一个声音,一个动作,两个指令都下达了,驴才会往后倒车。不然驴不轻易后退。因为后面的路驴不知道,驴后面没眼睛,扭头看后面的视线被车挡住。所以,"缩"的事全由人负责,人让驴"缩"驴才缩。能否"缩"到位,就看人的驾驭能力。驴只是按人的指令往后倒车,人的指令咋理解,人只是喊"缩",往后拉缰绳,驴的动作大一点小一点,都有偏差,这时候全靠驴和人的默契。赶半辈子驴车,把它倒不进院门的人也有呢。这不能全怨人笨,人和驴一搭里的事情,听不懂人话的笨驴也有呢。

尤其过窄桥,桥和驴车一样宽,偏一点都会掉下去。这时候人和驴都一样紧张谨慎。驴看不见车辘轳,但它凭经验,知道自己的蹄子踏在桥中间,两个车辘轳就正好压在桥两边。人的指令往往让驴失去自己的判断。驴只有眯着眼睛听人的。驴比人还担心,车掉下桥肯定连累驴,人没麻达。但掉下去以后,剩下的全是人的麻达。

一堆烂铁响

吐逊闭住眼睛也能听出谁的拖拉机来了。村里跑的拖拉机都拖着他焊的车斗。那些车斗有大有小,有高有低,跑起来哐哐当当哗哗啦啦,像一堆烂铁在响,每一个一种声音。因为每一个车斗用的铁不一样,响声也就不同。车斗刚焊制好时没啥声音,

作者画作

作者画作

用几个月就变成一堆破烂铁的声音。那些小四轮拖拉机从远处跑来时,听不见机器声,全是车斗的哐当哗啦声。吐逊喜欢听见车斗的声音,没活的时候,往铁架子上一靠,耳朵里都是拖拉机车斗的声音,它们在远远近近的路上跑,跑着跑着就会有一辆跑到他的电焊铺。

父亲吐迪没活时坐在旧木墩子上抽莫合烟,他打制的千百把坎土曼也在周围的土地上劳动,他听不见它们的声音。坎土曼不会把挖地声传到吐迪的耳朵。吐迪坐在那里听见的,也是儿子焊制的拖拉机车斗的声音,一堆一堆的烂铁在路上响,响着响着有一堆烂铁响进铁匠铺。

有一阵子,公安和农机部门发文禁止铁匠铺自制拖拉机车斗。禁止的理由大概是:一、自制车斗的材料大多来历不明,铁匠铺成了铁器偷盗者最大的销赃地。二、自制车斗严重扰乱了拖拉机销售市场。所有随车带来的原配车斗都剩在农具经销部。农户把车头买走,车斗留给厂家,造成大量积压。三、自制车斗很不规范,有大的、小的、长的、方的,形状各异,有的简直怪模怪样。而且,铁匠铺不能保证焊接质量,这样的车斗,上路极不好看又不安全。

县上本来希望由这些机械化的小四轮代替毛驴车,没想到小四轮、三轮车甚至大拖拉机的车斗农具,都由村里的铁匠铺制造出来,这些农民,只接受一个机械化的车头,车头后面的车斗和农具,自己村的铁匠铺就打制出来,结实又便宜。

公安没办法禁止铁匠打制车斗,只有在公路上查,抓住带自制车斗的拖拉机就扣押罚款。公路上不让跑,那些小四轮就跑乡下。在田间地头跑。在戈壁沙漠没路的地方跑。跑坏了也只有一个去处,铁匠铺。

吐迪家的铁匠铺也进了一些拖拉机常用零件,有活塞环、汽缸、喷油嘴、轮胎等等,和吐迪打的坎土曼、镰刀、驴掌摆在一起卖,都是铁东西。还有收购来的各种铁件,也摆在柜台上。这些不知道有啥用处的铁件,经常招惹来公安。吐迪对吐逊说,你把那些铁收起来,不是你的东西你摆在那里干啥。看你焊了几个车斗,惹了多少事情。我打镰刀、坎土曼从来没人来找事情。不管哪来的铁,只要打成镰刀、坎土曼,就是我吐迪的。谁也认不出来。

来　路

公安的警车一来,狗就吓得往窝里钻,闲游的狗往远处跑。吐逊看见警察,干活的手就抖起来。

吐逊这些年被警察查害怕了,警车一到村里,肯定来铁匠铺。一到铁匠铺,吐逊的麻烦就来了,警察随便指指废铁堆里的一块铁,问吐逊这块铁的来历,吐逊都会傻眼。铁匠铺成了一个招惹警察的地方。

公安对铁匠铺的关注,是从好多年前震惊全国的乌鲁木齐公共汽车爆炸案开始的,那次大案被破的重要线索,是炸药中的碎铁块。公安拿着爆炸现场收集的碎铁块,在南疆村镇县城的铁匠铺寻找,终于在一个村里的铁匠铺,找到一样的碎铁,案子很快侦破。

那以后铁匠铺成了公安寻找破案线索的重点,即使一辆汽车丢了,也可能在铁匠铺找到它的一个螺丝。铁匠铺是铁的集散地,除了那些走村串户收废品的人收走的,村里的铁,几乎最后都到铁匠铺。坎土曼、镰刀就不用说了。家里的铁勺、菜刀、铁桶、自行车、摩托车、拖拉机,用到不能用,变成废铁的时候,都只有一个去处,铁匠铺。铁匠把它们当铁买来,能用的拆了留下,没用的卖掉。两年前阿依村一个小偷,偷了一辆小汽车,埋在沙漠里,每天赶驴车去,刨开沙子,卸几块铁卖到铁匠铺,卖了几个月，被抓住时，小车剩下底盘和发动机壳。

铁匠铺造的大件产品，也成为公安重点检查的对象。公安曾发现很久前报案丢失的一辆小汽车的车轮，竟套了一根自制的粗铁轴，安在小四轮拖拉机的车斗上。还在一个小四轮车斗上，发现好几起偷盗案的赃物。公安扣押了车斗，问大梁的方钢哪来的，牵引架的角铁哪来的，车轴和轮子哪来的，车主支吾半天，说车斗是铁匠铺焊的。找到吐迪的铁匠铺，吐迪说焊车斗是儿子吐逊的活。问到吐逊，说这几个大东西都是车主人自己备的，我只是把它们焊在一起。公安又讯问车主，这些东西都交代清楚了，大梁的方钢是半夜赶驴车从一个建筑工地拉来的，牵引架的角铁是从一个驴车上便宜买来的，找到那个驴车主人，说是从一个高高的架子上卸下来的，那个架子就立在村外的沙漠边，没人看管。至于车轴，说倒了无数手，才安到这个车斗上，车主说从买买提手里买来，找到买买提，说从另一个买买提那里买来，找到那个买买提，说从库尔班家买来，找到库尔班，说从另一个库尔班家买来，公安最后没力气追问下去，追下去也没有意义了，它即使是一个赃物，也是多少年前的，早过了侦破期。

铁东西多起来

村子里的铁突然比以前多了。天天有收废铁的外地人，开着三轮摩托，车头挂着喇叭，在村子里喊。村里一些赶驴车的人，去野滩拉回来的不再是柴火，而是钢管角铁油阀之类的东西。驴车上除了坎土曼、镰刀，多了一个扳手一个铁撬杠。驴车吆到荒野上无人看守的井架或机器设备旁，看四下没人，随手卸一块铁撬几个零件拉回来，当废铁卖。

吐迪的铁匠铺收的废铁，一般不付钱，顶账。村里哪个人不欠着他的钱，坎土曼卷刃了，镰刀割老了，到他的铁砧上敲几下，回回火，等于翻新一回。翻新一把镰刀要两块钱，修一把坎土曼要两块五。当然，还要看费的功夫大小。这样的小钱很难要到，都说记着，麦子卖了给。说给胡大听的话。谁家有多余的麦子卖，每年麦子收了，村长跟着尻子追要公粮，要种子，剩下的就是可怜的口粮了。谁敢狠心让人家卖口粮还你的钱。只有等男人到外面打工挣了钱。挣了钱也不会还铁匠铺的钱，比铁匠铺更急要的钱多了。反正，不管大小的活，没谁当场付钱。即使付，也是上一回欠的，还了，这次的新欠着。这样一块两块的，五块八块的钱，吐迪都记在脑子里，有时多了记不住，欠钱的人会记住。两个人记一件事，总有一个不忘记。更多时候吐迪靠那些打过的东西记事。买买提前年夏天翻新镰刀欠了两块钱，吐迪脑子里早就没这回事了，今年麦收前，买买提磨坏的镰刀又伸到眼前时，欠两块钱的事也一下回到脑子里，吐迪把买买提的镰刀放进火炉，烧红，把磨坏的刃重新打好，把松动的把子也修好，再把镰刀烧红，扔进水里淬火，完工了，买买提拿起镰刀，在指甲上试试刃，然后掏出两块钱，吐迪接过钱，说，这是前年的。买买提说，今年的记着。

　　吐迪铁匠铺的欠账，就在这两年被清得差不多了。不是用钱清还的。村子周围的铁东西多起来，吐迪铁匠铺房子里也堆满了铁。那些赶驴车扛坎土曼的村民，时不时地，往他的铁匠铺扔下一块铁，就把以前的欠账顶掉了。铁块大了多了就顶超了，这样吐迪反欠了人家一把镰刀或一个坎土曼。吐迪把有用的可以打农具的留着，没用的卖给县城来收废铁的人。不过，只要是铁、钢都有用处，打镰刀、坎土曼用不着，修拖拉机会用得着。焊小四轮拖拉机车斗用得着。

　　自从石油卡车拉着建筑井架的巨大铁件从村里开过，阿不旦人什么样的铁都见识过了。

就在几天前,一辆大卡车在路边倾倒,一块巨铁跌落到林带,当即压断一棵白杨树,另两棵被撞歪。倾倒的卡车被拉出来开走,那块巨铁横躺在林带里,没人看守。好多人过去摸它,打量它。有五六个人晚上拿绳子棍棒来,把它捆了想抬走,白费了半夜劲,没挪动一寸。还有人拿榔头扳手,想从它身上弄下一块来,根本没门。它是一整块铁,中间几个洞,狗能钻过去,几个螺丝孔,猫能钻进去,其他地方都实实的。铁匠吐迪和儿子吐逊也过来看这块铁。吐迪看一眼摇摇头走了。吐逊端详了半天,回去套驴车拉来电焊机,他看上这个大铁件上的一块,要切割了拉回去,结果被亚生村长挡住。

十几天后,大铁件被一辆吊车吊起放在有十二个轮子的平板卡车上拉走。它砸出的大坑好久后还留在林带,砸断的那棵树死了,撞歪的那两棵,几年后还一边没皮地歪长着。

坎 土 曼

坎 土 曼

阿不旦的坎土曼这时节都回到村里。在老城打工的坎土曼，在野地帮别人种地的坎土曼，在巴扎上等活的坎土曼，都回来了。石油管沟就要开挖了，这个传说了一年多的大活，让好多磨快的坎土曼都等得生了锈。

王加跟踪的五把坎土曼，这阵子都在村里。前天他走访了三家，今天一早又骑摩托车来了。刚到村头，王加就听到"叮叮叮叮"的打铁声。在满眼是土块木头的阿不旦村，打铁声清脆、坚定，像一个个铁钉往角角落落里钉。二十多年前，王加第一次走进阿不旦村，首先听到的就是打铁声。那时的阿不旦村不像现在这样嘈杂，除了铁匠铺的叮叮声，就是毛驴的鸣叫，驴叫是村里最大的声音，驴一叫，其他声音都被盖住了。

王加先到铁匠铺，摩托车停在拥挤的驴车旁，跟熟悉的村民一一握手打招呼。

铁匠吐迪正在打铁。王加看着铁砧子上一块烧红的坎土曼在紧张的锤声里很快变黑变硬，然后被铁钳夹着送进炉里。坎土曼再度烧红还得一会儿，王加借机跟铁匠吐迪打招呼，从布包里掏出一个报纸包着的东西，一层层打开，递给吐迪。

昨天，王加在乡上废品站捡到一个旧坎土曼，锈蚀得厉害，但坎土曼的形很完整，王加是文物行家，凭直觉断定这个东西有年代了。

王加花了两块钱把旧坎土曼买到手,然后问收废品的人家,这个坎土曼从哪收来的,废品老板拿着端详一阵,说,好像是阿依村的小乌普送来的,那天他还卖了两根角铁,我担心角铁是偷来的,多问了几句。现在公安抓得紧,我们收废铁都不敢乱收,万一收了偷来的赃物,连我们一起处罚。

王加到阿依村找到小乌普,问这个坎土曼是你卖给废品站吗。小乌普吓坏了,支吾半天,说是我从地里刨出来的。

王加说,你放心,我不是公安局的也不是环保和林业上的,我是龟兹研究所的,专门研究坎土曼。从哪捡的你说实话,我给你好处。

小乌普这才说,是在野滩挖红柳根挖出来的。

早就不让村民挖野滩和沙漠边的植物,抓住要罚款,挖多了还要判刑。村民还在偷着挖。煤贵得很,没几家烧得起。大多人家的烧柴还是自己想办法。

王加给小乌普二十块钱,让小乌普套上驴车,把自己拉到挖出坎土曼的地方。

小乌普说荒滩大得很,在哪挖到的他忘了。

王加觉得小乌普没说实话。肯定不是在红柳根下挖出的。这个看上去有几百年历史的铁器,保存这么好,一定是埋藏很深,又没水浸。那就是挖到古墓了。王加不好追问。就说,以后再找到坎土曼和其他旧东西,不要给收废品的,卖给我,我是佛窟研究所的王加。我给你好价钱。

王加回到研究所,把锈蚀的坎土曼清理出来,发现了坎土曼上的指甲印记,跟吐迪打在坎土曼上的印记一样。王加就把这把坎土曼拿来让吐迪师傅看。

吐迪拿着坎土曼,翻来覆去端详了好一阵,激动地说,这是我们家族打的坎土曼。是我们祖先的手工。你在哪找到的。

吐迪拿过一把新打的坎土曼,让王加看两个坎土曼上的印记,几乎没什么差别。

吐迪说,我们家族打制的坎土曼,都有指甲印一样的记号,打在正面不易磨损的地方。指甲印也像弯月。每一代铁匠都用同样的指甲印排出不一样的图案。

王加看着吐迪把眼睛贴在坎土曼上仔细看,又用鼻子闻,用手抚摸,看来真是自己祖上的东西,看着亲,闻着熟,摸着心动。

吐迪要把王加收购的这把坎土曼留下。王加说,这是文物,我不能给你。我们研究所有规定,收到文物都要交公。

吐迪说,给我留几天吧,我再仔细看看,你下次来一定还你。

王加说,你可千万不能丢了。

女 主 人

从铁匠铺出来,王加去了买买提家,买买提到地里干活了,王加骑摩托车找到地里,跟买买提说了会话,拿着买买提的坎土曼看了看,拍了照。快中午时王加来到耶尔肯家,主人对王加很热情,把他当县上的干部,让他坐在炕上。王加喝着女主人沏的茶,吃着馕,用龟兹语和男主人说坎土曼的事。耶尔肯家的这把坎土曼王加半年多没见到,春天来时耶尔肯不在,洋冈子(维语,妻子)说坎土曼到外面打工去了。洋冈子知道他来找坎土曼。那时地刚种下去,王加春种后来过一次,春天是坎土曼磨损最厉害的季节。而且每年磨损都不一样。因为每个春天不一样。气候好的春天,种子播下去,苗顺利出来,坎土曼和人都能闲一阵子。遇到气候反常,种子烂在地里,还得再播种一次。等于干了两个春天的活。还有一个春天播三次种的倒霉人家,第一次,种播下去,地温升不起来,种子烂在地里。二次播种时,地有点干了,种子播进去稀稀拉拉出了几棵苗,只好毁了,地浇个水再重播。那就叫地吃人。地把一年的收成全吃光,播种三次花的本钱,地里长出啥都补不回来。人在春天里就知道今年完蛋了,白干一年还要倒赔钱,又不能把地扔了不干。那时候加速磨损的不仅是坎土曼,用坎土曼的人,也似乎一下老了三岁。

现在这把半年没见的坎土曼回来了,王加都认不出它。因为换了坎土曼把子,刃子豁了又回了一次炉,被另一个铁匠修理过一番,看上去像另一把坎土曼。王加给这把坎土曼仔细拍了照,和上一次的照片对照一番,确实面目全非。

耶尔肯说,这个坎土曼嘛,啥都干了。在城里挖过垃圾,挖过厕所。有一阵子坎土曼臭掉了,到龟兹河里洗都洗不净。晚上睡觉时都把它扔在脚底下。以往在外面睡觉都是把坎土曼压在头底下。后来我又给人家盖房子,挖土和泥巴,干了两个月,坎土曼才不臭了。

王加要拿走这把坎土曼,他跟踪五年了,从新到旧到用成现在的样子,这把坎土曼也该进仓库了。他跟踪观察的坎土曼,用到不能用时,王加就拿走收藏,给坎土曼的主人买一把新的,接着观察。

耶尔肯说:"这个坎土曼我还舍不得给你,在外面的时候只有它陪着我,白天握着它干活,晚上躺在身边,洋冈子一样。"

王加说:"他们都在铁匠铺打新的大号坎土曼,等着挖石油管沟,你的坎土曼已经磨小了,恐怕干不出活。我给你打一把大号的。"

耶尔肯说:"我见过铁匠铺打的大坎土曼,'大跃进'的时候我们村里出过这样的坎土曼,太夸张了,后来它变成一个可笑的东西被扔掉。这些年坎土曼的活少,好不容易来了一个大活,人都疯了,人一疯,人的样子都变形了,更何况坎土曼。"

耶尔肯的话让王加心里一愣。

王加特别喜欢这把坎土曼,又拿着看了好一阵,给坎土曼拍了几张照片,拿出笔记本给坎土曼画了幅素描,又在坎土曼旁画了女主人的肖像,画得像极了,女主人拿着看不够,看完了递给王加。王加把本子合起来,要装到包里,男主人笑着说:"我的洋冈子你不能夹在本子里拿走吧。"王加看看男主人,又看看女主人,笑了笑,本子翻开,把画有女主人和坎土曼的一页撕下来,送给女主人。

铁锨是坎土曼变的

"坎土曼和汉人铁锨是一个东西。"王加拿着耶尔肯的坎土曼说,"你们看,把坎土曼的头朝上掰直,就变成铁锨。"

"这么说,铁锨是我们的坎土曼变的。"耶尔肯说。

"我只是说它们原本是一个东西,至于谁先谁后,谁变的谁,这也正是我要研究的。"王加说。

"那你最好研究出铁锨是坎土曼变的。"耶尔肯说。

"研究要讲科学。不能你们想要什么结果,我就帮你们研究出这个结果。从理论上讲,西域古代是游牧之地,而中原农耕历史悠久。中原人发明了数不清的农具,耕、种、管、收都有相应的农具。而龟兹人到目前使用的手工农具也只有两种:坎土曼和镰刀。坎土曼种,镰刀收。这两种农具都是最古老原始的。"王加说。

等 活

王加这段时间几乎天天来阿不旦村,除了观察他跟踪了好几年的那些坎土曼,他对外面回来的坎土曼也有兴趣。一个挖管沟的大活,把这么多奔波在外的坎土曼招回来,说明外面的活也不多。而那些离开村庄的坎土曼,又在外面磨损成什么样子。王加感到这是观察研究坎土曼的最好时机。平常时候,坎土曼是睡着的,做着有活干的梦,现在醒了。扛坎土曼的人也醒了,远远近近的坎土曼被扛回来,有大活要干了。这是那些扛坎土曼的人一辈子都等不来的活,这样的活碰上了就会大捞一把。以前村里人也参加过好多次县上组织的大规模劳动,几万人在远离村庄的荒山中修水库,一干一两年,水库修好挖大渠,大渠挖到头挖小渠,就挖到家门口了。那都是给公家干活,不会有报酬。人累瘦一圈,坎土曼把挖断几根,两手空空回来。

阿不旦扛坎土曼出去的人,只有玉素甫扔掉坎土曼体面风光地回来。其他人,咋样出去咋样回来。干好的,外面打几个月工,戴顶新帽子换件新衬衣兜里装一点钱回来。干不好的,一把好坎土曼挖坏,衣服穿旧,鞋底磨一个大洞,灰头土脸地回到家,肚子空空的,口袋里空空的。

等活的日子熬人也磨坎土曼,人心里想着挖管沟的大活,外面有小活也不敢出去。甚至稍远的地里有活也不敢出去,万一管沟开挖了,早下手抢活占活是最重要的,谁占下的活就是谁的,占活的人这里挖几坎土曼,刨一个土堆,跑一截子路再挖几坎土曼,两个土堆中间的活就是他的。占多了干不了,转包给别人也赚钱。等活的坎土曼,受的磨损比干活时还厉害。为啥?人等得不耐烦了就拿坎土曼消磨,找坎土曼的事。拿起坎土曼这看看,那瞅瞅,觉得刃子磨得不快,本来磨快的刃子好像又不快了,再在磨石上磨一番。好多坎土曼的刃子就在磨石上磨掉了。

坎土曼是铁锨变的

王加的半吊子龟兹语和村里人交流起来多半要用手比画。嘴说不清的,手一比画好像就清楚了。王加注意到村里人说话时手语很丰富,嘴在说,两只手不停地比画,眼睛也做动作,说话不仅仅是嘴的事,成了整个身体的事。王加也学着用手比画,说不清楚的事情,就用手比来比去,是不是真比画清楚了,王加也不知道。

王加和村里人说大半天龟兹语,到河边和张旺才说河南家乡话,嘴和舌头马上找到了家。王加也是河南人,和张旺才是老乡,但和王兰兰不是老乡,王兰兰不喜欢他。王加一来就要在家里吃晚饭,张旺才喜欢和他喝两杯,喝到星星满天,王加才骑摩托回佛窟去。王兰兰觉得王加就像一个文物贩子,到人家里眼睛四处瞅,看见个破烂东西就拿起来端详。也怪张旺才,把洞里挖出的好几个铁东西便宜送给王加,他尝到甜头了,老爱往这里跑。

"铁锨和坎土曼原是一个东西。"王加拿着张旺才的铁锨说,"你看,把铁锨的头朝里折九十度,就变成坎土曼。"

"这么说,龟兹人用的坎土曼是我们的铁锨变的。"张旺才说。

"我只研究两种农具的关系。"王加说,"坎土曼是一种刨土工具,刨土是动物性的动作,更古老。铁锨是一种挖土工具,操作时手脚并用,还应用了杠杆原理,干活省劲,也更先进。坎土曼因为朝后刨土,干的活都在后面。铁锨往前挖土,干的活摆在前面。这是两种农具的最大区别。"

张旺才知道王加一直盯着阿不旦村的坎土曼做研究,觉得他的话有一定道理。张旺才记得自己刚到阿不旦村时,看见村民全用坎土曼,也到铁匠铺打了一把。他扛着坎土曼干了两天活就换成铁锨。拿坎土曼干活太危险,挥起来刃口朝自己挖,防不住就把自己的腿脚砍了。这种农具不适合我用,张旺才想。至于为啥不适合,他没细想过。

那时大集体,张旺才和村里人一起干活,挖地时,别人排成一排,人站在挖虚的土里,挥坎土曼往前挖地。他拿铁锨站在他们前面,后退着翻地。闪着寒光的坎土曼刃在头顶起起落落,仿佛都朝他的头砍来,随时都有被砍掉头的危险。

"铁锨和坎土曼不能在一起干活。"这是老村长额什丁说的。

额什丁村长专门给张旺才的铁锨安排了活,有时把他和妇女安排在一起。村长安排啥张旺才干啥。坎土曼能干的活,铁锨也都能干。就是没法在一起干。这两个农具是反着的。拿铁锨的人后退着挖土,土朝前扔。挥坎土曼的人前进着挖土,土往后刨。拿铁锨的人和挥坎土曼的人面对面头对头,防不住就相互伤着。包产到户后张旺才的地分到村外河边,不用像以前人挤在一块地里干活了。但他还是经常梦见自己和村里人在一起挖地的情景,他一个人拿着铁锨站在前面,对面是挥坎土曼的村里人,数不清的坎土曼,在眼前起起落落,朝头上砍来,张旺才吓得连忙后退,那些坎土曼起起落落地追砍过来,张旺才一下被一道埂子绊倒,惊醒后自己仰面朝天躺在床上,满身是汗。

王加说铁锨和坎土曼是一个东西。张旺才虽然佩服王加的学问,但还是想不通。"既然是一个东西,为啥反差这么大?"

"就因为把铁锨的头折了一下,拐了个弯,就都不一样了,干活的方向变了,姿势变了,干的活也变了。看不见的变化可能更多。"王加说。

磨损的铁锨

早在几年前,王加就给张旺才的一把铁锨拍了照,还在笔记本上画了张素描。张旺才见王加的本子上登记着村里好几户人家的坎土曼,都拍了照片画了素描附在旁边。

"我见过乡干部来家里登记牛羊,登记农机具,没谁登记过铁锨、坎土曼。"张旺才说。

"我这是在做研究,不是登记。"王加说,"我在研究坎土曼的磨损速度,研究好多年了。正好你家里用铁锨,你可是阿不旦唯一一个用铁锨的人,我就放一块研究。"

上个月,王加办完村里的事,吃晚饭时来到张旺才家。王加带了一瓶酒,俩人坐在门口的河岸上,听着河水声,边喝边聊。

王加说:"现在是夏天,地里挖土的活不多,你的铁锨咋磨损这么快?"

张旺才说:"铁锨哪能闲住,浇水、挖渠、加埂子,家里铲炉灰都用它,能不磨损吗?"

王加说:"老张你要注意身体,别太累了。"

张旺才说:"我累啥,就几亩地里的活,不费劲就干完了。"

"可是你的铁锨又磨损了一截子。比村里我登记的那些坎土曼磨损得都快。不过,你的铁锨是工厂造的,没有铁匠打的坎土曼耐磨。但铁锨磨这么快,说明你干的活还是很多。你要悠着点,别累坏了身体。"

王加这次来没看见那把铁锨。

"丢了。"张旺才说,"放在门口让放羊的巴郎子拿走了。"

王加说:"你再找找,丢了可惜。"

张旺才说:"真的丢了,我不骗你。"

王加没再追问。他手里拿着张旺才家的另一把铁锨,也是工厂造的铁皮锨,圆头,稍小一点。

　　王加给这把锨拍了照,编了号,说:"老张你保管好,再别丢了,铁锨用坏的时候,我拿走,当文物收藏。到时候我给你们买一把新锨。"

　　王加还是想着那把丢掉的铁锨。在阿不旦村,一把铁锨和一把坎土曼的活,一样多,它们在同一片地里劳作。可是,张旺才的那把铁锨,似乎磨损得快了点。

　　王加早就看出张旺才这个人有点怪,和张旺才聊天时,他的心思好像在别处。王加注意到他的一个动作,和他说着话,他的头突然一偏,一边耳朵朝下,好像听见土里的什么声音。王加知道张旺才的房子下面有一个地窖,有好几次他来,张旺才不在,王加在菜地找到王兰兰,王兰兰进到里屋,在里面大喊几声,过好一阵,张旺才土头土脑从里面出来。张旺才说,他在收拾菜窖。王加想让张旺才带自己到菜窖看看,又觉得不合适。他隐约感到张旺才以前卖给他的几件文物,可能都是从这个地窖里挖出来的。

　　王加觉得那把铁锨并没有丢,被张旺才藏起来了。也怪自己,说话不注意,追问得太紧。在村里调查的那几把坎土曼,王加很少问人家干什么活。就是农田里的活,没什么可问的。春天挖地、挖渠、加埂子,夏天锄草、浇地,秋天多半是镰刀的活,割苞谷秆、葵花秆、棉花秆、割草。以前农闲时到野滩挖柴火,现在不让挖了。坎土曼的活就这么多,看一眼留在刃口边的土,就知道它干了啥,干了哪块地里的活。

　　可能还有许多不知道的活也在磨损坎土曼。那都是些秘密的私活,心里清楚就行了,哪个坎土曼没有一点隐私。王加在张旺才家喝了点酒,自觉和张旺才熟悉了,就多问了几句,结果呢,那把铁锨失踪了。这个张旺才,不就是拿铁锨在挖洞嘛,王加从张旺才给他的文物早就觉察出他在挖什么,粘在那把铁锨上的

坎土曼

145

土也早告诉他张旺才挖到了地下多深处。王加是搞佛窟研究的,对这里的土层非常熟悉。那些佛窟都凿在河岸上,别的专家研究佛窟壁画,他不一样,研究壁画后面的洞壁,他对佛窟是怎么挖出来的,用什么工具挖的更感兴趣。

龟兹佛窟是坎土曼挖出来的

王加认识的第一把坎土曼是龟兹壁画中的。在那幅两千年前的壁画中,佛的左下方站着一个手拿农具的人,他好像突然停住农活,站在那里,痴迷地听佛说法。手中的农具也痴立着,仿佛听懂了什么。

王加对这个有点像锄头的农具很感兴趣。研究所的专家说,这不是锄头,是坎土曼。王加还以为坎土曼是一种古代农具的名字。不久后他在佛窟旁的阿不旦村,发现了这种人人在用的农具。王加吃惊坏了,早在两千年前的壁画中的农具,竟然活灵活现地握在阿不旦村人的手里。不仅仅是阿不旦村,整个龟兹县的农民,都在使用这种叫坎土曼的古老农具。

王加那时还不知道这把壁画中的坎土曼对他有何意义,他从师范学校绘画班毕业,分配到龟兹研究所,主要工作是临摹洞窟壁画,研究佛窟历史和壁画艺术。有好几年,王加每天待在佛窟,一面墙一面墙地临摹,这是他的工作。龟兹佛窟刚刚开始着手保护,除了有人看管,还做了大量的备份工作,先是摄影录像备份,后是临摹。研究所分配来好几个绘画系的大学生,对佛窟壁画做全面临摹复制。

王加的主要临摹研究对象是壁画人体。那些全裸的女体形象让他痴迷。

佛窟壁画遭受了时间和人为的严重损害,几乎没有一幅是完整的。临摹是忠实现实的绘画行为,它要求绘画者画出壁画现在的样子,壁画中每块泥皮每个划痕都必须真实再现。王加一开始就注意到壁画上普遍存在的一种刃痕,从壁画底部到两三米高处都有。后来王加知道这是坎土曼的挖痕。坎土曼曾经对壁画进行过疯狂的挖砍,留下数不清的弯月形刃痕,一拃多长,指甲盖深。这样的挖砍主要针对佛身,相对来说,那些赤裸女体遭受的毁坏比佛像要轻微,留在她们身体上的多是被亵渎的痕迹。

王加从十八岁到二十四岁的青春期,就是在临摹那些几乎全裸的女性人体中度过的。那时,坐落在僻静山谷的龟兹佛窟还没有成为旅游区,研究所只有他们几个人,除了壁画还是壁画,王加认识的几乎全是壁画里的人。他一个洞窟挨一个洞窟地临摹,他曾被一幅壁画上的月光皇后迷住,画了好多裸体皇后的像,直到有一天,他在画有坎土曼的那幅壁画前停住。壁画中这把坎土曼从此改变了王加的生活,他开始研究坎土曼,并在十几年后成为世界有名的坎土曼学专家。

龟兹佛窟是坎土曼挖掘的。这是王加最早的研究成果。龟兹的千万把坎土曼参加了挖凿佛窟,那是坎土曼有史以来遇到的最大工程。这个活干了一千多年。这样漫长的劳动,肯定会有一些坎土曼埋在佛窟下的土里。王加在张旺才那里收购到一把古代坎土曼,年代初步确认是一千多年前的,但不能证明这把坎土曼挖凿过佛窟。它锈蚀成了一坨黑铁,只有安木把的孔洞还完好清晰,王加在那个坎土曼上看见时间的砍劈挖凿,时间也像是一把坎土曼。

王加一直想在佛窟周围找到一把出土的坎土曼,可是没有。那些挖凿佛窟和后来挖毁佛窟的坎土曼,仿佛全部地一个不剩地被佛收走了。

几年前,工程队修复一片废佛窟,大半个山体被钢管架覆盖。王加每天到现场看,吩咐工程人员,发现文物都要上交,王加心里希望着能出土一把坎土曼。工程队只挖出几只皮制的鞋，一些陶片。

佛　像

佛窟在上百米高的山壁上，工程队先在山脚下挖出一个平台，然后用钢管依山搭架，加固山体，修复佛窟。最后，当那个数百米高的钢管架搭起来时，施工人员都不知道自己搭出了一个巨大佛像。

修复的这片佛窟在一个窄山沟里，从下面过往的人，只能看见覆盖山壁的高大钢管架。有一个游客，爬到对面山上拍了几张照片，回去放大后，发现一个巨大逼真的由钢管架构成的佛像出现在画面中。游客被震撼了，打电话给研究所的人，称自己发现了巨大佛像。又通过电子邮箱把图片发给研究所。王加和研究所的人看见照片也震撼了，一个覆盖大半个山体的由钢管构成的巨大佛像，鼻子、眼睛、嘴、耳朵，都逼真清楚。王加和研究所的人爬到对面山上，却怎么也看不出有图片中的佛像。变换了好几个角度，仍然只是满山零乱的钢管架。

研究所的人怀疑这个图片被有意处理过。或者施工进程把佛像改变了，拆了一些钢架，又新搭了一些。在某一个时间，遍布山体的钢管架组成了佛，佛显像了。后来又变成别的，或者什么都不是，只是钢管架。王加知道佛显像有两种，一是在某个时间地方显出佛光佛像。这是小显。二是整个世相即佛像。佛在西域显了一千多年的大像。然后消失了。

半年后，这个游客再次来到龟兹佛窟时，钢管架已经拆除，山壁上多了几个安了木门的佛窟和连接佛窟的云梯。

王加在佛窟接待了这个游客，他四十多岁，五官端庄，一脸虔诚。他对王加说自己已经皈依了佛教，他以前学哲学，这几年来开始修读佛经。他送了一张钢架佛像照片给王加,在这张照片上,由无数钢管架构成的巨佛,端庄慈悲,又有极强的现代意味。王加相信这是真的,那些布满山体修缮佛窟的钢管架,曾经让佛显灵。

王加给这位虔诚的游客送了一张自己临摹的佛窟壁画,在这张壁画里,佛左下方专心听法的供养人身后,站着一个拿坎土曼的人,单眼皮,络腮胡子,眼皮朝下,耳朵专注地向着佛。这幅壁画王加临摹了许多次。第一次他从中间上方的佛像开始临摹,佛像完成后,再画四周的仙女和供养人,他相信壁画的原作者——远在古代的那位画师,也是这样起笔的。佛画好后,佛的光芒向四周照耀,佛是唯一的光源。

后来,王加开始研究坎土曼的时候,他就试着从那个拿坎土曼的农人开始临摹,坎土曼成了整个壁画的起点。佛、仙女、供养人,都在坎土曼上前方铺展开去。这是一个从坎土曼开始的世界。尽管王加没有夸大坎土曼和拿坎土曼的人,但整幅壁画完成后,坎土曼明显成了壁画的中心。它那么引人注目,坎土曼黑黑的,和上方佛的脸相呼应。更有意思的是,佛平视的目光中,有一缕斜溢下来,悲悯地看着那把坎土曼。

王加以为是自己无意中画出了佛的这缕目光,拿着临摹画去洞窟对照,当时太阳正在洞口正面,阳光从矮小的洞窟门口照进来,在阳光的阴影里,王加看见佛的眼睛中,有一丝余光悲悯地投向那把坎土曼。

那把坎土曼的头是方的,和壁画中那些圆头圆脑的供养人形成鲜明对照。坎土曼形也比现在的小,好像针对很细致的活打制的工具。王加知道,留在佛窟内壁的那些整齐细密的凿痕,就是和这把一样的无数坎土曼留下的。壁画上那些挖砍的痕迹,也是随后的坎土曼留下的。龟兹佛窟是坎土曼挖出来,又被坎土曼毁掉的。

铁匠家族

十三代铁匠

吐迪对王加说,我们家族打了十三代铁了。

吐迪说,我爷爷在的时候,我就开始学打铁。我爷爷对我父亲说,我们家族的打铁手艺,到我这里十一代,传到你手里,就第十二代了。

我爷爷经常对我父亲说这些话,他说的时候,知道我的耳朵也在听呢。父亲哪个活没干好,爷爷就把这些话说一遍。最后说,到你手里,我们家族打了十二代铁了,连一把镰刀再打不好,丢上辈子的人呢。

我爷爷从来没有说手艺传到我这里是十三代的话。那时我父亲有两个兄弟,都在打铁。我的两个叔叔也有儿子学打铁。手艺能不能传到我手里,还说不上。我父亲是家里老大,爷爷把手艺传给他,再往下传,是我父亲的事,爷爷不会多管这个闲事。每一代人把自己的事做完,就撒手了。

爷爷去世后的第五年,父亲才第一次给我说:儿子,到我这一代,我们家族已经打了十二代铁了,传到你手里就是第十三代。

那时候我打的坎土曼已经很好了,打镰刀还欠点功夫。哪个地方打不到位,父亲就会把那些话重复一遍:我们家族到你手上都打了十三代铁了,一把镰刀要打不好,丢祖宗的人呢。

与维族老人在一起

作者画作

我父亲说这些话的时候,我的孩子上学去了,我没有让孩子守在铁匠铺前,一天到晚看打铁。我有三个孩子,两个男孩,一个女儿,我原想留一个孩子在身边打铁,一个上学出来到城里工作。女儿嘛,迟早是别人家的。

　　可是,我的两个孩子都没有把学上出来,也都对打铁没兴趣。大儿子初中没毕业,不愿上学了,帮家里种了几年地,成了家,自己过日子去了。小儿子吐逊初中毕业跑到县城,胡里麻趟混了几年,好事坏事都干了,最后混不下去回到家。

　　我的小儿子吐逊啥都能干,聪明得很,就是不愿抡锤打铁,这几年做小四轮拖拉机车斗的活多,吐逊就让我买了电焊机、电锯。吐逊做这些一学就会,打铁却一窍不通。

　　吐逊今年三十六岁了,按规矩,我早该对他说,儿子,我们家族打铁到你爹我这里,已经是十三代了,传到你手里,就第十四代。

　　我不知道只会拿电锯切割铁拿焊枪焊接铁的儿子,能不能算铁匠。我两个弟弟家的孩子,也都对打铁没兴趣。现在的孩子,都喜欢穿着锃亮的皮鞋,在铺了柏油的马路上溜趟子,谁愿意一天到晚在铁匠铺叮叮当当地打铁,衣服脏兮兮,脸早早被炉火烤焦。

印　记

　　王加来取上次留给吐迪的一把旧坎土曼,坎土曼在吐迪这里放了一个多月了,王加来了好几次,吐迪也没拿出来还的意思。这次王加说,那把坎土曼是研究所的文物,他必须交回去。吐迪磨蹭着从屋里拿出来,又端详了一阵,手在坎土曼的指甲印标志上抚摸着。

　　这把祖先打的坎土曼勾起了吐迪的说话兴趣,他一口气说了半天。说完又把坎土曼对在鼻子上闻了闻。

王加说："吐迪师傅,你的家族打了十三代铁,从这把坎土曼上的指甲印,你能看出是哪一代铁匠打的吗? 要是我们汉族铁匠,可能到第五代会打出五个指甲印,十三代的时候打出十三个指甲印。这样家族历史就清清楚楚了。"

吐迪说,我只知道有指甲印的坎土曼是我们家族打的,每一代铁匠都打上一模一样的指甲印,不会多也不会少,打在坎土曼的同一个地方。

那指甲印是什么意思呢? 王加问。

这是一种习惯。吐迪说,我们种地的人,喜欢用指甲掐东西,瓜熟不熟指甲掐一下就知道了,茄子老还是嫩、女人年轻还是老,指甲掐一下也都知道。这个指甲印嘛,是我们掐在铁上的,表示我们对自己技术的信任。

变　形

吐迪的铁匠铺里堆满了几十年来积攒的旧坎土曼,多半是磨损坏的。王加随便从废铁堆里拣出一把,吐迪都能说出这个坎土曼是哪年打的,谁买去用了几年扔到这里。吐迪和他的铁匠铺简直成了王加研究坎土曼的文物库。王加在研究坎土曼的形状和磨损,他盯着阿不旦村的坎土曼观察了几十年,通过研究坎土曼的磨损速度和形状变化,他清晰地勾勒出一个由坎土曼所呈现出的历史图景。

王加从佛窟壁画中看到的最早的坎土曼是方的,像中原汉人的锄头。这种坎土曼没有出土过,它唯一的一把保留在龟兹壁画中。在龟兹很长的一段历史中,坎土曼的头都是方的。方头坎土曼适合挖掘佛窟,平整的佛窟壁面和方正的边角,都是这种方头工具凿出的。后来坎土曼变成圆形,就像龟兹壁画中那些圆头圆脑的人脸。王加收藏有这个时期的坎土曼。坎土曼为何会由方变圆,王加并不清楚。但是,龟兹历史上坎土曼最大的一次型变与最大的一次人心之变发生在同一时期。伊斯兰教来了。拉锯式的宗教战争打了几百年,最后以伊斯兰教胜利而告终。几千年来龟兹历史上发生的任何一次重大事件,都不能与它相比,它直接改变了龟兹人的信仰和心灵。坎土曼也由方变圆。

以后的坎土曼,只是在圆头的基础上变化。那一时期出土的坎土曼,有椭圆形的,刃部呈尖形凸出,像当地人的尖下巴,变得锐利了,人们用它砍佛头,毁佛寺,盖清真寺。坎土曼的活没有减少。

上世纪五十年代,出现过一些形制夸张的坎土曼,那是新疆解放不久,又赶上"大跃进"运动,人们把对一个全新时代的激动夸张地寄托在坎土曼上。到了七十年代,坎土曼明显小了,轻了,坎土曼的磨损速度也减慢。那是一个吃大锅饭的年代,一开始人在坎土曼上用蛮劲,后来就不怎么用劲了,好多人学会了偷懒。偷懒最好的办法是扛一把小坎土曼,和别人站在一起干活,每次挖的土都比别人少,用的劲也就小。渐渐地所有坎土曼都变小了。到八十年代,包产到户后,坎土曼变大变厚实了,基本恢复到往常的样子。还出现了一种小巧的像汉族人的小锄头一样的坎土曼,在禾苗间精心除草用的。这个时期人的心劲都在坎土曼上,打坎土曼的铁匠也用心用劲,打出了最好的值得收藏的坎土曼。王加对这一时期的坎土曼爱不释手,收藏了几十把。

从上世纪八十年代初到九十年代中期的十几年间,坎土曼在踏踏实实地磨损,用旧一把坎土曼的时间在缩短,人的鞋也比以前费了,道路迅速地被人驴和各种车辆走坏。

上世纪末的坎土曼,形和八九十年代的差不多,打坎土曼的铁却比以往任何时候都好,石油开发把最好的钢铁带到阿不旦村。这一时期的坎土曼坚韧锋利,但人们用在坎土曼上的心思明显不如从前,从坎土曼磨损的速度和角度,看出那一时期人的浮躁。

但王加注意到从上世纪九十年代开始,阿不旦村的坎土曼似乎变长了一些,以前的坎土曼也是椭圆的,头却没有这么长。王加收集了好几把那个时期的坎土曼,头都变长了。王加不理解,这个时期土地里的收成不好,农民不安心种地,坎土曼的活也少,坎土曼的形怎么会变呢。

王加分别拿了一把上世纪八十年代和九十年代的坎土曼,比在一起问铁匠吐迪。吐迪说,我都没注意我从啥时候起把坎土曼打长了。

为啥会打长?王加问。

可能是要坎土曼的人让我把头打长一点,稍微打长一点。如果有几个人都这样要求,下一个来打坎土曼的人不说话,我也会给他打长一点。

那为啥要打长呢?

挖地挖得深呀。

种地需要挖那么深吗?

种地当然不需要挖那么深,但挖地的人要挖深。

为啥要挖那么深?

吐迪笑了笑不说。

你不知道吗,地里挖出好东西了。坐在一旁的吐逊说。

王加在阿不旦村跑了几十年,怎么会不知道它土里有东西呢。他每次来,除了研究坎土曼,就是看看这个村庄的土里又出啥东西了。这个村庄的人,都知道地下有东西,他们在院子里挖井挖洞,在地里挖坑。土豆一坎土曼就挖出来了,非要挖两坎土曼,有时候,就在卧着土豆的下面,躺着一枚钱币,好像地下的手在做一笔交易,钱放在土豆下面,要把土豆买走。翻地二十厘米深就够了,非要一坎土曼挖到三四十厘米。坎土曼的头,就是这样变长的吗?一坎土曼挖下去,地下的新土刨出来。新土里才可能有东西。新土在被刨了千百遍的熟土下面。新土不长庄稼,但里面有东西。地翻得深,麦子和苞谷根就扎得深,土豆就结得深,秋天挖土豆时就会刨得更深。

土里可能存在的文物就已经使坎土曼的形悄然变化过一次。

每当发生大事情,坎土曼的形状就会变化。磨损速度也会变化。这似乎成了一个规律。

就在年初,王加发现铁匠铺新打制的坎土曼明显变大了。这个变化王加预料到了。那时电视上天天说"西气东输"的事,一条长达几千公里的石油管沟就从阿不旦村边开始挖起,坎土曼的活来了,铁匠铺悄然红火起来,坎土曼都涨价了。王加在那时就预感到坎土曼的形会变。他每隔几天就去一趟铁匠铺。果然,他看到吐迪新打制的坎土曼不知不觉变大了。这是王加亲眼看见的坎土曼的变化。王加对自己的发现惊喜不已,他就坎土曼的变化和铁匠吐迪做了深入交流。

吐迪说,打出啥样子的坎土曼,关键是看坎土曼干啥活。大集体的时候,人都想着偷懒,坎土曼也打得小,面也薄,轻嘛,把子也不讲究。那时候人拿个坎土曼,主要是做样子,混日子。包产到户后,人开始用心种地了,铁匠也就打出了用心种地的坎土曼。前些年,地里的收成养活不了人,外面又没多少坎土曼的活,人不知道干啥,我们铁匠的坎土曼也不知道咋打。坎土曼打出来干啥去,茫然得很。但那个时期阿不旦的地里挖出宝了,坎土曼的样子变长变窄,都想一下挖到深处。

现在,挖石油管沟这件事,又一次影响了坎土曼。人都挑最大的坎土曼买,定制坎土曼的人,也要求打大一点。到底要打多大。谁都没底。就是比以前的坎土曼要宽要大。大家都认为石油管沟在村外的荒野沙漠里挖,全是沙土碱土,虚的,不费劲,坎土曼越大提的土越多。这是坎土曼百年不遇的一次大活,谁都想甩开膀子大干一场。能不能干出活,就看坎土曼的好坏和大小。

吐迪的讲述和王加的研究不谋而合。王加走访了阿不旦村附近几个村庄的铁匠铺,又到老城的铁匠铺看了,坎土曼的形全变大了。这是他亲眼看见的坎土曼的一次变化。证明了他的研究观点是对的,每当发生一件历史事件,坎土曼的形就会变化。

王加没有买铁匠铺新打制的坎土曼,他和那些拿坎土曼的农民一样,也在等。等坎土曼百年不遇的这个大活。他要亲眼看看,这个活到底会有多少把坎土曼参加,那将是一个多么壮观的坎土曼大会战,茫茫戈壁沙漠上,挥坎土曼的人排成上千公路的长龙,坎土曼此起彼伏,尘沙漫天飞扬。等这个活干完了,成千上万的坎土曼闲下来,那时候,他再从农民手里当废铁买几把。那些磨损的坎土曼会见证这个事件。

命

吐迪说,坎土曼和人一样,也有命。

吐迪说,我打的所有坎土曼,最后都回到我的铁匠铺,除非有些坎土曼拿到外面干活丢了。早些年玉素甫买走的坎土曼就有几把在外面丢了。其他的坎土曼,隔两三年就回来一次,像一个孩子回家一样。运气好的坎土曼,用的人细心,干的活也轻松,慢慢地磨损,磨到哪一年,像人一样老掉,不能用了,当废铁回到铁匠铺。

吐迪说,每把坎土曼,打好的时候,就有了命。过几年,有的坎土曼刃子豁了,回到炉里重新打刃子,有的几年了还跟新的一样。

老乌普的儿子艾塞江,在一个沙石料厂,给人家挖沙石,一年用坏了三把坎土曼。我给他说，艾塞江，你这个样子用坎土曼不行。人一辈子用几把坎土曼是有数的。你一年把别人十几年的坎土曼都用掉了，会有麻达的。

艾塞江说，现在沙石料好卖，到处盖楼房，我们料厂老板一年挖坏了几台挖掘机，我才挖坏三把坎土曼，有啥呢。

我说，人不能和机器比。

艾塞江说，年轻人就是机器。

哎，这个萨朗（维语，憨傻）巴郎子，我让他爱惜坎土曼，他以为我心疼自己打的东西。坎土曼的命就是人的命啊。一把坎土曼磨坏的时候，人的一截子命也磨掉了。用铁器的人不觉得，我们打铁的人知道。每当他们把用坏不能修的坎土曼，往铁匠铺的废铁堆里一扔，我的心都随着铁碰铁的声音咯噔一下。

再厉害的人，一辈子用坏十几把坎土曼，自己也就不行了。我这里的坏坎土曼堆得小山一样时，村里一茬人就死得差不多。

你看我的库房里堆的破旧坎土曼，全是我打的别人用坏的，拿旧坎土曼来，打新坎土曼少收一块钱，这是我们祖辈的规矩。我们打的坎土曼，用坏了也不能流落到别处。有收废铁的，掏几千块钱，收购我的这些坎土曼。我不卖。

你问这些旧坎土曼堆在这里有啥用？它都被人用坏成这个样子了，你还让它们有啥用。让它们休息不行吗。

吐迪说，我最不愿把坎土曼卖给玉素甫，但又没办法不卖，那些年他是买坎土曼的大户，一来就要好几把甚至几十把。他有一个盖房子的建筑队。虽然跟着他干活的人，自己都带着坎土曼，但在外面干活坎土曼最容易丢，顺手就被人拿去了。拿人家的坎土曼不算偷。就跟拿一根木棍一样。偷坎土曼的小偷被抓住后，都不承认自己偷了坎土曼。只承认自己拿了一根木棍，不知道木棍那头有一个坎土曼。丢坎土曼是最平常的事了。坎土曼不值钱，丢了却耽误事。

玉素甫买去的坎土曼,就有好多把没有回来,在别的地方磨坏刃子,当废铁扔在别的铁匠铺。

我给玉素甫说过好多次。

我说,你打坎土曼的时候,把用旧的拿来,我便宜一块钱。

玉素甫说,你打吧,我不在乎一块钱。我们在外面干工程,每年用坏上百个坎土曼。别处也有铁匠铺,我们用惯了你打的,才跑回来买你打的坎土曼。

玉素甫老板没明白我的意思,他不在乎一两块钱,我在乎那些用坏的坎土曼。它们没有回来。

吐迪说,我现在存的旧坎土曼,大多是一九七〇年以后的。

以前的旧坎土曼,"文革"红卫兵造反的时候,被收去打了红缨枪。再以前的坎土曼,大炼钢铁的时候被公家拉走了。再以前的,听我爷爷说,新疆解放前夕,被收去打成了砍刀,杀了多少人都不知道。再以前呢,去了哪里不知道。我们家族的铁匠,都保存用旧的坎土曼。可是,这些存在家里的旧坎土曼,也有命。不会从古存到今。坎土曼都是铁。每当发生战争动乱,大量用铁的时候,就会找到我们铁匠铺,存了多少年的一大堆旧坎土曼就被强收了去。那些旧坎土曼几乎全打成了兵器。

我们的铁匠铺从来不打刀子,不打兵器。打刀子有专门的铁匠。阿依村就有一个打了几十代刀子的家族,现在还在打。我们家自己用的刀子都在那里买。不是我们不会打,一样的铁活,会打镰刀就会打刀子。我们只打种地的农具。可是,我们的坎土曼也经常变成砍"头"馒,被人扛着去杀人。

兵　器

早年听我爷爷讲,清末的时候,有一天一个马队开进村子,这队人在外面打了败仗,逃窜到沙漠边的阿不旦村,他们首先包围了铁匠铺,下令让铁匠五天内打出五百把兵器。刀架在脖子上,打不出来就杀铁匠全家。

　　那时家里有三个打铁的,我的太爷,带着爷爷和另一个爷爷。太爷见过世面,知道打新兵器肯定来不及,只有把满仓库的旧坎土曼改成兵器,那些人组织的是一帮农民军,坎土曼改成的兵器正适合他们。我的太爷带着他的两个儿子,把旧坎土曼烧红,顺着木把方向转九十度,让刃和木把在一条线上,再把坎土曼的圆头拉长,就是一个砍刀。同样,把坎土曼的头掰直,刃做尖,就是长矛。后来时间紧,要得急,就把坏坎土曼刃子烧红打几下,安一截长木把,让这些农民军扛出去杀人。你看,一遇到战争,铁匠铺就变成兵器厂。打坎土曼的,钉驴掌的,做刀子的,全成了造兵器的。

　　那一次,我的太爷死在自己的铁匠炉边。兵器打到第三天,另一干人马追杀过来,穿戴比前面来的人正规,说是国家的军队,两队人在村外的河边打了一仗,先来的那批人被打跑了,军队包围了铁匠铺,看见我太爷打造的坎土曼兵器,军队的好多人,就死在这样的坎土曼下。那些刚组织起来的农民,抡着把子有三四米长的坎土曼,远远地砍,军队的砍刀够不着他们。最后靠箭和强大的马队才打败那些农民。我的太爷因帮助乱匪打造兵器被当场斩首,铁匠铺也被烧了,铁全部没收。

　　那件事过去四五年后,我的爷爷才又偷偷地架起铁匠炉,开始打坎土曼。从那时到现在,坎土曼的头,再没被扳直过。

　　那些年他们把两句歌词当标语写在墙上,也写在我的铁匠铺的墙上。就是那个"当坎土曼扳直的时候,一切都会改变"。上面的领导让我讲一讲,为啥坎土曼扳直的时候,一切都会改变。他们认为坎土曼是铁匠打的,铁匠一定知道这个道理。我说,我们铁匠从来不把坎土曼扳直,我们打的坎土曼牢实得很,劲再大的人也扳不直。我没敢给他们说,坎土曼扳直的时候,我太爷的命没有了。

坎土曼一改变形状,就会出事情。吐迪说。

坎土曼的挖痕

王加说,龟兹佛窟是坎土曼凿挖的。那是坎土曼遇到的最大一个活,这个活干了一千多年,从公元前干到十世纪以后。在那一千多年里,无数的坎土曼在挖凿佛窟,在和泥巴抹佛窟四壁,在垒筑佛塔,塑造佛像,在佛寺周围的农田挖地种麦子,麦粒供养佛僧,麦草和泥巴抹佛窟。

王加说,佛窟裸露的泥皮上,遍布那时的麦草麦壳,就跟今年的麦草一样新鲜。那是龟兹坎土曼最幸福的漫长时光。每一把坎土曼都闲不住。坎土曼供养佛,佛护佑坎土曼。那时龟兹人口两万,有五千佛僧。那些佛僧,既是修行者,可能也是佛窟开凿者。龟兹的两万人中,至少有一万把坎土曼在挖凿佛窟。

王加搜集收藏龟兹出土的各个时期的坎土曼,从汉、魏晋、唐、宋、元、明、清、民国,到现在。有些时期没有出土坎土曼,几百年的岁月,不知道人们手里拿着什么农具。麦子一年年收获,农具隐藏了。尤其在佛窟附近没有出土一把坎土曼。那个时期,成千上万的人在用坎土曼挖佛窟,却没有一把坎土曼出土,只有唯一的一把坎土曼留在佛窟壁画中。

王加说,坎土曼应该是随佛一起到达龟兹。两千多年前,传教僧带着佛经、画师和开凿洞窟的坎土曼来到龟兹。那时的坎土曼是方形,就像壁画中画的那样。方坎土曼适合修整洞壁墙角,佛窟墙壁上留下那种方坎土曼的整齐砍痕。方坎土曼用了一千多年,后来变成圆形,又由圆形变成椭圆形,刃部变得尖锐而锋利。这是龟兹坎土曼最大的一次变形。伊斯兰教来了,取代了佛教,龟兹人的心灵变了。那些经历漫长痛苦的心灵变异被坎土曼记录下来。坎土曼也变形了。

以后的几百年,是坎土曼毁佛寺建清真寺的年月。还是那些人扛着坎土曼,干的活不一样了。但坎土曼的活没少。修筑过佛窟佛塔的坎土曼,反过来毁佛窟佛塔,在佛寺的废墟上修建清真寺,四周供养佛的土地开始供养真主。

王加早先看见壁画上东砍西挖的坎土曼印时,就曾担心地想,幸亏当时毁佛窟的人手中拿的是坎土曼,坎土曼砍佛头挖佛身是最好的工具,毁壁画却不行,一坎土曼下去,只能在墙上挖出一道印子。壁画上留下的那些坎土曼挖痕,都没有对画面造成毁灭性破坏。如果当初那些人手里的工具不是坎土曼而是铁锨,这些壁画可能全完蛋了。铁锨是一种适合铲的工具,顺着墙皮铲下去,全铲光。上世纪初德国人盗取龟兹壁画,用的工具就是锯和锨,用锯切割成方块,再用锨铲下来。

王加说,坎土曼和佛有什么隐秘关联还需要进一步研究。但有一点很清楚,是那些坎土曼挽救了佛窟壁画。为什么?因为人的行为被工具限制,而不是理智。龟兹壁画没有被完全毁坏,是因为那时人们手中的工具是坎土曼。坎土曼尽自己所能挖毁了几乎所有的佛头佛身和佛塔。但面对数以千计的佛窟和里面的壁画,坎土曼停住了。让坎土曼停住的是人的理智吗。不是。在壁画上随处可见的月牙形挖痕,都是坎土曼留下的。多少坎土曼曾经砍向佛窟壁画,那时人的狂热像洪水一样,谁能阻挡?坎土曼。只有坎土曼。人手中的工具让人不能去做一些事情,一些事情因此没有去做。毁壁画是坎土曼没有去做或不能做彻底的事情,大量的龟兹壁画保留下来。

现在,阿不旦人手里的工具依旧是坎土曼,而另一些人则操纵着能把山铲平的挖掘机推土机,能从地球深处打出石油的钻探机。万能的工具使他们没有不能去做的事情。谁能让他们停住。人的理智吗。不知道。王加想到这些时都不敢往下去想。

世界进入了一个他不知道的时代。他只有去想坎土曼。在过去的两千多年里,坎土曼一直在龟兹人手里。铁锨在中原人手里。一个在挖土,一个在铲土。它们本来是一个东西,后来分开了,变成截然不同的两种农具。扛铁锨的人和扛坎土曼的人,从此生活和信仰都不一样了。

各 说 各

　　王加和铁匠吐迪在一起,都是各说各的,王加说的话吐迪一半听不懂,吐迪说的话王加多半能明白。王加的龟兹语比吐迪的汉语好。王加用龟兹语跟吐迪说话,里面夹杂着汉语。有些东西和意思,他在龟兹语里找不见,就直接说汉语。吐迪的龟兹语中也夹杂一些汉语。吐迪喜欢听王加说坎土曼的事,王加也喜欢听吐迪说坎土曼。吐迪说起坎土曼来,有没完没了的故事。仿佛这个世界的一切事情,都跟坎土曼有关系。

　　王加喜欢拿着人家的坎土曼看,看过来,看过去。最方便看坎土曼的地方就是铁匠铺,铁匠炉里烧着坎土曼,铁锤打着坎土曼,围看的人抱着坎土曼。一个坎土曼有啥好看的呢。村里人都知道王加在研究坎土曼,见了面不握手,不递烟,直接把坎土曼递过去。有的人不愿意让王加看,把坎土曼坐在屁股下面。王加还是偏着头看。王加一直没认清村里的好多人,但认得他们手里的坎土曼。看一眼就记住了。

　　王加这段时间天天来阿不旦,那个挖管沟的工程就要开工了,王加带着照相机,想拍几张坎土曼劳动的大场面,同时也亲自经历一次坎土曼的大活。

钉 驴 掌

来了两个钉驴掌的,驴车卸在一边,驴拴在钉掌专用的架子上,一头拴一个,两个都是公驴,屁股对着尥蹶子,相互踢。一个槽上拴不下两个叫驴,这话一点没错。驴一尥蹶子,人也活泛起来,吐迪手里的铁锤,仿佛也敲打得快了。

钉驴掌的活吐迪和吐逊一起干,吐逊把一头驴牵开拴在一边的杨树上,留在架子下的驴用两条宽皮带从肚子下面绑住,驴几乎被皮带悬空在木架上,然后用绳子提起一只驴腿,先清理驴蹄,把磨坏的旧掌取了,钉子拔出来,磨偏的驴蹄用小镰刀削平,四个蹄子都收拾完,吐逊就不管了,钉掌的活是吐迪的,吐逊干不了,钉不好会把驴腿钉瘸。

驴知道人给它钉掌,也不挣扎。拴在一边的驴偏着头看人给这头驴钉掌,看得很认真,知道待会儿就会轮到它。

吐迪放下手里的活,过来给驴钉掌,掌是闲的时候打好的,拿出一个对着驴蹄子比一比,刚好,钉驴掌的钉子也是自己打好的,用小锤敲弯,钉子直钉下去,钉尖从驴蹄外沿斜着出来,再朝下敲折,就固定住了。一只驴掌上钉七个钉子,若有一个钉到肉上驴腿就瘸了。柏油路太费驴掌,一副掌一个多月就磨坏。钉驴掌也是急活,驴掌磨坏了就像人的鞋子底通一样,走不成路。来钉驴掌的人把驴车卸了等,等到一个坎土曼打好,铁匠歇息的空儿,过来把驴掌钉了。

吐迪这阵子忙得钉驴掌的活都顾不上。吐逊手里也有一个没做完的小四轮车斗,在那里切割铁块。吐迪听到切割铁的声音就皱眉头,他不喜欢那种声音,一块铁生生地被切割开,铁的叫声刺进人肉里。但又没办法不听。切割铁的声音就像用一把老刀子宰羊,铁的哭喊全叫出来。铁匠吐迪从不这样生硬地对待铁,他先把铁烧红,让铁变软,然后像切馕一样,切开铁。

挖管沟的活把老铁匠忙坏了。以前铁匠铺哪有这么热闹,来个钉驴掌的活,都舍不得干,驴卸了拴在架子上,铁匠和驴车主坐着抽烟说话,说驴的事,说完了说驴车,反正都没有要紧事。来钉驴掌的人,也是空出一天时间来做这个事,虽然钉个驴掌是三下五除二就完了,但是计划了一天,得熬够了回去。再说,新钉了掌的驴也不能马上干重活,驴刚换了掌,会不停地跺蹄子,像人穿了夹脚的新鞋子一样。得让驴适应一下,人正好随驴歇息一天。即使你想早早钉好走,铁匠也不愿意,好不容易来个活,铁匠逮住慢慢地做,把大半天消磨掉。

坎土曼是啥

今天有五个人要坎土曼,吐迪打不了那么多,那些人知道今天轮不到自己,也不走,坐在那里等。

前些天,吐逊看到每天来打坎土曼的人多,父亲忙不过来,就用一块薄钢板,切割成椭圆形,刃口用砂轮磨开,再横着焊一截铁管,里面塞一根木头把子,三下两下就制作出一把坎土曼。比吐迪打的坎土曼轻快锋利,成本也低。

吐逊把他焊的坎土曼给父亲看,结果被父亲臭骂一顿。

这叫坎土曼吗?这样的农具有脸扛出去干活?坎土曼是用心打制的,一把好坎土曼,大锤小锤地敲打,几万锤才能打出来。你用块烂铁片,几下就焊出一个坎土曼,那是什么东西?你焊它可以,但我不容许你叫它坎土曼。也不容许它在我的铁匠铺卖。

吐逊知道父亲真的生气了。就说,我没事干,焊着玩呢。焊好的坎土曼也随手扔在一边。

没想到来铁匠铺的人,都对他焊的坎土曼好奇,拿着挖几下,轻巧又锋利。有人就让吐逊给自己焊一把这样的坎土曼。说拿着这样的坎土曼去挖管沟,一定能多干出活。

吐逊说,这不叫坎土曼。

那它叫啥?

叫啥我不知道。我父亲不让我把这个东西叫坎土曼。

管它是不是坎土曼,我要你焊一把。

我不焊这样的小东西。我焊车斗。要坎土曼找我爸爸去。

吐逊随后把焊的坎土曼用焊枪割成一块铁皮和一个铁圈,扔到废铁堆里。

这件事王加全看到了,他本来想把吐逊焊的这把坎土曼收藏了,这可能就是以后的坎土曼。但他还是看着吐逊把他焊接的钢板坎土曼切割了。王加从心里不愿看到自己收藏的坎土曼中,出现这样一把焊接的坎土曼。吐迪说得对,那不叫坎土曼。那么坎土曼是什么?如果铁匠铺消失了,村里只剩下电焊铺的时候,坎土曼肯定就是吐逊焊接出来的这个样子。那时的坎土曼就是一个纯粹的工具了。它仍然叫坎土曼,但是,它跟那些在铁匠铺一锤锤敲打出来的坎土曼完全不一样了。两千多年来由坎土曼传承下来的一切,都将从此断裂。

库 半

等 活

　　库半在巴扎上坐了一天,身边满是等活干的人,一人一把坎土曼,一个土块模子,还有的腰里系一根绳子。男人能干的活就几样,给人挖地,脱土块盖房子,背柴火。开矿山、修公路、建广场的大活都让大机器干掉了,巴扎上拉运的小活叫毛驴子干掉了。许多农民牵着驴出来找活,驴和人一起在劳力市场等着,遇到驴干的活,人就打个下手。遇到人干的活,驴就一边闲着,等人干完了活,驮人回家。龟兹老城的劳力巴扎紧挨着牲口巴扎。一边是等活的人,排成一溜子,有站着的、坐着的、斜躺着的。只要来一个招工的老板,所有人全站起来。找活的人知道,站着是一种勤快的表现,谁也不愿招一个坐着不动或者斜躺着的懒人去干活。另一边是待卖的牲口,挤成一堆一堆。牲口也都站着,卖牲口的人不时吆喝几声,鞭打几下,是让牲口精神点,买主也不会买一头无精打采或卧着不动的牲口。

　　一个大男人能干的活越来越少。大工地的泥瓦活他们干不了,县城年年有大工程,修路,建市场,搞文化广场,都是外地包工头,用外地工人。大工地用不上坎土曼,和水泥浆有搅拌机,铲泥浆用铁锨。扛坎土曼的当地农民,只能干些小家小户的泥土活。

　　傍晚时,等活的人快走光了,库半歪躺在街边,他中午啃了半块馕,肚子空空的,不想动弹。在墙根躺一夜明天再找活吧。回去的便车也不好搭了。这阵子驴车拖拉机都走光了,走回村子太费劲,几十公里路,要走到啥时候。一天一分钱没挣上,回去吃饭,洋冈子也会不高兴。还不如睡到明天早晨,说不定能找到活干。

这时过来一个人,胡子黑黑地盖着脸,说有活干不干,一天十块钱,管吃管住,让他天黑以后在城西的树林边等着。说完头也不回地走了。库半还没反应过来,想追过去再问问,那人拐一个弯不见了。

起　风

库半往城外走的时候起风了,太阳落到龟兹桥头的清真寺后面,看不见晚霞,不知道天阴了还是黑了,天上地上满是土,昏昏暗暗。老城里的土,一股烂胶鞋味儿,白天大太阳底下也能闻见这种味儿,老城人都喜欢在皮鞋上套一个胶皮套鞋,叫卡拉西。一来保护鞋子,二来去人家做客,上炕时脱了套鞋就可以了。街上的尘土被这些胶皮套鞋踩起落下,还有驴车轮子,在晒烫的路面上也磨出一股胶皮味儿。不像村里刮风,杏花开时满村花香,麦子熟了满村麦香。平时就混合着人和牲口的味道,风把掩埋的味儿都翻找出来,粪堆的味儿、烂苞谷秆的味儿、老鼠洞里腐烂麦粒的味儿。几十头驴同时撒尿,村子就充满驴的尿骚味。几十个人一起放屁,一村子都是人屁味。七八台小四轮在村里跑,空气中又是没烧尽的柴油味。好在经常有风,风清扫村子,让所有味道都停不住。

解放牌汽车

走到城西树林边时天完全黑了,那里停着一辆汽车,库半走近了才看清,是部队淘汰的解放牌军车,有帆布棚。车旁站着两个人,库半认出是白天和自己一同在街上等活的人。他们怎么找到这个活的,没看见有人找工人呀,他们一个个离开的时候,库半还以为那些人没耐心,回家去了,没想到人家悄悄地到树林里来了。那个招工的又是怎样在几百人的劳工市场上,悄无声息把这些工人领出来?平常只要来一个招工的,上百人围上去。最后,招工的只领走一个,其他人回到刚才坐的地方。一个人找到活走了,他坐过的地方就有好几个争着去坐。就像打牌有好位子,坐在街边等活也有好位子差位子。为啥坐在土块上的买买提一大早就被人叫走了,而在他旁边,坐在一截木头上的另一个买买提却天黑也没找到活。只能怪位子不好。有些招工的人不声张,打扮成农民,在这个人身旁蹲一会儿,那个耳边说几句话。接下来就有人一声不响走了,其他人并不知道,这些走掉的人,已经找到吃饭的地方了。

那个黑胡子壮汉让他们上车,每人发了一个馕,帆布车棚的后帘被拉下来,车棚里一下黑得什么都看不见,只听见风吹刮车棚的声音。

"不要说话,不要往外看。"黑壮汉的声音。黑汉让他们几个人坐在一起,他自己坐在最后面。

汽车开动了,发动机的声音粗一声细一声,细的时候,好像没气了,断油了,要熄火,突然一声粗吼油又来了。一路上库半记得车转了好多弯,开始他还想弄清楚车往哪开,上车时车头朝东,开动后一直前走,他以为去草湖。过一会往北拐了一次,应该是色满乡方向。可是,没多久车又拐了几次弯,每次拐弯时,车上的人就会碰到一起,黑黑的,一个碰到另一个,另一个又碰到另一个。左一下,右一下,把库半摇糊涂了。大概走了两三个小时,汽车停住了。

"你们闭住眼睛睡一阵吧,司机瞌睡了,开不成车了,要打个盹。"黑汉说。

库半没看见开车司机,他到车前时驾驶室没人,后来他们进到车棚,听见司机关驾驶室门,好像使劲甩了两下才关好。

库半听话地闭住眼睛,他确实瞌睡了,迷糊了一会儿,车又动了,汽车的声音还是要断气的样子,让人担心会坏在路上。

狗　叫

听到狗叫声了,还有驴鸣,被风刮着飘。一路上狗叫驴鸣也时常听见,只是东一声西一声,没叫成片。这一次,库半感觉到一个村子了。

汽车又走了一阵,好像穿过了村子,库半听见狗吠远了,这时汽车慢慢停住,车后箱板被打开。

"不要说话。眼睛闭住。"还是黑壮汉的声音。一道光射过来,库半看见黑壮汉拿着手电,旁边站着另一个人,给每人头上套了一个麻袋。库半事后想,给他头上套麻袋的那个人应该就是司机。

库半被人拉着手跳下车,往前领了一段路。好像还进了一扇门。

"蹲下。"

库半顺从地蹲下。那个人把他的手按到一根木头上。"抓住,这是梯子,摸着下去。"

库半就在这时听到了狗叫,好像是自己家的狗在不远处叫,怎么可能呢。早晨出门时黑狗还对他摇尾巴,一直跟着他出村,他打了一个回去的手势,狗才恋恋不舍回去,狗会看他的眼色,主人领它外出或让它回家,一个眼神狗就领会了。每次库半外出,黑狗都会跟着他的驴车走出村子,然后看看他的眼神。要是赶巴扎,一般不带狗。狗独自守着空院子,等一家人坐驴车回来。要是去野滩拉柴火，就带着狗。刚才的狗叫声让库半愣住了。他听到狗叫时半个身子已经下到洞里，只剩头露在外面。

"快，下去。"黑汉在催。

库半摸着梯子下了两脚，狗叫声像一个恍惚的梦一样不见了。

阴　森

洞子里很阴森。三个人，挤在一个毡子上，毡子下垫了一层麦草，翻身时听到下面麦草的裟裟响。不知睡了多久，有人喊起来吃饭了。库半早就醒了，睁着眼躺着。他听见头顶的动静，好像是驴蹄声，听着远远的，就在头顶，一下一下地敲过去，一会儿又敲过来，可能是另一头驴。这是在什么地方啊。库半想。洞里也有了动静，是脚步声，还有碗和盘子的声音，库半侧过脸，那边洞壁上有一片光，薄薄地浮着，有时一下黑了，又亮了。后来吃饭时库半才知道，那是洞子的拐弯处，洞子在那儿向左首拐进去一段，有一个炉灶，上面亮着一盏瓦数很低的电灯。光就从那里溢出来。以后库半每次睡醒都朝那边看看，洞壁要有一片光，外面的天就亮了，该起来吃饭干活了。有时醒了那片洞壁黑黑的，可能还是半夜，库半没戴手表，不知道几点了。头顶上也静静的，库半想，上面和下面一样，应该也是夜晚，都在睡觉。

给他们安排的活是挖洞，洞子很深，昨晚从木梯下来，黑汉让他们手牵手走，走了好久，才停下，蒙在头上的麻袋取了，库半感到比蒙住眼睛还黑。库半咳嗽了一声，听见自己的声音向几个方向的深处传，半天没传到头。库半惊坏了，这是一个多深的地洞啊。

挖掘的地方有一人高，伸开膀子那么宽，洞里有坎土曼，把子短短的，很适合挖洞。库半后来才想到坎土曼，他当时应该仔

作者画作

作者画作

细看一看坎土曼,每个村里的铁匠打的坎土曼都不一样。他挥着坎土曼干活时都没想到这一点,脑子里只想着听到的狗叫声,好像就是自己家的狗在叫,在不远处,而且是对着自己叫,就像听见一个熟人叫你名字,你怎么会听错呢。除非自己在做梦。真像一个梦,他被人领上汽车,拉到一个不知道的地方,又被人蒙住眼睛,带到一个黑洞里。想起来都觉得不太真实,我库半怎么会被别人这样使唤呢。还有听到的那几声狗叫,越想越觉得是梦,它太真实了,简直让人不敢相信。自己家的狗怎么跑到这个地方叫呢。

夜晚的味道

库半在下面挖了几天洞,忘记了。头两天,他还在记天数,后来记不清了,洞里一直黑黑的,像一个没有尽头的夜。天在几米厚的地上面亮了,库半在洞里也能感到天亮,地被人吵醒了,地上面的白天就像一个远远的隐约听见的世界。

同来的一个人记住了天数,说他们干了十一天活。是按吃饭的顿数算出来的,三顿饭算一天,一共吃了三十四顿饭,来的那个晚上吃了顿饭,吃过就让睡觉了,每吃一顿饭,他就在坎土曼把上用大拇指甲划一道。库半真佩服这个人,多细心呀。一伙人里就得有一个细心人。

工钱也是按十一天结的。出洞时依旧是夜晚,库半在睡梦中迷迷糊糊听见有人叫:"起来。走了。"库半坐起来,看见洞子的拐弯处亮着灯。

"过来领工钱。"黑汉说。

以往每天都是这个黑汉叫醒他们,声音黑黑地传过来。人也黑黑的。这是跟白天没关系的一个人。库半想。

都是十块票子,一人领了十一张。领完了黑汉让大家都站着,对胡大发誓,出去谁都不能说挖洞这个事。谁要说出去,杀他全家。黑汉把这些话说一遍,让大家跟着说一遍。然后每个人的头上套一个麻袋。

在洞子里走了好久,库半闻到外面的味道了,是清爽的夜晚的味道,像一桶澄清放凉的涝坝水。早些年村里没打机井,都喝涝坝水,河水引到村边一个大坑里蓄着,人畜饮用同一坑水。涝坝水一年四季浑浑的,打回家,在桶里放一晚上,就清了。阿不旦村的空气也是这样,白天浑浑的,沙漠里只要刮风,空气中就弥漫着粉尘。"和乌鲁木齐的空气一样,稠稠的。"库半几年前去过乌鲁木齐,回来村里人问他乌鲁木齐啥样子,他就是这样说的。阿不旦村竟然有和乌鲁木齐一样的东西,让人觉得了不起。库半说:"乌鲁木齐的空气里满是废汽油味道,不好闻。"这几年阿不旦的空气里也有了不好闻的石油味道,村边打出石油了。

就在库半闻到外面夜晚的味道,贪婪地吸着气时,他的手被人按在一根木头上。

"扶着,上去。"

库半知道是一个梯子,摸着向上爬,洞口有房子那么深,他感觉和上房顶差不多,一会儿头就探到外面了。

不是下来时的那个洞口。这个洞口好像在树林里,爬出洞库半闻到树林的味道,接着他的脚踩到了树叶,是去年的干树叶,碎炸炸地响,手臂也碰到了树枝,身子斜了一下又碰到树干。一片稠密的树林。库半想。

走了一会儿,树枝没有了。有人拉住他的胳膊,让他上车。库半不小心腿碰到吊着的箱板,一阵生疼。

"坐下,别动。别出声。"

坐在车上时库半听到远处的狗叫声,那时汽车没发动,一定是黑黑地停在一个村庄附近的树林里。这是哪个村庄呢。库半听到飘忽的一声狗叫。有点远,变了形。像一条被风刮起的爱得莱丝绸,扭着身子飘,忽忽悠悠的,飘散了形。

库半想听到一声驴叫。驴这会儿在干啥呢,咋不张嘴。风刮不散驴叫声,驴叫像一棵暴长的沙枣树,一下把空间涨满,驴从它的粗长脖子深处往外叫,它的叫声有粗壮的主干,直戳云天。同时有四散的枝丫——粗长喉管里嘶哑的杂音、咬牙声、吐沫星子的飞溅声,以及喷出的未嚼尽的草料声,向外炸开,每个声音的末梢都尖细扎耳,再伴以连环响屁,一头驴就叫出一个声音世界,一声驴叫就是一个声音的炸弹。

库半觉得自己对声音有特殊的感觉,能在脑子里浮现出声音的形状。那些声音一发出来,便在空气中现出千奇百怪各不一样的形状,库半根据这些形状分辨出每头驴、每条狗、每只鸡的叫声。

汽车开动了,库半听出是上次拉他们来的那辆破解放车的声音。它的声音形状就像一个黑黑的漫长阴沟,忽深忽浅,忽然窄了,仿佛堵住过不去,又忽然轰地一下到了宽展地带。这个连续不断的声音妨碍了库半的听觉,再加蒙了厚厚严严的帆布车棚,声音挡在了外面,但库半还是听出汽车进村了,应该正穿过村子,因为一路有狗叫声隐约响起,汽车的声音把它们粉碎了,像一些碎丝条乱飘在空气里,库半把头向车棚靠了靠,耳朵贴住帆布车棚,他真有运气,这时汽车的声音刚好赶到那条阴沟的狭窄处,像要熄火没气了,库半的耳朵传进一句完整的狗叫,他耳朵又紧贴了一下,想听第二声,汽车轰的一声好了,接着村子的声音逐渐远了,像一把扬起的细沙土落在车后的黑夜里。库半知道汽车出村了。他的脑子里一直浮现着刚才听到的那声狗叫,虽然隔着厚厚的帆布,声音很弱,也走了形,他还是相信自己听到了一声完整的狗叫。

一只羊占两个人位子

去乡上的第一趟中巴车天蒙蒙亮就开了,车上坐着三个人,司机、售票员和库半。库半从来没这么早从县城往家里赶,以前打工都是早早从家里出来往县城赶。中巴只通到乡上,三十公里的路走了三个多小时。车在路上见人就停,中途还绕进三个村庄,喇叭打着招呼人,等人。售票员是个小伙子,每当路边有人招手,就说:"又拾了一个人。"在一个村边还拾了一个人和五个羊,售票员下车和人讲了好一阵价。赶羊人说,羊不能按人一样两块钱一张票,羊不坐座位,站在过道就行了。售票员说,羊四个蹄子,一只羊占两个人位子,应该收四块钱。赶羊人嫌贵不上车。最后,一只羊收了一块钱,赶羊人两块钱,总共掏了七块钱上了车。五只羊上来中巴车一下就满了,浓浓的羊粪味也把车厢的空气涨满。

库半在乡上的羊肉铺割了一斤肉,又搭上一辆回村的驴车。本来这阵子不会有回村的驴车,天还早呢。驴车的主人天不亮给乡上的菜贩子送了几筐子青菜,正好回村,让库半碰上了。库半向主人说声好,一抬屁股坐上车。从乡上到村里,七八公里路,库半坐一阵下来走一阵。坐人家的驴车,不能一屁股坐到头,要知道给毛驴省点劲,遇到上坡下来推一把,屁股坐麻了下来陪着毛驴走一阵,驴和人都会高兴。

饥　饿

库半回到阿不旦村时已经中午过了,他在自己家门口下了驴车。

黑狗叫着迎出来,围着他的腿转圈。接着是他的洋冈子,开门出来,像看陌生人一样看了他半天。

库半问洋冈子,昨夜天快亮的时候,有没有听见汽车从村子开过。洋冈子说睡着了没听见。自从石油人来了,村子白天黑夜的过汽车,路上跑过一辆车,就像跑过一条狗一样平常,谁会关心。

"我们的狗那时候叫了吗。"库半又问。

"给你说我睡着了。"洋冈子说,"你怎么一进门就问昨天晚上的事,难道你担心我和开汽车的司机偷情吗。你不是能听懂狗叫吗,你进门时你的狗没告诉你?你出去了十几天,给家里一个口信也没有。我看你脸都阴白了,是不是被城里哪个女人在菜窖里偷养了十几天。我听说城里可有这样的老女人呢,他们的老公挣了钱,在外面养小女人,她们也不闲着,到劳力市场找打工的小伙子,说是干私活,叫到家,藏在菜窖里,一天给十块工钱,管三个馍一壶开水,做三次爱,做得好会赏一块肉吃。难道你这么大年龄也被人家选中了。"

库半说:"你说得对,亲爱的,看在我每天吃三个馍喝一壶白开水的分上,赶快给我做个拉条子吧,肉我买来了,挣的钱嘛,给你。买了十块钱肉,还有这些了。"

库半给妻子数了一百块钱。妻子看到钱眼睛都亮了,接过来又数了一遍,说:"真的是一天给十块钱吃三个馍的活吗,这样的钱我用着不舒服。"库半说:"你的老头子哪有这个艳福,我做梦都想干这样的活呢,光听别人说,我就没福气碰上。"

"那你的钱咋挣的。"妻子问。

"在一个木工房帮人家打下手,搬木头,锯木头。没怎么晒太阳。你的老头子啥都干过,遇到啥活都能干。"库半说。

妻子盯着库半看了一眼,把钱塞进裙腰里,又从里面翻找出五块钱,递给丈夫:"这个给你买莫合烟吧。你休息一阵,我去做饭。吃了饭你赶紧把麦种子送库房去。村长已经在喇叭上喊了好几次,催着交麦种子。"说完扭身要去做饭,被库半一把拉住,两个孩子都上学走了,房子院子静悄悄的,库半已经等不到饭做熟,比肚子更饿的地方还有呢。

狗知道

　　太阳西斜过去,树的影子盖住路。库半牵毛驴出来,黑狗跑到前面,远远停住,回头看主人。狗知道主人去哪,人的心思狗清楚呢。狗一般不会判断错人的走向。今天狗有点奇怪,眼睛一直望着他,好像要告诉他什么。又说不出来。

　　中午躺在床上洋冈子说,你出去找活的那天晚上,狗使劲叫,在村子跑着叫,我以为你回来了,走出门,听见狗在村东边叫,叫了好久才回来。我还想,是不是你回来住到哪个相好的女人家了。村子里好多男人外出打工,守空房的女人多得很。你说是打工去了,村头绕一圈,哪棵树底下睡一天觉,天黑了偷偷钻进别人家过夜。你年轻时候不是没干过这样的事,我还想你的老毛病又犯了。狗鼻子尖得很,你悄悄回来了,我不知道,狗知道,狗闻见你的味道进村了,它就叫。你多少天没音信,我真以为你被哪个女人缠住了。看见你带回了钱,我才把这个想法忘掉了。村里可没那么富的女人,花钱雇你。她们都是吸血鬼,把你榨干才肯放你回来。

　　库半牵着驴在路边走,脑子里想着妻子的话。马路边有半米宽一溜子便道,没铺柏油,是给人和毛驴走的,即使路上没汽车,库半也不愿把驴牵到路中间走,柏油路太费驴掌,也费鞋子。会过生活的老人都溜着路边走,只有年轻人喜欢往路中间跑,汽车来了躲得也快。

　　快走出村子了库半翻身骑到毛驴上。

　　为啥一出门没骑毛驴。那是给毛驴一个面子。村里毛驴多,驴都看着驴呢。人在这个时候就要给驴把面子给足,手搭在驴背上,肩并肩走,像一对兄弟。驴的身份高低在于人怎么对待它。人一般不在别的驴面前打自己家的驴。驴有时犟人了也是回家在圈里鞭教。人活一张脸驴活一张皮。驴不光和人处,还和驴处,秋冬地里没庄稼时,家家的驴撒开,那就是驴世界了,驴在一起的时候,每个驴都有自己的身份地位,谁也不希望自家的驴成为驴群中的弱者,被其他驴欺负,看不起。狗仗人势。驴不仗人势。驴是一种倔强牲口,它顺从人的同时又保留自己的骨气。人得给驴把这点骨气留着,让驴在驴群里过日子。

走到村东,路右边是一片树林,玉素甫家早年承包的一片林子,栽满白杨树和沙枣树,里面养着一群羊。库半围着林子转了一圈,林子用打土墙围着,朝着马路一边有一个木栅栏门,土路通到林子深处,路上都是羊蹄印和粪蛋,看不出晚上有汽车走过。

路左边是亚生父亲家的树林,没有玉素甫的林子大,但树木稠密,杏树、梨树、果树、白杨树、沙枣树长得满满当当,只看见房子一角。库半探头朝里望望,又回到公路上。这两个园子他都好多年没进去过。以前这里是村边的碱滩,每年村里组织人造林,树就是长不起来。承包给私人后,几年就绿树成荫,成了让人眼热的地方。

气 味

库半确信昨天晚上听到了一声狗叫,狗也许顺风闻到气味了,才叫的。昨晚上刮什么风呢。库半想不起来,刚从洞里出来时没辨清方向,头顶的树梢上好像有风声,头被一个麻袋套住,听不清风朝哪刮。后来到了车上,他摸着帆布车棚的手指,感到了一丝风,手顺着摸过去,帆布上一个缝隙,往里塞,三个指头出去了,伸到外面的清风里。

"不要乱动,坐好。"又是那个黑汉的声音。他赶紧把手指抽回来,一丝风随即吹到脸上。那个缝隙被他的手指撑得大了。

听到狗叫时,他隐隐觉得到了一个村子,狗在叫,叫声在风中变了形,村子的气味也熟悉,尽管蒙着眼,但鼻子、嘴都张着,浑身的毛孔都开着,他没感觉到陌生气息。每个村庄的气味都不一样。要到了别的村庄,他的鼻子会闻出来。就是在洞里,隐隐听到上面的声音,也是熟悉的。一种遥远的熟悉,仿佛自己死后埋在地下,听到上面村庄的声音。在那些声音里,自己家人的声音混杂其间,不能辨认。

汽车在黑暗中行驶,三个人都被蒙上眼睛。这次,库半用心记路了,当汽车拐了几个弯,感觉开到路上走平稳时,库半恍惚有种坐在自己的驴车出村的感觉,这个感觉一直陪着他,汽车又拐了几个弯,听到狗叫声,汽车停下,让一个人下去。后来又停了一次车,下去一个人,当库半被叫下车,取开套在头上的麻袋时,发现自己一个人,站在十几天前上车的树林边,天也快亮了。那个黑汉又对他说:不许把挖洞的事说出去。说出去杀你们全家。

库半想着害怕起来,他觉得比在洞里干活时还害怕。

颤 抖

好些天过去了,库半还没回过神来。他每天牵毛驴出去,在村外的树林和渠沟里转,晚上也出去转。他的脑子转不过来,眼睛睁开闭住全是洞里的情景。干了大半辈子活,从没干过那样不明不白的活。光知道在挖一个洞。给谁挖,在哪挖,都不知道。甚至不知道外面是白天还是黑夜。有时上面一点动静没有,他们的洞或许挖到一片荒地下面。或许就在村子下面,上面沉睡着一村庄人。

吃饭的时候,能听见地上的动静,一片乱。洞里没有天,干得肚子饿时,那个黑汉招呼吃饭,一个布单铺在地上,上面放着馕,一人倒一碗茶,就着馕吃。三顿饭都这样,有时壶里装着奶茶,没盛到碗里就闻到奶香。

一次,库半听见一个熟悉的声音,细细微微地从洞顶传来。库半停住嘴里咀嚼的干馕,倾听了好一阵,他辨认出来了,那是炒菜时铁勺铲锅底的铲擦声。菜的香味被厚厚的土隔绝了,锅碰铁勺的声音传下来。库半判断地上面也是吃饭时候,应该也是在吃中午饭。他们挖的洞,正在一户人家的院子下面。这时他似乎听到一头毛驴从头顶走过,嘚嘚的蹄音像远远的敲门声,远得像在敲他乡陌生人家的门。一晃而过的驴蹄声后面,好像跟着人的脚步,含含糊糊地浮在地面,像树叶一样飘,没有一步是踏实的。有人的喊声,蚊子叫一样,又轻又远,没有内容,像远在去年。这样的声音也许根本听不见,库半耳朵朝向洞顶时,上面空空静静,又厚厚沉沉,他觉得害怕,抖了抖头,拍拍脑门,远远地,嘤嘤嗡嗡的声音来了,像是脑子里以前的声音,又像此时听到的。随着那些模糊碎片组成的声音,破碎又完整,渐渐地覆盖住头顶,一个村庄模糊地出现在洞顶的土地上,他认出那是自己的村子,又觉得它不是。

突然一阵轰隆隆的响声,地在颤抖。库半猜想上面正在开过一辆石油大卡车。之前库半听到过另一种震颤声,比这个小,那应该是汽车或拖拉机经过的声音。

轰 隆 隆

库半没想到自己会在这么深的洞里,听见石油卡车的声音。记得巨大轮胎的石油车第一次开过阿不旦时,脚下的地在抖,地的颤抖传给脚，人的腿也在抖，白杨树在摇，土墙在晃，空气被震动。阿不旦村从来没经过这么庞大的东西。它的巨大轮胎碾过来时，一种轰隆隆的声音，盖地而来，一切都被它震动了。只有驴叫能和它对峙，驴叫能把它的声音顶住，但巨大轮胎的碾压声驴蹄无法对抗。驴腿都被它震得颤抖。库半那时候还想，这家伙的声音能传到地下几米深啊，没想到他竟在这个不知道位置的地洞里，听到那个巨大轮胎的声音，整个洞子被震颤，土簌簌往下落。它的震动声穿透地洞向更深处传，一直传到多深库半不知道。他知道这段地洞可能在一条柏油路下面。石油大卡车不会开到村庄的小路或土路上。它的巨大轮胎土路承载不了。

好几年前，石油卡车第一次从库半家屋后的马路开过时，库半以为地震了，房子和地直颤，跑出来看见一辆石油大卡车隆隆地开过去，路上觅食的几只鸡让卡车速度变慢了。卡车走远后库半发现自己家后墙的一个裂缝变大了一寸。后来，那些巨大轮胎的石油卡车一次次地穿过村子，库半家后墙上的裂缝好像又合上了，和以前一样大小了。村里的房子、土墙和人，还有爱叫的毛驴子，都很快习惯了这些大家伙。连村头水渠上的简易水泥桥，似乎都习惯了大卡车的重量。大卡车刚进村时，人们担心把桥压断，把路碾坏。村长亚生为这个和石油上交涉过，石油人很大方，说路压坏了给修新路，桥压断了修新桥，他们钱多得很。可是那个桥，就是压不断。路倒修了，他们在荒野上修了好多路，有的铺了柏油，有的只是车轮碾出来的便道，穿过阿不旦村的路是他们通向荒野和县城的唯一道路，在原有路基上撒了石子铺了柏油。桥却还是那个桥，几十年前生产队时集体修的，就是压不塌。

库半在洞里听见卡车声音时，脑子里首先想到的就是穿过村子的那段柏油路。他家的后窗户就对着这条路，大卡车的轰鸣声和震颤时常传进屋里，夜里过去一辆大卡车能把全家人吵醒。

出 大 事

　　库半以前是一个昂着头走路的人,腰身板直。现在他到哪都低着头,眼睛看着地,头也朝一边偏着,一只耳朵朝下听。突然地,他对地下不放心了,晚上没事就钻到自家的地窖,地窖里满是腐烂白菜的味道。现在不是储存冬菜的时候,库半蹲在里面,侧耳听土里的动静,听着听着挥起坎土曼挖掘起来。他要挖一个洞,挖到村子中间,如果村庄下面真有人挖洞,他的洞会遇见。他会在洞里听见他们挖洞的声音。

　　如果这些天我真的是在自己的村庄下挖洞,又是谁在组织人挖呢,他们挖洞干啥,那个黑汉又是谁,村里谁会有这么大胆量和本事,村长亚生?不会吧。还是别人?五年前,武警包围了村子,说是追捕一个"东突"分子,谁都没想到,那个人竟藏在肉兹家的地窖里。肉兹在村里被人叫肉头,老实过了头,肉肉的,木木的。家里也穷得炕上连块好毡也没有,可就是这个人,把一个"东突"分子藏在自家地窖里,藏了五天。谁会想到呢。这个村庄有这种本事的人可真是说不上。

　　阿不旦村要出大事情了。库半脑子里面有好几个人,这几个人都有能力干这种事情,没在他脑子里的人就不会干吗。可能也会。阿不旦村有大麻烦了。库半像自己干了坏事一样担心恐惧。他不能去报案,洞口在哪都不知道。把警察领到村里,到处挖坑,找地洞,那样的话,无论找到找不到,他以后都没法在阿不旦生活。

　　但我不能像牲口一样,被人蒙住眼睛,拉到一个洞里干十几天活,又蒙住眼睛拉出来。我不是被人这样使唤的人。不管怎么样,我要把这个洞找到。库半想。

挖　洞

地下村子

　　人在土里往前挖的时候，跟在空气中往前走不一样。土里的事情和地上不一样。人肯定有过比在地上更漫长的土里的日子。玉素甫觉得自己对土里面的事情比地上的还熟悉，他知道土里哪个地方有一只碗，哪个地方有一个馕坑，馕坑边平放着一个大铜盘。他挖过去时，它们安安静静候在那里。仿佛是自己在土里的一个家，已经来过无数次，住了多少年。

　　玉素甫在自己家房子下面五六米深处，挖掘出一个完整的房子。他的洞沿着地下房屋的墙根挖了一圈，找到一个门，从门挖进去，找到摆在地下的木桌，已经朽了，找到土炉灶和炕，炕上的苇席成灰了，席上的毛毡好好的，枕头和粗麻布的被子好好的，好像人刚睡起来走掉。

　　玉素甫在屋里找到一个门，挖进去是另一间房子，好像是储存室，放着几个陶罐，陶罐里有已经炭化变黑的麦粒，还能认出来。两间房子都小小的，只有玉素甫的房子一小半大，干打垒的土墙也不高。玉素甫的洞小心地挖进去，坎土曼每砍一下都像在敲门，门早朽了，回应它的只有空洞的回音。

　　在屋外玉素甫挖到一块朽木板，以为是一个棺材，木板下面一个黑洞，玉素甫打开手电照进去，洞直直通下去，里面已经坍塌。也许是一口水井，也许不是。玉素甫想，以后有时间我一定从这个洞口挖进去看看。古人应该也喜欢挖洞，就像阿不旦村的人，每家地上有一个房子，地下有一个洞。古人的生活应该和我们一样。那个我认为的水井也许就是地洞口。玉素甫院子的另一个洞口，就开在早年的一口水井里，从水井的半腰处，开了一个口子，通到地洞，人从井口往下只看到井底，看不见井壁的洞口。玉素甫没从这个井口出入过，它主要用来通风。

玉素甫想象着这户人的地洞，可能和自己挖的一样大一样深。有好几个洞口，通到不同地方。玉素甫打算把自己的洞接通下去，那样就是两层地洞了。他又害怕挖到不想挖到的东西，尤其在自己房子底下。他害怕的东西没有出现，从房子到院子，空空寂寂。人呢，人到哪去了。玉素甫突然恐惧了，爬出地洞，进屋去喝茶，妻子不在家，出来院子也没人，空空的。推开院门，路上也没人，村子空空的。

好几天，玉素甫不敢进洞，晚上他梦见自己走进洞里，看见自己挖出的地下房屋，院子里站着一个女人，穿粗麻布衣服，侧着身，看不清脸，金黄的长发披在肩上。门口站着两只羊，跟自己家的羊一模一样。还有一条狗，蹲在窝边，也跟家里的狗一样。屋门虚掩着，玉素甫走到门口，门无声地开了，像被风吹开的。进屋看见土炕上坐着三个男人，白皮肤、金黄头发、蓝眼睛。炕上的毛毡还是自己几天前挖出的那块，白毛毡，用黑毛织了许多图案。他已经卷起来拿到老城卖掉了，怎么还铺在炕上。他想跟他们打招呼，突然发现他们全是骷髅。

醒来后玉素甫脑子里老晃着梦见的那几个人。像在哪见过。玉素甫想起来，十几年前，村外的一处古墓被盗，来了几个文物专家，抢救性挖掘，从村里雇了十几个人帮忙挖，玉素甫也被雇去了。村里人带着坎土曼，文物专家不让用坎土曼，给每人发了一把他们带来的铁锹。村里人说我们不会用铁锹，只会用坎土曼。文物专家说,这是挖掘文物,不是挖地,要小心挖。坎土曼挖起来没轻重,一下挖下去,会毁坏文物。铁锨就不一样,是人的脚往下踩,碰到和土不一样的东西脚能感觉出来,马上停住。坎土曼挥起来砍的时候力量已经出去了,再无法控制,碰到啥东西它都会砍下去。

那次挖掘清理出了四具尸体,三男一女,全装在独木舟一样的棺材里,玉素甫亲眼看见棺材里的人,金黄头发,高鼻梁,穿粗麻布衣服。

玉素甫问文物专家,这些人怎么长得和我们不一样。

"他们是白种人。"专家说。

"白种人怎么到了我们这里。"

"这地方以前住的大多是白种人。"专家说。

"那我们是从哪来的。"

专家看了看玉素甫,说:"不管我们从哪里来,土里的人都是我们的祖先。"

玉素甫觉得他梦见的就是许多年前亲眼看见的那四个人。在梦中他看见他们的雪白皮肤,金黄头发,蓝眼睛,他一点不害怕。醒来回想的时候就害怕。他走到洞口,移开木板,地洞黑黑地出现在眼前时,梦里的几个人也出现了。自己几天没进去,下面也许已经发生了什么,那个他卷走毛毡的土炕上,也许真的坐着三个男人,院子里站着披金黄长发的女人。我把他们家的东西全拿走卖掉了。

向　导

玉素甫小时候就听老人说,村外的沙漠里埋着好多村子,都是很久以前,那些村子的人不听胡大召唤,胡大把它们埋掉了。从玉素甫记事起,就不断有寻宝的人,开着车来到阿不旦村,请村里老人做向导,去沙漠寻找埋掉的村庄。

玉素甫的父亲就是那时有名的向导,父亲的父亲,也就是玉素甫的爷爷更有名,他曾把德国探险家勒柯克带到龟兹佛窟。这个事情是县文化局的人说的。在玉素甫很小的时候,文化局的人来到家里对父亲说,你的父亲被写在一本外国探险家的书里,他给外国人当向导,把我们的文物盗走了。不过那是旧社会的事,要是放在现在,就要坐牢了。

文化局的人带来一张复印的纸,上面有玉素甫爷爷和外国人的照片。在那本德国人写的探险书里,玉素甫的爷爷牵着骆驼,扛着坎土曼,把一个探险队带到龟兹佛窟。那些人带着锯子和铁锹一样的铲子,先把洞窟的壁画锯成方块,再用铲子连泥皮一块铲下来,装箱运走。玉素甫的爷爷扛着坎土曼站在一旁。

玉素甫爷爷去世后,家里来过一些外地人,手里拿着汉文书,他们好像从书里找到阿不旦村,又找到玉素甫家,指着书里的照片说要找这个人。

玉素甫父亲说:"他是我父亲,早不在了。"

"不在没关系,你是他儿子,你在就行。"

玉素甫父亲就从那时干起了给挖宝人当向导的差事。他曾经把好几拨人带进沙漠,一去十天半月,究竟挖到东西没有,谁都不知道,连玉素甫也不知道。父亲去世的时候,也没给他交代哪里藏有宝贝的事。

现在,这个藏有宝贝的村子竟然被自己一坎土曼挖到了。

玉素甫意识到自己在院子下面挖到的,很可能就是父亲给人当向导寻找的古老村庄。他没有把这个事告诉任何人。阿不旦人做梦都不会想到,他们一直住在另一个村庄上面。多少年来,他们在这个村庄上面盖房子、种地、栽树,树根扎进下面的房子和羊圈,水井挖进下面的院子,偶尔挖出一个陶罐、几枚铜钱,以为是古人遗留土中的,却从没人想到地下有一个村子。村里人只知道盖房子挖水井时挖出过死人骨头,刨地挖树根时挖到过铜钱、陶罐和金银财宝,从没想到自己就住在千年前埋没的一个村庄上面。父亲当了多少年向导,肯定也不知道,他带领那些寻宝人苦苦寻找的古村庄就在脚下,骑驴找驴呢。

工 程 队

那时正是玉素甫最风光的一段日子,他成了有名的包工头,带着村里的一帮子人在外干工程。他在外面有好几个工地在开工。回到家,还有自己的一个秘密工程:挖洞。他的洞挖进了一间地下房子,从这间房子又挖进另一间房子。他不知道再挖下去会有什么,坎土曼在那里犹豫起来。外面盖房子的活一个接一个。挖洞的事被耽搁了。这个事情不急,玉素甫想。地下埋了几千年的东西,再埋几年也没麻达。地上的活可不一样,赶上就赶上,赶不上就过去,没有了。

玉素甫干的主要是修渠、修路、盖房子的活。

修渠是土渠改防渗渠,把土渠用水泥板铺起来,水泥板也是自己做,拌水泥浆与和泥巴一样,做水泥板也跟脱土块差不多,轻车熟路。修路主要是在土路上铺石子,土路改石子路,玉素甫没干过铺柏油路的活,他修的石子路只从村里通到乡里,乡里到县里的柏油路玉素甫也带人修过,活是县城大老板包的,把铺底层砂土和石子的活转包给玉素甫。往路上铺砂土和石子是坎土曼干的活,坎土曼能把石子铺平展。玉素甫的坎土曼工程队干这些活,就挣个工钱。盖房子的活玉素甫的人最专业,那些砖基土墙或一砖到顶的平房,从脱土块、垒墙、抹墙到房顶廊檐的木雕木刻,玉素甫的人都会。当地人盖房子对屋顶非常讲究,钱都花在屋顶上,屋顶用白杨木条拼成图案,廊檐也是讲究的木雕图案。玉素甫的工程队里木匠泥瓦匠都有,样样活都能拿下来。

玉素甫干的最大工程是给阿不旦村修建了一个水塔，这是他的最高建筑。玉素甫从盖土块房到盖砖房，从来没盖过两层以上的房子，阿不旦村的水塔有两层半房子高，看着像一个直筒子楼房。别处的水塔都是圆形的，玉素甫的工匠不会修圆形建筑，就建成一个方筒子，建到一层半房子高，封了顶，顶上又建了一层房子，里面用铁板焊接了一个大水箱，就是水塔了。玉素甫在外面包工程时，别人问他搞过什么建筑。

"我盖过三层楼。"玉素甫拍着胸脯说。

玉素甫说的三层楼，就是阿不旦村的水塔。

坎土曼老板

玉素甫赶上了一个盖房子的大好时代，改革开放了，到处在盖房子，楼房、砖瓦房、土块房子一起在盖，活多得干不完。玉素甫很快发了起来，村里人都叫他玉素甫老板，县上的汉族干部叫他玉老板。他的摩托车也由老幸福牌换成了日本产的本田牌，那是县上最高级的摩托车，一万多块，速度比幸福摩托快多了，就是声音太小了，不像幸福摩托，牛吼一样，老远就让人听见。本田车骑着像贼走路一样悄无声息，在村里，玉素甫不得不用喇叭提醒路上的人。

玉素甫把他的本田摩托骑进村时，腰里还挂着一个像烤包子一般大小的黑东西。玉素甫的摩托车在村头就被人拦住。

"玉素甫老板，你的电驴子咋越骑越小了。"

"这是日本的本田摩托，个子小，但跑得比幸福快。"玉素甫说。

"怪不得，我老远看还以为你骑着一头黑羊在跑呢，原来是小日本摩托。"

玉素甫差不多推着摩托走到家。他骑了辆新摩托进村，见人都要下来打个招呼,你要骑个自行车或毛驴子,就没必要见人就下来打招呼了。

玉素甫腰上的黑东西突然叫起来,人们围过去,看见这个东西上亮光的地方出来一行数字。玉素甫说,这叫传呼机,这些数字是一个电话号码。肯定是哪个朋友帮我联系到工程了,我得赶快回个电话去。

玉素甫说完骑上摩托朝乡上跑了。那时村里还没电话,玉素甫有了传呼机后,经常跑到七八公里外的乡上回传呼。要他回话的人,有的是听到一个地方要盖房子,让玉素甫赶快去跑,一个活往往几个老板在跑,跑慢就没了。有的是县城朋友打的,要一起吃饭。有的是他的工地上人打的,说一把坎土曼坏了,让他从村里买一把捎来。还有一个电话,是一个半生不熟的人打的,接通电话那人说:"玉素甫大哥吗,我老城鞋匠巷子的小玉素甫,刚在街上碰到艾布了。艾布说你有传呼机了。我不相信。我说你吹牛。艾布就把一个号码给我,让我打。我就打了。没别的事,你有传呼就好了,以后啥事都呼你。"

那时玉素甫是多忙的人啊,四处揽工程,还经常到县上乡上去开会,向大家介绍致富经验。

县企业局领导在一次讲话中表扬玉素甫:"龟兹县别的老板都是带着挖掘机、推土机、搅拌机挣钱,唯独玉素甫玉老板,带着一群扛坎土曼的农民在挣钱。所以,他是真正本色的农民老板。他时刻不忘村里的坎土曼,常年骑着摩托给这些落后的坎土曼找活。他完全可以扔下这些坎土曼,带着挖掘机搅拌机挣大钱,可是他没有这么做,他宁愿当一个坎土曼老板。"

也就从那时起,坎土曼老板的帽子牢牢扣在了玉素甫头上。

只要回到家,玉素甫依旧会钻进他的洞里挖掘一阵。他别在腰上的传呼机经常把他从洞里呼叫出来。

如果有一天我闲了,我就顺着村子底下这层沙子挖过去,把这个地下村庄的东西全找到。玉素甫这样想着。

果然，没几年玉素甫就真闲了，外面突然没活干了，地里的活也少了，好多坎土曼闲扔在院子。

玉素甫腰上的传呼机没以前叫得勤了，他的摩托车却跑得更远，跑到了邻县的乡村城镇，远远近近都没活了。碰到以前认识的土包工头，都说没生意了。

县上乡上甚至村里的房子还在一栋栋地盖，只是没人盖土房子了，临街的砖房子都要求三层以上，玉素甫这个土老板的活没有了。

"砖房我也能盖，我盖过三层高楼。"

玉素甫这样介绍自己。可是，谁都知道他是有名的坎土曼老板，那些年县上的广播电视都宣传过他，说他带着一群扛坎土曼的人盖房子致富。谁敢把盖楼房这样的活，交给一群扛坎土曼的人。

一个人的洞

外面没活了，挖洞的活又被玉素甫拾起来。这是他一个人的工程，只有他一个人知道。

晚饭后家里人在看电视，门外黑黑的，刮着风，玉素甫觉得，晚上进洞和白天进洞不一样。晚上是从黑走向黑，洞里的黑最彻底，没有星星月亮。在白天，从刺眼的阳光下走到洞里，眼睛好一阵不适应。洞里虽然啥都看不见，玉素甫觉得自己的眼睛在洞里睁得比洞外还大，好像他的眼睛也在听。

玉素甫小心地摸着走，洞壁贴着身体，他摸着一边洞壁走，摸到地下那个房子门口时，他犹豫了，做过的那个梦又浮现在眼前，玉素甫静静蹲在那里，屏住呼吸，眼睛闭住，这时候他感到自己和洞壁的土融为一体，好多时候他都能感觉到自己和地下的土融为一体,土就是他,他就是土。好像回到一个该到的地方,一种什么都没有但踏踏实实的梦里。

玉素甫动了动,他被自己的动静惊醒,黑黑地感觉到自己的身体,胖胖的,蹲在一个洞里。玉素甫打开手电,光柱照去,他挖出的房子空空的,还是以前的样子。玉素甫走到洞底,抓起放在那里的坎土曼,使劲挖一阵,停下喘口气。外面的驴突然叫起来,驴叫从驴槽下的洞口缝隙传进来,像驴跌进来一样。那时他听到院子里的驴叫、路上的汽车声,毫不担心,就像在地下的另一种生活里,远远地听见人世。

这一切都被他自己打破了。

玉素甫从没想到要和别人一起挖洞。他一个人在洞里的时候,四周黑黑的,只有凿空的洞、厚厚的土和他自己。他喜欢黑,坎土曼黑黑地往前挖,挖下来的土双手黑黑地往后刨,双脚也往后蹬土。每当这个时候,玉素甫脑子里空空洞洞,感觉自己像一个动物,身体充满了往前刨土的冲动和兴奋。

碰到异常东西,坎土曼停住,手去摸,手认得土里的好多东西,石头、陶片、木块、铁、金子。手认不出时打开手电。他不喜欢让眼睛看见。这里的一切手能完全触摸到,辨认出来。手觉出土的硬软、干湿、阴凉,摸出土里的沙、沙里的大小石子。

他是那么喜欢这个手摸到的世界。他站起来和地洞一样高,走路时感觉洞顶抚摸着头顶,又不会碰头。手臂伸开正好摸到洞壁两边。这是他一个人的洞穴。可是,他竟然把好几个人带了进来。

艾　布

第一个被玉素甫带进地洞的是艾布,艾布跟着玉素甫干了十几年工程,玉素甫像带着艾布去挖一条渠盖一间房子一样,什

作者画作

作者画作

么话没说,直接把艾布领进洞里。玉素甫打开手电,把自己几十年来断断续续挖的洞照给艾布看。

"我想找几个人,把这个洞挖得更大一些。"玉素甫说。

"都说你从麦加回来,变成另一个人,房子不盖了,也不到县上跑生意了,整天待在家,原来你在干这个,玉素甫老板。"艾布对玉素甫的地洞没表现出一点惊讶,像走进自己挖的洞里一样。

玉素甫说:"你艾布是聪明人,有盖房子的技术,挖洞肯定也没问题,以前我一个人挖,现在我要多找几个人一起挖,怎么挖你给我出主意。"

艾布说:"我们从小干的就是挖井、挖地窖、挖树根的活。你要我挖洞嘛,怎么挖都行,你是我的老板,我听你的。我们阿不旦人比老鼠都会挖洞,什么样子的洞都能挖出来,没麻达。但是,其他事情我干不了。"

"我不会让你去干害你的事情。"玉素甫说,"你跟我干了十几年活,害人的事情让你干过一件吗。没有。我也不会干那样的事情。"

玉素甫带着艾布前走了一截,地洞拐了个弯,手电光里,艾布看见一个门洞,里面是清晰的土炕和灶台,这下艾布吃惊了。

"我在我的房子底下,挖出了别人的房子,这个炕上以前有一个毡子,我拿出去卖了。院子里的馕坑我也找到了,还有一个水井。我一直住在别人的房子上头,我不知道。我们整个阿不旦村,都建在一个埋掉的村庄上面,我要把这个地下的村庄挖出来。"玉素甫说,"挖到宝贝我们一起分,有麻达我一个人担。"

黑 汉

第二个被玉素甫领进地洞的人是黑汉。黑汉家在草湖乡,父母早不在了,他在村里只有一亩多地,种麦子不够吃,种苞谷也不够吃。黑汉一年四季吃不饱,就跑到老城打工,白天给人干活,晚上睡在龟兹桥下面。到玉素甫的工程队后,黑汉的饥寒生活到头了,玉素甫领的工人不但生活好,有肉吃,工钱也高。黑汉从此跟定了玉素甫,打都打不走。黑汉吃苦卖力,玉素甫喜欢他。每次发工钱,黑汉只领一点够买莫合烟的钱,其余都让玉素甫帮他存着。黑汉说,我钱装在身上没用,老板帮我存着吧。这十几年来,玉素甫给黑汉存了多少钱,也记不清了。

工程队散伙时,玉素甫对黑汉说,你的工钱自己算一算,不少的一笔钱了,拿着在街上置间房子,娶个老婆过日子去吧,外面没有坎土曼的活了,你买个驴车,在老城拉客也能过生活。

黑汉说,毛驴车也不让在老城跑了,政府提倡买电瓶三轮车。我的那点钱就放在你这里,别算了,我一个人,哪都不想去。你家里要有一个让我睡觉的床,让我吃饭的碗,我就跟你回家。给你喂羊种地看门扫院子,我都能干。

玉素甫听得一阵心酸,说,大家都散了,你不想散,这个烂摊子工程队就交给你吧。外面没大活了,给人家盖个厨房、挖个地窖的小活还有,谁想留下你就带着他们去干。我玉素甫不可能再带你们去干这些小活。等到这些小活都没了,你就住到我家去。我的家就是你的家。

黑汉又变成一个人,在老城混了两年。每天在街上等活。等到有坎土曼干的活了,就招呼几个以前的伙计一起干,干完又散伙。

玉素甫给他留了好多工具,有手推车,竹夹板,木头,坎土曼,一大堆,放在一个租来的院子里,黑汉日夜看守这些东西。

有人问起玉素甫,黑汉就说,玉素甫老板住在县城大宾馆,天天和县上当官的吃饭,一桌饭就花几千块。我们老板在联系盖楼房的大工程呢。县上到处是开工建设的大工地。玉素甫老板也在跑那样的大活,联系好了原班人马上。到那时候,我们就不盖土房子,盖楼房了。"

玉素甫真的在县城跑了两年工程,一个都没跑成,白花了一大堆钱。有一天,黑汉听说玉素甫去麦加朝拜了。这么大的事玉素甫也没跟自己说。玉素甫回来不久,就把黑汉叫到家里。

玉素甫原打算把黑汉的户口迁到阿不旦村,要一块房基地,用黑汉存的钱,给他盖几间房子,再娶个老婆,也算对黑汉有个交代。可是,当他把黑汉带进地洞的那一刻,他就意识到,黑汉从此只能待在洞里,不能在村里露面了。

漆 黑

田野漆黑,洞里也漆黑,那是隔着一层厚厚黄土的两个黑夜。玉素甫从地洞出来,骑摩托车穿过一条黑巷子,车停在渠边,走到村边的棉花地。

"地洞挖到艾肯家的棉花地下面了。"几天前艾布这样跟他说。玉素甫只是点头。地洞挖出自己家院子,拐来拐去朝前掘进时,玉素甫就不知道和上面对应的确切位置了。他不知道地洞在挖向哪里。艾布知道。艾布告诉他地洞正穿过公路,地洞在沿着路边林带朝西北走,地洞经过水塔旁边,地洞挖到大杨树买买提家的房子后面,地洞离张望才家房子很近了。刚才骑摩托拐进巷子时,玉素甫还看了一眼张旺才家的房子,这院房子在村里黑黑地空了几十年了,这个张旺才,人搬出去了,把房子留在村里。他是不是还想着回来。就在前天,艾布说,地洞挖出村了。

地洞经过的路线是玉素甫确定的,玉素甫决定把地洞挖到麻扎时,就给艾布画出了明确的路线图。玉素甫是盖过房子的大老板,会画图纸也会看图纸,艾布是他的工程师,自然也会看几个月前,当玉素甫突然想到把地洞挖到麻扎下面去时,他浑身的血都涌到头上了。他为自己的想法震惊和激动。他在房子下面挖了几十年洞,又带着艾布他们挖了两年洞,这一切似乎都是为地洞最终通向麻扎做的准备。玉素甫觉得冥冥中有谁在安排他做这些事。

空洞的睡眠

玉素甫起身往村子走的时候,听到一阵狗吠,应该是陌生人进村了。这么晚,陌生人到阿不旦干什么呢。本村的人晚上出来不会引起这么多狗吠,连我玉素甫的摩托车开过巷子,狗都不会出来叫,它们早熟悉我的摩托车声音了。那又是什么人晚上来阿不旦呢?

玉素甫昨晚就没睡着,眼看着天麻麻亮,头遍鸡叫过了,二遍鸡叫过了,玉素甫的瞌睡还不知道在哪里,他找不到自己的瞌睡了,头脑里有一个凿空的洞,明明白白朝前延伸着。整个长夜他都在填这个洞,一截一截地往前填,填掉的部分变黑了,安稳了,没填住的地方空空地醒着,有时填住的地方重新变空,他回过头重填,看见填实的地方,黑黑的,稳稳的,那就是我的瞌睡,土地一样。他想留在那里不动,躲起来。可是,空洞在喊他,空空地喊,他一下又回到空洞里,再往下填土,填着填着,到一个洞口处,他探出头,天大亮了。

我的睡眠被我凿空了。玉素甫想。

落　叶

刮起了风,刚才听到狗叫的巷子现在只有杨树叶哗哗地响。这是入秋时的西北风,催着叶子落,叶子在树上,黑黑地,一片推一片,像一群小人挤挤搡搡。先掉下去的,落在树下,脸朝上看别的叶子在树上挤搡,像看一场戏。也许叶子落地的瞬间,彻底遗忘掉自己在树上的事。它脸朝上看树上,看得入迷。

玉素甫试图让脑子想地上的事,把下面的洞忘掉,想月光和星星,想吹落叶子的风。秋天的风声把睡眠拉长,把夜拉长。从现在开始,老年人就有事干了,每天早早起来,拿一把扫竹,在林带里扫落叶,扫成一堆堆,装在麻袋里背走。那是牲畜一冬天最好的食物。这个活只有老年人能干。年轻人没耐心,总想等到树下的叶子落厚厚一层,拿麻袋直接装。哪有这样的好事呢,落下的叶子,即使不被人扫走,也会被风刮跑。玉素甫想起父亲每年秋天扫树叶的情景,父亲坐在高高的白杨树下,卷一根莫合烟等叶子飘落。他也许不会像父亲一样,在这个村里过这样的老年了。自从带着人在地下挖洞以来,他在地上的生活就变得不知去向,以后的生活在哪他不知道,眼前只有一个空空的洞,一直朝前延伸。他知道那个洞的尽头是麻扎地,麻扎上面是一个白天,太阳白晃晃地照在那些隆起的土堆。

以前他害怕汽车的声音,害怕村里各种各样的挖掘声,现在他害怕村里没有声音。夜一旦安静下来,他的心就揪起来。毛驴子咋不叫。狗为啥不咬。刮一阵风也行呀。村庄死了吗。实在受不了,就把家里的小四轮发动着,油门轰到最大,突突地响。有时还开着在村里转一圈。

他下到洞里,地下干活的人都睡着了。他打开手电在几个洞口处看一遍,干了一天活的人,睡得跟死了一样。我要能这样睡着,该多好啊。我的觉到哪去了?

睡不着,就在村子里转。在地洞挖到的地方转。地洞经过的地方都是他最担心的。房子、树,黑黑地竖在他的地洞上面。那些房子里的人,真的没感觉到一个洞从地下穿过去吗。要是谁从我的房子下面挖一个洞过去,我能感觉不到吗?

还有那个库半,他被蒙住头拉到自己村子下面干了十几天活,难道他觉察不出是在自己村子下面吗?库半家的房子离地洞经过的地方远,隔了一条巷子。玉素甫经常看见库半低着头在村子里走,像在地下找什么东西。晚上也遇见过他,这个人好像一下子变得对地下感兴趣了。他找到什么觉察出什么吗?

那些响在地下的挖掘声,即使人感觉不到,毛驴难道也感觉不到吗,驴耳朵那么尖,啥动静能逃过它的耳朵。还有狗,狗肯定早听到地下的动静了。玉素甫已经听好几个人说,他们家的狗老是嘴对着地咬,好像地下有什么东西。

巷　子

玉素甫走进巷子停下,跺几脚,再听听有没有空洞的声音。脚下几米深处就是他的地洞。地洞是不是真在这里呢?在地上他一点都想不清楚下面的地洞。洞里和地上,就像两个世界一样,他连不起来。艾布说地洞挖到这个巷子了,玉素甫只是点头。

艾布说,玉素甫老板,我们在下面挖洞,上面的事你管。要发现正挖掘的地方蹲着人,地下的活就马上停住。但是,看见有人蹲在上面,回去通知挖洞的人已经来不及。这时候怎么办。艾布说,赶快走过去和那个人大声说话,说远处的事情,把注意力从身边脚下移开。远处的事情能把人的耳朵眼睛鼻子都引到远处。再就是想办法让他站起来。站着的人没事,耳朵离地远,头伸在呜呜的风里,风里的声音千层布一样,把人的头缠住。

艾布说,棉花地最危险。人干活时脸朝地,眼睛看地,心思也在地里,地下的一点动静都会听到。人听到地下的挖掘声会有什么感觉,可能会吓死。但有胆大的,会照着那个声音挖下去。胆小的也会回村多叫几个人,挥着坎土曼挖下去。我们阿不旦的人,对地下的东西向来有兴趣。天上有个啥声音人顶多仰头看一眼。地下要有个动静被人听见了,那可了不得。他肯定会挖一个大坑下去,挖一个深洞进去。

这个艾布,啥事情在他嘴里一说,就真变成事情了。

夜　晚

阿不旦村的夜晚,还和以前一样,到处是白杨树的影子。月光在杨树梢上,反着光。房子、路都陷在白杨树深深的缝隙里。玉素甫小时候村子就这样,现在还这样,除了人一茬茬变老。路边的白杨树,小时候就这样高大。白杨树就这样,长到这么高,就停住不长了。长不动了。只是活着。像村里的大人一样,不长了,只是活着。

村里又一茬人长大了,他们更加不知道长大了干什么。这一茬人,白长大了。父亲还年纪轻轻的,儿子长大了,家里就一个毛驴,一辆驴车,儿子赶走了,父亲就闲着。地里那一点活,父亲干完了,儿子就没事了。

玉素甫记得自己刚长大时候,有好多活可干,去学打铁,做木工活,编筐,贩牲口,当屠夫,提一把坎土曼去城里给人做泥活。随手学一样活就能干一辈子。村里的孩子,只要勤快,遍地老师,啥都能学会。看老铁匠打铁,帮帮锤,师父一把小锤,徒弟一把大锤,师父敲哪,徒弟打哪。打着打着就会了。还有做木活的,帮人家拉拉锯,调调线,眼看手做,就琢磨得差不多。

当然,要学精就要专门拜师,用心学几年。玉素甫啥都会一些,又都不精,半调子手艺。他从小喜欢往外跑,在城里有几个闲朋友。那时候,一个村里青年,有几个城里朋友是多风光的事。玉素甫记得自己因为有了城里朋友,才变得和村里的小伙子不一样,早晨出门前首先把头梳好,衣服穿着整齐,鞋擦干净。

他时常收拾的干净整洁去城里找朋友玩。城里朋友也偶尔来阿不旦村,早先骑自行车来,后来骑摩托车来。玉素甫家那时还算富裕,父母也好客,儿子的朋友来了,酒肉招待。玉素甫从十几岁,玩到二十几岁,一块玩的那些城里小伙子,有几个偷东西打架抢劫判刑了,有几个做生意挣钱。玉素甫也觉得玩够了,该干事情了。玉素甫回来给村里开了两年拖拉机,接着就赶上了包产到户。

那时候城里人刚开始做生意,玉素甫买了辆旧自行车,永久牌的,结实,能驮百公斤东西,跟毛驴驮的一样多,却比毛驴跑得快,就是跑远了累人。好在玉素甫腿上有用不完的劲。玉素甫和城里的一个朋友一起贩皮子,从村里把羊皮牛皮收购了,驮到城里卖,赚个差价。皮子贩了两年,他就看准了另一个更好的生意,盖房子。那时龟兹老城到处在盖房子,新城也在盖,多半是沿街的商铺房,还有居民的民房。玉素甫回到村里,组织了十几个村民,提着坎土曼和土块模子,就到城里来了。活一件接一件,最多时他的工程队有上百人,他成了有名的建筑队老板,从盖土房到盖砖房,他的工程队都能干。以前有钱势的人被称为老爷,现在叫老板,多好听。玉素甫喜欢别人叫他老板。玉素甫干包工头盖房子的当年,就把自行车扔了,三千块钱买了一辆半新的幸福摩托车,村里人叫电驴子,比驴跑得快多了。他最早把摩托车开进村子。别人还骑着毛驴慢腾腾走路的时候,他已经骑着摩托车在村里乡里县城里的路上飞奔了。他不断在外面找到活,回村叫上那些没事干的农民一起去干。多是挖渠和给城郊单位和居民盖房子的活,每人一把坎土曼,一个土块模子,顶多再带一截绳子,就足够了。一个村里,能出一个包工头,就能带出去一帮子人,大家都能挣到钱。

玉素甫没有盖过楼房。一直没有进入盖楼房的大包工头行列,他始终是一个只会盖土房子和砖瓦平房的土包工头。玉素甫最大的愿望就是在县城盖一座楼房,那样过来过去的人都会说,这个楼是玉素甫盖的。可是,他最高只盖了两层半的水塔。

当玉素甫指挥几个人挖洞时,仿佛又回到年轻时带一帮子人挖渠盖房子的生活。如果那样的生活一直过下去,他带着人去干活挣钱,靠坎土曼养活老婆孩子,他会认为很幸福。

可是,后来没活了。城里乡里都没有坎土曼干的土木活了。村庄县城的路上,到处是摩托车,他的摩托再风光不起来。那些收皮子拾破烂的都骑着摩托车到处跑。不像那时候,全龟兹县的路上有数的几辆摩托车在跑,多威风。

没活干,就没好饭吃,没好衣服穿。听说发现石油了,村里的年轻人都有希望当石油工人了。村里人还做这个梦的时候,玉素甫早就清醒了。因为其他地方早就打出了石油,那里的小伙子也没当上石油工人。玉素甫也是从那时开始落伍了,他的摩托车没有及时地换成小卧车。在他依旧骑着摩托四处找活时,县上和外地来的大包工头早已经坐着小卧车远远地跑到了他前面。

阿不旦的夜晚,还和以前一样吗。不一样了。夜没有以前黑了。村外石油井架上的灯光,像多了一个月亮,半个村庄的树梢和房顶都被照亮。在这个村庄里,谁还能偷偷摸摸地干点事情吗。以前,只有真主能看见我们。只有真主知道我们在干啥想啥。现在,村庄白天暴露在阳光里。夜晚也暴露无遗。

以前那些别人不知道的漆黑夜晚是多么漫长。村里没有电灯,天一黑村子上头只有月亮和星星。昏暗的油灯闪烁在低矮的窗户里,村里到处是孩子的声音,他们捉迷藏,在黑暗中玩游戏,在一个又一个别人不知道的漆黑夜晚里长大,长成别人不认识的人。这些夜晚使他们有了不一样的梦。玉素甫就是在这样的夜晚长大的,他的父亲、父亲的父亲都是在这样不被别人知道的夜晚长大的。

那时候,白天只有太阳在天上看着村子,晚上头顶只有月亮和星星。现在,多少眼睛盯着村子。那些上面的干部,隔三岔五到村里溜一圈,探个头又回到县城。早前乡上还有干部居住,现在他们全住到县城,白天坐小车到乡办公室办公,有时到村里转一圈,天不黑全溜回县城。夜晚成了这些扛坎土曼的农民的,从乡里到村里到村外黑成一片的田野戈壁。

上面的小车白天开到村里,上面的声音从高音喇叭传下来。高音喇叭以前挂在村长亚生家屋前的白杨树上,后来亚生让人卸下来,挂在村中间路边最高的一棵白杨树梢上。亚生说,上面的声音不能我村长一家听,大家都要听。亚生其实是嫌喇叭太吵,喇叭一响,驴就围过来对着叫,吵得鸡都不下蛋。挂在路边后,附近几户人家也嫌喇叭吵。再后来喇叭就关了,上面来人了放开哇啦一阵,村长安排工作通知事情时响一阵,其余时候就是摆设。

白天这个村庄是乡上的、县上的、国家的,晚上它是我们村里的。是星星月亮的。他们知道我们的白天,但不知道我们的夜晚。可是,那些白天足以把我们在黑夜里做的所有事情暴露。能连起一个个黑夜的只有地洞。地洞穿过一个又一个白天,把黑夜联合起来。黑夜不再被白天分割开,它成了一体。天上有真主,地下有我们的挖的洞,地面上有粮食,不管怎么辛苦都不会吃饱肚子的粮食。胡大让我们住在这块贫瘠的土地上,它把财富沉到地深处,把坎土曼交到我们手里。我们挖了一千年又一千年,脚下最珍贵的黑石油还是没有被我们的坎土曼挖出来。

现在,全村的坎土曼都在月光里做梦,等待那个挖石油管沟的活,他们把它当成是坎土曼百年不遇的大活,那些坎土曼等了一两年了,还在等,还在做梦。

麻　扎

墓　位

　　麻扎在一片隆起的大土梁上，三面是庄稼地，一面沙石滩。麻扎上密密麻麻到处是墓，只有墓之间少量的空地，也不敢说是空地，也许是老墓，平了，挖进去才知道，地下是否已经有人。乌普阿訇领着大家，一小块一小块地估算。会计拿着皮尺，但没有用。在麻扎里用那个东西好像不合适，就眼睛看着估计，这一块埋十个人，那一片埋二十个人。从早晨转到大中午，好不容易把墓地转了一遍，算来算去，最后结果是大概还能挖出不到五百个墓室。

　　听说乌普阿訇和村长带人进了麻扎，那些老头，早一伙一伙地来到麻扎边，坐在那里等，朝麻扎里张望，老头的眼神不好，望不到麻扎尽头，只望见几个人影在麻扎里晃动。老头们坐了半天，大中午的时候，看见进麻扎的人从里面走出来，那些黑乎乎的人影渐渐变成能认清的面孔。

　　还有五百个墓位是乌普阿訇说出的。话音刚落人们就围过来，围住村长和乌普阿訇。

　　"你们不能再卖墓地了。我们村有一千二百多人，按现有人口算，将来还有多半人没地方埋。"

　　"你村长也不是小巴郎子了，不要光考虑活的时候的事情。人活完了还要死。"

"你亚生也有父亲,有儿子。你活完了儿子还要活。儿子也有活完的时候,他们也和我们一样,需要一块墓地。我们死了有地方埋,他们死了到哪去。我们穷一点能过去,不能把我们死后的地方卖成钱。"

"那边几个新埋的,都不是我们村的,谁让他们埋进来的,你村长又收钱了吧。"

亚生村长被围在中间,头上直冒汗。亚生说:"麻扎是乌普阿訇专门看管的,你们不要啥事情都质问我村长,阿訇会给你们解释清楚。"

乌普阿訇头上直冒汗,不住地咳嗽、喘气。站在一边的玉素甫说:"乌普阿訇身体不舒服,让阿訇回房子休息吧,天这么热,你们这些老人家也不要晒坏了身体,都回去吧,有啥话回到阴凉处说。"

安 全

麻扎的暴热空气使玉素甫胸口发闷。太阳直射在一堆堆的坟墓上,那些被烤熟的土堆又带着焦煳的味道在赤烤人。玉素甫搀扶着乌普阿訇往他的小房子走,后面跟着那几个嘀嘀咕咕的老头。乌普阿訇右手拄着拐杖,玉素甫感到阿訇的整个身体都往拐杖上倾斜,要不是被自己搀着,阿訇的身体会扑倒在地。

刚才在麻扎中间时,玉素甫就看到阿訇支持不住了,他满头大汗,气喘得厉害,身体也在抖。

玉素甫说:"阿訇你休息一阵吧。"

玉素甫说着扶阿訇在一个麻扎边坐下。其他人接着往前走,边走边查看,会计拿着账簿做登记。

玉素甫说:"你老人家就别动了,坐在这里等我们。"

阿訇喘着气对玉素甫挥挥手,意思让他们先走。

从进入麻扎那时起,玉素甫就感觉到阿訇一直在注意他。玉素甫看哪,阿訇也看哪。阿訇对玉素甫注意的地方也很注意。这个阿訇,对我这么警惕。玉素甫想。

几个月前,玉素甫找过乌普阿訇,给他说了要把地洞挖到麻扎的事。那时玉素甫刚刚决定要把地洞挖到麻扎,具体挖到麻扎的哪里,在哪开一个出口,他还没想好。他只是被自己的想法激动。

那一天玉素甫突然想把地洞挖到麻扎去。想到麻扎时他的头发都立了起来,脑子里轰的一声,像一个天窗打开了。他在自己院子下面挖了几十年地洞,又带着艾布、黑汉他们在村子下面挖了一年多洞,这一切仿佛都是为地洞最终挖向麻扎做的准备。

玉素甫觉得自己以前东一下西一下地挖洞,都没有明确目标。当初他发现地下埋着一个村子,想把洞挖到这个地下村庄的角角落落,把那里的宝贝都找到。可是,当他带着几个人挖洞时,那个地下的村庄仿佛消失了。他找到的是一个空空的村子,他的地洞挖过去时,埋在土深处的巷子是空的,两旁人家的院子是空的,房子是空的,羊圈和馕坑是空的,似乎这个村庄在被埋没之前,人拿着所有东西撤离了。

他最早在自己房子底下挖出的那户人家,为何留下了家里的所有东西,他不清楚。也许村子被埋没的那个晚上他们睡着了,等到土埋没院子、埋没房子,快要埋掉人的呼吸时才醒来,一家人赤身裸体逃走了。

难道这一切都是陷阱,冥冥中仿佛谁在诱引他,先在土里埋一堆古钱币,让他在挖地窖时挖到,然后引他往深处挖,挖出一间地下房子,又引导他挖进一条地下的古老巷子。直到有一天,他发现这个地下巷子的方向对着村外的麻扎。

玉素甫被自己的发现激动不已。他先去找乌普阿訇,把自己的想法说给阿訇。阿訇的拒绝并没有打消他的决心。他找来艾布和黑汉。三个人黑坐在洞里。玉素甫说,我们已经在村子下面挖了一年多洞了,你们经常问我洞挖到哪去。以前我只知道带着你们往深处挖,挖出更多的宝贝,卖了钱大家分。可是,你们也看见了,这个地下的村庄比我们上面的村子还穷,我们只挖到一些破陶罐烂毡子。这一年来我也在这个地下转晕了,不知道洞要挖到哪里。我只知道要不停地挖,挖。可是,就在今天,我突然脑子一亮,知道往哪挖了。我们把洞挖到村外麻扎去。

玉素甫说完,等艾布和黑汉的回应,黑暗中那两个人的呼吸声都没有了。玉素甫安静地等着,不知道过了多久,艾布说话了。

艾布说:"这个事情只有你玉素甫老板的脑子里能想出来,敢想出来,你这样想了,我们照你的想法去做就是了。不过,挖到麻扎要穿过大半个村子,还要从公路下面穿过去。"

玉素甫说:"我不管从哪穿过,我只要你把地洞给我挖到麻扎。"

黑汉说:"玉素甫老板,我们把洞挖到麻扎干啥去。"

黑汉坐的那儿好像比别处更黑一些。他的话也黑黑的。艾布等着玉素甫说话,玉素甫一直沉默着,艾布就说:"麻扎是最安全的地方。"

六 百 年

麻扎有六百年历史了。这是乌普阿訇讲的。玉素甫自从不干包工头回到村里,几乎每个礼拜都来看乌普阿訇,他喜欢听乌普阿訇讲经,讲村里以前的事情。乌普阿訇也喜欢把自己家的历史说给玉素甫。玉素甫是村里最有文化的人,又在外见过世面。他知道把这些话讲给玉素甫,就等于把钱存到了银行里,放心了。

乌普家的祖先六百年前从和田迁到龟兹,买了这块地当麻扎。从那时起这片麻扎一直只埋他们家族的人。

解放后,麻扎成了阿不旦村和周围村庄的集体墓地。麻扎在几十年内扩大了几倍,已经有几百亩地,望不到边。乌普家族在几百年间死的人,远不及村子几十年死的人多。麻扎中间有一个大拱北,两层房子高,里面安葬着乌普家族在这里最早的七个祖先。以前里面有一盏金灯,几年前被人撬开门偷了,还听说那盏灯被文物贩子卖了二十万。现在的灯是铁匠吐迪仿照以前的样子打的铁灯。

乌普阿訇一个人住在麻扎旁的大柳树下,多少年来,不管白天黑夜,乌普阿訇做的一件事就是听,他的眼睛多年前就花了,以前他能看到墓地那边的白杨树,后来渐渐地,他眼中的墓地没有尽头,从脚下,到天边,都是一座挨一座坟墓,他只有靠听,两只耳朵轮流对着麻扎听,他在听挖掘声,几里外的挖掘声都能听到,听到了就走过去,那些不经他同意,往麻扎埋人的人,见了他都害怕。这块麻扎因为是块宝地圣地,附近村子甚至城里死了人都往这里埋。可埋人的地方越来越少,人埋得越来越拥挤。城里有钱有势的人,找到村长要一个墓位,村长再找到乌普,乌普只好同意了。来人一般会留一些钱给村长和乌普阿訇。

也有找玉素甫要墓位的,玉素甫当老板时在县上认识的人多,他认识的那一茬人,父母都到了要走的年龄,人家坐小车或班车来到家里,大包小包的东西放下,张口让玉素甫帮忙给父母一个安息的位子,玉素甫能不答应吗。还有就是朋友的儿子找到家里,说父亲不在了,临走前让他来找好朋友玉素甫,说看上村边的地方了,玉素甫能拒绝吗。遇到这样的事,玉素甫直接去找乌普阿訇,就解决了。

村民们早就知道村长和阿訇拿墓位卖钱,就往县上告。他们也知道玉素甫拿墓位赚钱,但只告村长和乌普阿訇。没人敢告玉素甫的状。县民政局来人了,说你们告状的事县上很重视,这块墓地是国有土地,县上要收回去,由民政局统一规划,现在麻扎太乱了,看上去也不美观,民政局要像规划新农村一样规划新麻扎,至少排列整齐,这样即美观又节约土地。村民一听更不愿意,大家都知道县里好几个公共麻扎是民政局圈的地,墓道挖好,卖墓位子,一个墓位卖八百元到一千二百元。要让民政局收去,我们村里人入麻扎也要掏钱了。民政局的人走后,村长亚生赶紧请来玉素甫和乌普阿訇,又召集村民代表,开会做了两个规定。

一、麻扎是我们阿不旦村的,谁想拿走它我们全村人都不答应。

二、本村人入麻扎不收费,外村人一个墓位八百元,账目公开。

规定做了,但总有交不起或不愿交钱的,偷偷把死者埋进麻扎,乌普阿訇发现了,就让他们挖出来抬走,但从来没有一个埋进去的死者被挖出来抬走。乌普阿訇对玉素甫说,麻扎已经满了,我们得给自己和后代留下一点地方。玉素甫说,这个话你最好说给亚生。

乌普阿訇又把这话给亚生村长说。亚生村长没有吭声。卖墓位是阿不旦村唯一的一项集体收入,村里的零碎开支,还有招待县里乡里来的干部吃喝花费,每年都一大笔钱,要把这个财路断了,他这个村长当得也就没意思了。

卖墓地的事就这样停了,但又没停彻底。有时县上一个领导家亡了人,找到村长和乌普阿訇,也没办法拒绝。乌普阿訇是县上的政协委员,每个月领取县上发的二百七十元工资。领县上的工资了,咋能不听县上领导的话呢。还有,县上和附近村子人病了,去医院看不好,或没钱去医院,就找乌普阿訇念段经。

念经对治头痛最有效，乌普阿訇自己也说，头里面的病，他能治。对肚子里面的病，念经效果不大，还是要吃药，到医院去看。头里面的病嘛，医院也看不出来，只有我们阿訇看。有些外村的老年病人，找乌普念经，念完了多给点钱，乌普也就知道意思了，过一阵子这个人没有了，麻扎深处的某个地方就会多座新墓。

家　族

乌普阿訇说，我的眼睛看不见了，耳朵也快听不见了。以前麻扎上多一个新墓，我一眼就能望见。以前麻扎上有人动土，我不出门都能听见。现在我的耳朵里没有远处的声音了，全是过去的声音，它们把脑子占领了。看来，我得选一个接班人。

乌普阿訇把玉素甫和亚生村长叫到一起说这些话的。

乌普说，我们家族的人，都死得早，现在就我一个男人了。我二十一岁的时候，我爸爸死了，没死的时候他告诉我，这个麻扎是我们家的，我们家族六百年前从和田过来的。我爸爸让我记住这个话，往下传。我有过两个儿子和一个女儿，儿子都在三十岁的时候死了，得病死的，女儿活到五十岁，也死了。我爸爸的四个儿子也就剩下我还活着。我们家族的人命都短。所以从我们的老祖先开始，就形成习惯，到一个新地方，不买房子先买墓地。这个麻扎就是我的先人一到这个地方就买下的，以前它只埋我们家族的人，现在哪里的人都埋，变成公家的麻扎了。我是我们家族中命最长的，活了七十六岁，等于两个人的命。但我的儿子命太短了，没来得及给我留下孙子就走了。我爸爸告诉我的话，我传不下去了。现在咋办呢。我只有把这句话说给你村长，说给你玉素甫，你们帮我往下说，你们说给下一任村长，说给下一代人，他们再往下说。麻扎以前是我们家族的，现在是阿不旦村的。我已经七十六岁了，我一死，我们家族的人，全进到麻扎里了。世上再没有我们家族的人。

但麻扎还会一直埋人,埋阿不旦村的,埋一心想把自己埋进这里的城里人。以后的事就是你们说了算了。

干　渴

乌普阿訇感到自己不行了,他的心脏像一架驴车走在颠路上,摆晃得厉害。已经有好几年,他的心脏都这样跳。好像心要跳出来给他看,拉着心的那头驴好像乏了,又走在颠路上。路上处处是坑,心猛地颠簸几下,突然陷进去不动。停一会儿又颠簸几下。气也不够用,浑身出汗。夜里睡着时,他听到喉管里另一个喉咙在费劲地吸气,它拉着心脏在艰难地走,他帮不了它的忙,在一边看着,也不知道这条颠路啥时候到头,好像不远了,就到家了。家门口的路应该是平顺的,为啥这样颠簸,像在无边的荒路上。

今天他感到没路了,路散开,四面八方都是路,朝地下天上也是路,他知道自己要走了,人要走的时候,朝哪都是路。

早晨起来他先净了身,换了件干净衣服,想到村里去一趟,把几件事交代一下。只走到门口,扶着门框望了眼村子,望的力气都没有了。昨晚他被心跳的声音颠簸醒来,想起梦里有人对他说:"准备一下吧。"他听懂了这句话。前一天夜里心颠簸的时候,他也听到了这句话,他没听懂,如果听懂了昨天他会去村里,把今天想去办的事办了。现在他知道没时间了。他转身回去躺下,心使劲往下陷,看来这段颠路过不去了。他想喝口水,茶壶在桌子上,空的,茶碗也是空的,昨晚睡觉前就空了,早上没烧茶,嘴里干干的,水桶在门边,他刚才走回来的地方,再走不过去。他在床上躺倒的一瞬,感觉整个身体垮塌下来,没一丝声息,所有声息一下就走了。腿走完路僵直在那里,手臂的力气用

作者画作

作者创建的木垒书院

完，软软地瘫在身边，骨头支撑不起皮肉，坍塌在身体里，只有口里的干渴还在，想喝水的愿望还在，桶里水还在，他已经没有一丝力气，把水递到嘴边。

他失望的目光从门边水桶萎缩回来，眼睛还睁着，目光已经枯萎了，耳朵还张着，在听路上的脚步声。果真响起脚步声，有人推开屋门，把一口水递到他嘴边，他正要喝，听到那人说："走了。"他的心猛地颠簸了一下，好像拉着心的车散架了，车轮往深处陷，一直地陷，一切都悬空了。他张开干裂的嘴，给自己念经，只念出了"真主至上"，牙和舌头就僵住，生命的感觉从牙根舌尖处撤走，从手指、脚、胳膊、从身体的筋筋骨骨里撤走，一个东西悠忽地飘起来，离开身体，他看见他离开，像另一个自己，又不敢确认，那人升到上空低头看自己，眼睛空空的，不知道什么神情，他想追随而去，追随的想法也僵住了，脑子里轰的一声，像是生命知道生命完结了的惊恐，只一瞬，惊恐也随之完结，乌普这时听到自己的诵经声，好多个声音，从远远近近传来，仿佛他以往给别人念诵的声音，全回过身来，他被自己的诵经声包围，正当他沉迷其中，突然听到隆隆的开门声，所有声音消失，他看见亮着无限白光的天空，天国的大门洞开，他安心地等候着，仿佛约好谁来接他，他等了很长时间，一生的时光在眼前过去，从他出生，到最后躺在这里，电影似的，他看完自己的整个一生，另一个世界的手还没伸过来。难道我错过了上天国的驴车。他刚闪过这个念头，诵经的声音又响起来，全是以前的声音，诵经声像一双双朝上捧举的手，他被自己的声音托举起来，越升越高。在声音的背后，是密密的驴蹄声，从四面八方，朝这里聚集，所有毛驴屏住声气，只有哒哒的驴蹄声密密地敲打大地，像一场面向天国的浩大演出。

"乌普，你来了，我们家族的人就全到齐了。世上再没有我们家族的人。我们在天上,胡大那里,再不用回去。"乌普最后听见这句话时,身体和心灵都被融化,感到自己安全地到达了,回到祖先那里。只有口里的干渴还在外面,他唤它进来,干渴在外面张着嘴,不进来。他感到自己融进去,变成一丝声音,完全地消失在刚才听到的声音里。这个声音再不会落到地上,地上的事结束了。他和他的延续了六百年历史的家族,全部地回到胡大那里。他口里的干渴没有随他去,它留在地上,张着嘴,在等一口水。

第二天,村里人发现乌普阿訇时,他就这样躺在床上,嘴干裂地张着。

风中的院门

　　我知道哪个路口停着牛车,哪片洼地的草一直没有人割。黄昏时夕阳一拃一拃移过村子。我知道夕阳在哪堵墙上照的时间最长。多少个下午,我在村外的田野上,看着夕阳很快地滑过一排排平整的高矮土墙,停留在那堵裂着一条斜缝、泥皮脱落的高大土墙上。我同样知道那个靠墙根晒太阳的老人她弥留世间的漫长时光。她是我奶奶。天黑前她总在那个墙根等我,她担心我走丢了,认不得黑路。可我早就知道天从哪片地里开始黑起,夜晚哪颗星星下面稍亮一些,天黑透后最黑的那一片就是村子。再晚我也能回到家里。我知道那扇院门虚掩着,刮风时院门一开一合,我站在门外,等风把门刮开。我一进去,风又很快把院门关住。

炊烟是村庄的根

当时在刮东风,我们家榆树上的一片叶子,和李家杨树上一片叶子,在空中遇到一起,脸贴脸,背碰背,像一对恋人和兄弟,在风中欢舞着朝远处飞走了。它们不知道我父亲和李家有仇。它们快乐地飘过我的头顶时,离我只有一膀子高,我手中有根树条就能打落它们。可我没有。它们离开树离开村子满世界转去了。我站在房顶,看着满天空的东西向东飘移,又一个秋天了,我的头愣愣的,没有另一颗头在空中与它遇到一起。

如果大清早刮东风,那时空气潮湿,炊烟贴着房顶朝西飘。清早柴火也潮潮的,冒出的烟又黑又稠。在沙沟沿新户人家那边,张天家的一溜黑烟最先飘出村子,接着王志和家一股黄烟飘出村子。烧碱蒿子冒黄烟、烧麦草和苞谷秆冒黑烟、烧红柳冒紫烟、梭梭柴冒青烟、榆树枝冒蓝烟……村庄上头通常冒七种颜色的烟。

老户人家这边,先是韩三家、韩老二家、张桩家、邱老二家的炊烟一挨排出了村子。路东边,我们家的炊烟在后面,慢慢追上韩三家的炊烟,韩元国家的炊烟慢慢追上邱老二家的炊烟。冯七家的炊烟慢慢追上张桩家的炊烟。

我们家烟囱和韩三家烟囱错开了几米,两股烟很少相汇在一起,总是并排儿各走各的,飘再远也互不理识。韩元国和邱老二两家的烟囱对个正直,刮正风时不是邱老二家的烟飘过马路追上韩元国家的,就是韩元国家的烟越过马路追上邱老二家的,两股烟死死缠在一起,扭成一股朝远处飘。

早先两家好的时候,我听见有人说,你看这两家好得连炊烟都缠抱在一起。后来两家有了矛盾,炊烟仍旧缠抱在一起。韩元国是个火暴脾气,他不允许自家的孩子和邱老二家的孩子一起玩,更不愿意自家的炊烟与仇家的纠缠在一起,他看着不舒服,就把后墙上的烟囱捣了,挪到了边墙上。再后来,我们家搬走的前两年,那两家又好得不得了了,这家做了好饭隔着路喊那家过来吃,那家有好吃的也给这家端过去,连两家的孩子间都按大小叫哥叫弟。只是那两股子炊烟,再走不到一起了。

如果刮一阵乱风,全村的炊烟像一头乱发绞缠在一起。麦草的烟软梭梭柴的烟硬,碱蒿子的烟最呛人。谁家的烟在风中能站直,谁家的烟一有风就趴倒,这跟所烧的柴火有关系。

炊烟是村庄的头发。我小时候这样比喻。大一些时我知道它是村庄的根。我在滚滚飘远的一缕缕炊烟中,看到有一种东西被它从高远处吸纳了回来,丝丝缕缕地进入到每一户人家的每一口锅底、锅里的饭、碗、每一张嘴。

夏天的早晨我从草棚顶上站起来,我站在缕缕炊烟之上,看见这个镰刀状的村子冒出的烟,在空中形成一把巨大无比的镰刀,这把镰刀刃朝西,缓慢而有力地收割过去,几百个秋天的庄稼齐刷刷倒了。

鸟　叫

我听到过一只鸟在半夜的叫声。

我睡在牛圈棚顶的草垛上。整个夏天我们都往牛圈棚顶上垛干草,草垛高出房顶和树梢。那是牛羊一个冬天的食草。整个冬天,圈棚上的草会一天天减少。到了春天,草芽初露,牛羊出圈遍野里追青逐绿,棚上的干草便所剩无几,露出粗细歪直的梁柱来。那时候上棚,不小心就会一脚踩空,掉进牛圈里。

而在夏末秋初的闷热夜晚,草棚顶上是绝好的凉快处,从夜空中吹下来的风,丝丝缕缕,轻拂着草垛顶部。这个季节的风吹刮在高空,可以看到云堆飘移,却不见树叶摇动。

那些夜晚我很少睡在房子里。有时铺一些草睡在地头看苞谷。有时垫一个褥子躺在院子的牛车上,旁边堆着新收回来的苞谷棉花。更多的时候我躺在草垛上,胡乱地想着些事情便睡着了。醒来不知是哪一天早晨,家里发生了一些事,一只鸡不见了,两片树叶黄落到窗台,堆在院子里的苞谷棒子少了几个,又好像一个没少,什么事都没有发生,一切都和往日一样,一家人吃饭,收拾院子,套车,扛农具下地……天黑后我依旧爬上草垛,胡乱地想着些事情然后睡着。

那个晚上我不是鸟叫醒的。我刚好在那个时候,睡醒了。天有点凉。我往身上加了些草。

这时一只鸟叫了。

"呱。"

独独的一声。停了片刻,又"呱"的一声。是一只很大的鸟,声音粗哑,却很有穿透力。有点像我外爷的声音。停了会儿,又"呱"、"呱"两声。

整个村子静静的、黑黑的,只有一只鸟在叫。

我有点怕,从没听过这样大声的鸟叫。

鸟声在村南边隔着三四幢房子的地方,那儿有一棵大榆树,还有一小片白杨树。我侧过头看见那片黑乎乎的树梢像隆起的一块平地,似乎上面可以走人。

过了一阵,鸟叫又突然从西边响起,离得很近,听声音好像就在斜对面韩三家的房顶上。鸟叫的时候,整个村子回荡着鸟声,不叫时便啥声音都没有了,连空气都没有了。

我在第七声鸟叫之后,悄悄地爬下草垛。我不敢再听下一声,好像每一声鸟叫都刺进我的身体里,浑身的每块肉每根骨头都被鸟叫惊醒。我更担心鸟飞过来落到草垛上。如果它真飞过来,落到草垛上,我怎么办。我的整个身体埋在草里面,鸟看不见我,它会踩在我的头上叫,会一晚上不走。

我顺着草垛轻轻滑落到棚沿上,抱着一根伸出来的椽头吊了下来。在草垛顶上坐起身的那一瞬,我突然看见我们家的房顶,觉得那么远,那么陌生,黑黑地摆在眼底下,那截烟囱,横堆在上面的那些木头,模模糊糊的,像是梦里的一个场景。

这就是我的家吗。是我必须要记住的——哪一天我像鸟一样飞回来,一眼就能认出的我们家朝天仰着的那个面容吗。在这个屋顶下面的大土炕上,此刻睡着我的后父、母亲、大哥、三个弟弟和两个小妹。他们都睡着了,肩挨肩地睡着了。只有我在高处看着黑黑的这幢房子。

我走过圈棚前面的场地时,拴在柱子上的牛望了我一眼,它应该听到了鸟叫。或许没有。它只是睁着眼睡觉。我正好从它眼睛前面走过,看见它的眼珠亮了一下,像很远的一点星光。我顺着墙根摸到门边上,推了一下,没推动,门从里面顶住了,又用力推了一下,顶门的木棍往后滑了一下,门开了条缝,我伸手进去,取开顶门棍,侧身进屋,又把门顶住。

房子里什么也看不见,却什么都清清楚楚。我轻脚绕开水缸、炕边上的炉子,甚至连脱了一地的鞋都没踩着一只。沿着炕沿摸过去,摸到靠墙的桌子,摸到了最里头,我脱掉衣服,在顶西边的炕角上悄悄睡下。

这时鸟又叫了一声。像从屋前的树上叫的,声音刺破窗户,整个地撞进屋子里。我赶紧蒙住头。

没有一个人被惊醒。

以后鸟再没叫,可能飞走了。过了好大一阵,我掀开蒙在头上的被子,房子里突然亮了一些。月亮出来了,月光透过窗户斜照进来。我侧过身,清晰地看见枕在炕沿上的一排人头。有的侧着,有的仰着,全都熟睡着。

我突然孤独害怕起来,觉得我不认识他们。

第二天中午,我说,昨晚上一只鸟叫得声音很大,像我外爷的声音一样大,太吓人了。家里人都望着我。一家人的嘴忙着嚼东西,没人吭声。只有母亲说了句:你又做梦了吧。我说不是梦,我确实听见了,鸟总共叫了八声。最后飞走了。我没有把这些话说出来,只是端着碗发呆。

不知还有谁在那个晚上听到鸟叫了。

那只是一只鸟的叫声。我想。那只鸟或许睡不着,独自在黑暗的天空中漫飞,后来飞到黄沙梁上空,叫了几声。

它把孤独和寂寞叫出来了。我一声没吭。

更多的鸟在更多的地方,在树上,在屋顶,在天空下,它们不住地叫。尽管鸟不住地叫,听到鸟叫的人,还是极少的。鸟叫的时候,有人在睡觉,有人不在了,有人在听人说话……很少有人停下来专心听一只鸟叫。人不懂鸟在叫什么。

那年秋天,鸟在天空聚会,黑压压一片,不知有几千几万只。鸟群的影子遮挡住阳光,整个村子笼罩在阴暗中。鸟粪像雨点一样洒落下来,打在人的脸上、身上,打在树木和屋顶上。到处是斑斑驳驳的白点。人有些慌了,以为要出啥事。许多人聚到一起,胡乱地猜测着。后来全村人聚到一起,谁也不敢单独待在家里。鸟在天上乱叫,人在地下胡说。谁也听不懂谁。几乎所有的鸟都在叫,听上去各叫各的,一片混乱,不像在商量什么、决定什么,倒像在吵群架,乱糟糟的,从没有停住嘴,听一只鸟独叫。人正好相反,一个人说话时,其他人都住嘴听着,大家都以为这个人知道鸟为啥聚会。这个人站在一个土疙瘩上,把手一挥,像刚从天上飞下来似的,其他人愈加安静了。这个人清清嗓子,开始说话。他的话语杂在鸟叫中,才听还像人声,过一会儿像是鸟叫了。其他人"轰"的一声开始乱吵,像鸟一样各叫各地起来。天地间混杂着鸟语人声。

这样持续了约莫一小时,鸟群散去,阳光重又照进村子。人抬头看天,一只鸟也没有了。鸟不知散落到了哪里,天空腾空了。人看了半天,看见一只鸟从西边天空孤孤地飞过来,在刚才鸟群盘旋的地方转了几圈,叫了几声,又朝西边飞走了。

可能是只来迟了没赶上聚会的鸟。

还有一次,一群乌鸦聚到村东头开会,至少有几千只,大部分落在路边的老榆树上,树上落不下的,黑黑地站在地上,埂子上,和路上。人都知道乌鸦一开会,村里就会死人,但谁都不知道谁家人会死。整个西边的村庄空掉了,人都拥到了村东边,人和乌鸦离得很近,顶多有一条马路宽的距离。那边,乌鸦黑乎乎地站了一树一地;这边,人群黑压压地站了一渠一路。乌鸦呱呱地乱叫,人群一声不吭,像极有教养的旁听者,似乎要从乌鸦聚会中听到有关自家的秘密和内容。

只有王占从人群中走出来,举着个枝条,喊叫着朝乌鸦群走过去。老榆树旁是他家的麦地。他怕乌鸦踩坏麦子。他挥着枝条边走边"啊啊"地喊,听上去像另一只乌鸦在叫,都快走到跟前了,却没一只乌鸦飞起来,好像乌鸦没看见似的。王占害怕了,树条举在手里,愣愣地站了半天,掉头跑回到人群里。

正在这时,"咔嚓"一声,老榆树的一个横枝被压断,几百只乌鸦齐齐摔下来,机灵点的掉到半空飞起来,更多的掉在地上,或在半空乌鸦碰乌鸦,惹得人群一阵哄笑。还有一只摔断了翅膀,鸦群飞走后那只乌鸦孤零零地站在树下,望望天空,又望望人群。

全村人朝那只乌鸦围了过去。

那年村里没有死人。那棵老榆树死掉了。乌鸦飞走后树上光秃秃的,所有树叶都被乌鸦踏落了。第二年春天,也没再长出叶子。

"你听见那天晚上有只鸟叫了。是只很大的鸟,一共叫了八声。"

以后很长时间,我都想找到一个在那天晚上听到鸟叫的人。我问过住在村南头的王成礼和孟二。还问了韩三。第七声鸟叫就是从韩三家房顶上传来的,他应该能听见。如果黄沙梁真的没人听见,那只鸟就是叫给我一个人听的。我想。

我最终没有找到另一个听见鸟叫的人。以后许多年,我忙于长大自己,已经淡忘了那只鸟的事。它像童年经历的许多事情一样被推远了。可是,在我快四十岁的时候,不知怎的,又突然想起那几声鸟叫来。有时我会情不自禁地张几下嘴，想叫出那种声音，又觉得那不是鸟叫。也许我记错了。也许，只是一个梦，根本没有那个夜晚，没有草垛上独睡的我，没有那几声鸟叫。也许，那是我外爷的声音，他寂寞了，在夜里喊叫几声。我很小的时候，外爷粗大的声音常从高处掼下来，我常常被吓住，仰起头，看见外爷宽大的胸脯和满是胡子的大下巴。有时他会塞一颗糖给我，有时会再大喊一声，撵我们走开，到别处玩去。外爷极爱干净，怕我们弄脏他的房子，我们一走开他便拿起扫把扫地。

现在，这一切了无凭据。那个牛圈不在了。高出树梢屋顶的那垛草早被牛吃掉，圈棚倒塌，曾经把一个人举到高处的那些东西消失了。再没有人从这个高度，经历他所经历的一切。

捉 迷 藏

我从什么时候离开了他们——那群比我大好几岁的孩子,开始一个人玩。好像有一只手把我从他们中间强拉了出来,从此再没有回去。

夜里我躺在草垛上,听他们远远近近的喊叫。我能听出那是谁的声音。他们一会儿安静,一会儿一阵吵闹,惹得村里的狗和驴也鸣叫起来。村子四周是黑寂寂的荒野和沙漠。他们无忌的喊叫使黑暗中走向村子的一些东西远远停住。我不知道那是些什么东西,是一匹狼、一群乘夜迁徙的野驴、一窝老鼠。或许都不是。但它们停住了。另一些东西闻声潜入村子,悄无声息地融进墙影尘土里,成为村子的一部分。

那时大人们已经睡着。睡不着的也静静躺着。大人们很少在夜里胡喊乱叫,天一黑就叫孩子回来睡觉。"把驴都吵醒了。驴睡不好觉,明天咋拉车干活。"他们不知道孩子们在黑夜中的吵闹对这个村子有啥用处。

我那时也不知道。

许多年后的一个长夜,我躺在黑暗中,四周没有狗叫驴鸣、没一丝人声,无边的黑暗压着我一个人,我不敢出声。呼吸也变成黑暗的,仿佛天再不会亮。我睁大眼睛,无望地看着自己将被窒息。这时候,一群孩子的喊叫声远远响起,越来越近、越来越近。

他们在玩捉迷藏游戏。还是那一群孩子。有时从那堆玩泥巴的嘎小子中加进来几个,试玩两次,不行,还回去玩你的尿泥。捉迷藏可不是谁都能玩的。得机灵。"藏好了吗。""藏好了。"喊一声就能诈出几个傻小子。天黑透了还要能自己摸回家去。有时也会离开几个,走进大人堆里再不回来。

　　夜夜都有孩子玩,夜夜玩到很晚。有的玩着玩着一歪身睡着,没人叫便在星光月影里躺一夜,有时会被夜里找食吃的猪拱醒,迷迷糊糊起来,一头撞进别人家房子。贼在后半夜才敢进村偷东西。野兔在天亮前那一阵子才小心翼翼钻进庄稼地,咬几片青菜叶,留一堆粪蛋子。也有孩子玩累了不想回家,随便钻进草垛柴堆里睡着。有人半夜出来解手,一蹲身,看见墙根阴影里躺着做梦的人,满嘴胡话。夜再深,狗都会出来迎候撒尿的主人,狗见主人尿,也一撅腿,撒一股子。至少有两个大人睡在外面。一个看麦场的李老二,一个河湾里看瓜的韩老大。孩子们的吵闹停息后两个大人就会醒来。一个坐在瓜棚,一个躺在粮堆上。都带着狗。听见动静人大喝一声,狗狂叫两声。都不去追。他们的任务只是看住东西。整个村子就这两样东西由人看着。孩子们一散,许多东西扔在夜里。土墙一夜一夜立在阴影里,风飕飕地从它身上刮走一粒一粒土。草垛在棚顶上暗暗地下折了一截子。躺在地上的一根木头,一面黑一面白,像被月光剖开,安排了一次生和死的见面。立在墙边的一把锨,搭在树上的一根绳子,穿过村子黑黑地走掉的那条路。过去许多年后,我们会知道这个村子丢失了什么。那些永远吵闹的夜晚。有一个夜晚,他们再找不见我了。

　　"粪堆后面找了吗。看看马槽下面。"
　　"快出来吧。我已经看到了,再不出来扔土块了。"
　　谁都藏不了多久。我们知道每一处藏人的地方。知道哪些人爱往哪几个地方藏。玩了好多年,玩过好几茬人,那些藏法和藏人的地方都已不是秘密。

早先孩子们爱往树上藏,一棵一棵的大榆树蹲在村里村外,枝叶稠密。一棵大树上能藏住几十个孩子,树窟里也能藏人。树上是鸟的家,人一上去鸟便叽叽喳喳叫,很快就暴露了。草丛也藏不住人,一蹲进去虫便不叫了。夜晚的田野虫声连片,各种各样的虫鸣交织在一起。"有一丈厚的虫声。"虫子多的年成父亲说这句话。"虫声薄得像一张纸。"虫子少的时候父亲又这样说。父亲能从连片的虫声中听出田野上有多少种虫子,哪种虫多了哪种少了。哪种虫一只不留地离开这片土地远远走了,再不回来。

我从没请教过父亲是咋听出来的。我跟着他在夜晚的田野上走了许多次后,我就自己知道了。

最简单的是在草丛里找人。静静蹲在地边上,听哪片地里虫声哑了,里面肯定藏着人。

往下蹲时要闭住气,不能带起风,让空气都觉察不出你在往下蹲。你听的时候其他东西也在倾听。这片田野上有无数双耳朵在倾听。一个突然的大声响会牵动所有的耳朵。一种东西悄然间声息全无也会引来众多的惊恐和关注。当一种东西悄无声息时,它不是死了便是进入了倾听。它想听见什么。它的目标是谁。那时所有的倾听者会更加小心寂静,不传出一点声息。

听的时候耳朵和身体要尽量靠近地,但不能贴在地上。一样要闭住气。一出气别的东西就能感觉到你。吸气声又会影响自己。只有静得让其他东西听不到你的一丝声息,你才能清晰地听到他们。

我不知道父亲是不是用这种方式倾听,他很少教给我绝活。也许在他看来那两下子根本不叫本事,看一眼谁都会了。

那天黄昏我们家少了一只羊,我和父亲去河湾里找。天还有点亮,空气中满是尘烟霞气,又黄又红,吸进去感觉稠稠的,能把人喝饱似的。

河湾里草长得比我高。父亲只露出一个头顶。我跳个蹦子才能探出草丛。

爬到树上看看去。父亲说。我们走了十几分钟,来到那棵大榆树下面。

看看哪一片草动。父亲在树下喊。

一河湾草都在动。我说。

那就下来吧。

父亲坐在树下抽起了烟,我站在他旁边。

没一丝风草咋好像都在动。我说。

草让人和牲口打搅了一天,还没有消停下来。父亲说。

我知道父亲要等天黑,等晚归的人和牲口回到家,等田野消停下来。那时,细细密密的虫声就会像水一样从地里渗出来,越漫越厚、越漫越深。

韩老二一回来,地里就没人了。他总是最后收工。今天他还背了捆柴火,也许是一捆青草。背在右肩膀上。你听他走路右脚重左脚轻。

父亲没有开口,我听见他心里说这些话。

那时候我只感觉到大地上声音很乱、很慌忙也很疲惫。最后一缕夕阳从地面抽走的声音,像一根落地的绳子,软弱无力。不像大清早,不论鸡叫驴鸣、人畜走动、苍蝇拍翅、蚂蚱蹬腿,都显得非常有劲。我那时已能听见地上天空的许多声音,只是不能仔细分辨它们。

天已经全黑了。天边远远地扔着几颗星星,像一些碎银子。

我们离开那棵榆树走了十几分钟。每一脚都踩灭半分地的虫声。我回过头,看见那棵大榆树黑黑地站在夜幕里,那根横杈像一只手臂端指着村子。它的每片叶子都在听,每个根条都在听。它全听见了,全知道了。看,就是那户人家。它指给谁看。我突然害怕起来。紧走了几步。

这个横杈一直指着我们家房子。刚才在树上时,我险些告诉了父亲。话都想出来了,不知为什么,竟没发出声。

父亲在前面停下来,然后慢慢往下蹲。我离他两三米处,停住脚,也慢慢蹲下去。很快,踩灭的虫声在我们身边响起来,水一样淹没到头顶。约摸过了五分钟,父亲站起来,我跟着站起来。

在那边,西北角上。父亲抬手指了一下。

我突然想起那棵大榆树,又回头望了一眼。

东边草滩上也有个东西在动。我说。

那是一头牛。你没听见出气声又粗又重。父亲瞪了我一眼。

我想让他们听见我的声音。我渴望他们发现我。一开始我藏得非常静,听见他们四处跑动。

"方头,出来,看见你了。"

"韩四娃也找见了,我看见冯宝子朝那边跑了,肯定藏在马号里。就剩下刘二了。"

他们说话走动的声音渐渐远去,偏移向村东头。我故意弄出些响声,还钻出来跳了几个蹦子,想引他们过来。可是没用,他们离得太远了。

"柴垛后面找。"

"房顶上。"

"菜窖里看一下。"

他们的叫喊声隐隐约约,我藏进那丛干草中,掩好自己,心想他们在村东边找不到就会跑回来找。

我很少被他们轻易找到过,我会藏得不出声息。我会把心跳声用手捂住。我能将偶不小心弄出的一点响声捉回来,捏死在手心。

七八个,找另外的七八个。最多的时候有二三十个孩子,黑压压一群。我能辨出他们每个人的身影,当月亮在头顶时他们站在自己的阴影里,额头鼻尖上的月光偶尔一晃。我能听出每个人的脚步声,有多少双脚就有多少种不同的落地声。我能听见他们黑暗中回头时脖颈转动的声音。当月亮东斜,他们每个人的影子都有几百米长,那时我站得远远的,看看地上的影子就能认出这是谁的头那是谁的身子。他们迎着月光走动时影子仰面朝天躺在地上,鼻子嘴朝上,蹲下身去会看见影子的头部有一些湿气般的东西轻轻飘浮,模模糊糊的,那是说话的影子,稍安静些我就能辨出那些话影的内容。

我弓着腰跟在他们后面。有时我不出声地混在他们中间,看他们四处找我。

"就差刘二一个没找见。看看后面。往草上踏。"

一次我就躺在路上的车辙里,身上扔了一把草,他们来来回回几次都没看到。

"谁把草掉在路上了。"一个过来踢了一脚。

"走吧,到牛圈里找去。"另一个喊。

一只脚贴着我的耳朵边踩过去。是张四的脚,他走路时总是脚后跟先落地。

"刚才我就觉得奇怪,白天没人拉草,路上怎么会掉下草。"

"悄悄别吭声,过去直接往草上踏。踏死鬼刘二。"

他们返回来时我已经跟在后面。我走路不出一点声,感觉心里有一双翅膀无声地扇动,脚踩下时,心在往上飞升,远远地离开地。我藏在他们找过的地方。藏在他们的背影里。一回头,我就消失。我知道人的左眼和右眼中间有一个盲区,刚好藏住一个孩子的侧影,尤其夜里它能藏住更多东西。

有一次,我双腿钩住一根晾衣绳倒挂在半空里。绳上原来搭着一条大人裤子。

"藏好了没有。开始找了。"

他们叫喊着走出院子。我从另一个豁口进来,扯下绳上的裤子,把自己搭上去。

过了好一阵他们回来了,先是说话声,接着一群倒竖着的人影晃进院子。夜色灰蒙蒙的,像起了雾。有个人举手抓住绳子坠了几下,我在上面摆动起来,黑黑地,一下一下,眼看碰上一个人的后背,又荡回来。

夜又黑了一些,他们站在院子里,好一阵一句话不说,像瞌睡了,都在打盹。又过了一阵有人开始往外走,其他人跟着往外走,院子里变空了,听见他们的脚步声在马路上散开,渐渐走远,像一朵花开败在夜里。这时下起了雨,雨点小小的。有一两滴落进鼻孔,直直滴到嗓子里。我还在不停地晃动,雨点细细地打在身上,像一群轻手轻脚的小蚊虫。我想一条忘记收回去的裤子,就是这样在黑夜里被雨慢慢淋湿。我觉得快要睡过去,一伸腿,从绳上掉下来,爬起来打了把土,没意思地回家去了。

这次也一样没意思,我一直藏到后半夜,知道再没有人来找我,整个村子都没声音了。听到整个村子没声音时,我突然屏住气,觉得村子一下变成一个东西。它猛地停住,慢慢蹲下身去,耳朵贴近地面。它开始倾听,它听见了什么。什么东西在朝村子一点一点地移动,声音很小、很远,它移到村子跟前还要好多年,所以村子一点不惊。它只是倾听。也从不把它听见的告诉村里的人和牲畜,它知道自己什么时候起身离开。或许等那个声音到达时,我、我们,还有这个村子,早已经远远离开这地方,走得谁都找不见。不知村子是否真听到了这些。不管它在听什么我都不想让它听见我。它不吭声。我也不出声。村子静得好像不存在。我也不存在。只剩下大片荒野,它也没有声音。

这样不知相持了多久,村子憋不住了。一头驴叫起来,接着另一头驴、另外好几头驴叫起来,听上去村子就像张着好几只嘴大叫的驴。

我松了口气,心想再相持一会儿,先暴露的肯定是我。因为天快要亮了,我已经听见阳光唰唰地穿过遥远大地的树叶和尘土,直端端奔向这个村子。曙光一现,谁都会藏不住的。而最先藏不住的是我。我蹲在村东大渠边的一片枯草里,阳光肯定先照到我。

从那片藏身的枯草中站起的一瞬我觉得我已经长大,像个我叫不上名字的动物在一丛干草中寂寞地长大了,再没地方能藏住我。

我翻过渠沿,绕过王占家的房子,像个大人似的迈着重重的步子,踏上村中间那条马路。村子不会听见我,它让自己的驴叫声吵蒙了。只有我知道我在往家走,而且,再不会回到那群捉迷藏的孩子中了。

风改变了所有人的一生

冬天，牛站在雪野中过夜，一两头或几十头，全头朝西。风吹过牛头，在牛角尖上吹出日日声。风经过牛头、脖子、脊背到达牛后腿时，已经有了些暖意，不很刺骨，在牛后裆里打着旋儿。牛用整个躯体为自己的一个部位抵挡寒冷，就像人用两只手捂着耳朵。

如果秋天，发情季节，牛站在旷野里，屁股朝东，风在张开的牛水门上吹出呜呜咽咽的啸声，公牛鼻子对在风中，老远就能闻见母牛的气息，听见风刮过母牛的呜咽声。听见了就会直奔过来，不管多远，路多泥泞难行，公牛的阴囊在奔跑中飘荡起来，左摆右摆，像一架突然活起来的钟——我知道牛每年一次的那个幸福时辰又到了。

这时候我会看见父亲的嘴朝下风那边歪。他的嘴闭不紧，风把一边的腮帮子鼓起来，像含了一口粮食。父亲用一只手干活，一只手按住头上的帽子。我们是他的另一只手，往圈里拉牛、草垛上压木头。一刮风我就把帽子脱掉，放在地上拿个土块压住。父亲从来不脱帽子，再大的风也不脱，他不让风随便刮他的头。也不让太阳随便晒他的头。他一年四季戴着帽子，冬天戴一顶黑羊皮帽子，夏天戴一顶蓝布帽子。父亲太爱惜自己的头，早晨洗脸时总是连头一起洗了，擦干后很端正地戴上帽子，整个白天再不会动。别人跟他开玩笑时动什么地方都行，就是不允许动头，一动头他就生气。父亲用整个身体维护着一颗头。

作者书法作品

作者画作

我们还在成长中,不知道身体的哪个部位应该特别器重。成长是一个自己不知道的秘密过程,我们不清楚自己已经长成了什么样子。身体的一些部位先长大了,一些部位静悄悄地待在那里发愣。生命像一场风,我们不知道刮过一个人的这场风什么时候停,不知道风在人的生命中已经刮歪几棵树,吹倒几堵墙。

我只看见风经过村庄时变成了一股子一股子。从墙洞钻过的风,过道窜过的风,牛肚子底下跑过的风,都有了形。

在风中叉开腿跳个蹦子,落下时就像骑在一条跑狗身上,顺风窜出去几米。大人们不让孩子玩这个游戏。"刮风时把腿夹紧。"他们总用这句话吓唬人。孩子们一玩起来就没尽头,一个蹦子一个蹦子地跳下去,全忘了身后渐渐远去的村子,忘了渐渐昏黄的天色。孩子们顺风跑起来时会突然想起来自己会飞,翅膀就在想起自己会飞的一瞬间长出来,一纵身几里,一展翅几百里。旷野盛得下人一生的奔跑和飞行。人最远走到自己的尽头。而旷野无垠。知道回家时家已丢的没影了。回过头全是顶风,或者风已停。人突然忘记了飞,脚落在地上,挪一步半尺,走一天才几十里。迷失在千里外的人,若能辨出顺风飘来的自己家的一丝一缕炊烟,便能牵着它一直回到家里。人在回家的路上一步步长成大人,出门时是个孩子,回到家已成老人。风改变了所有人的一生。我们都不知道风改变了所有人的一生。我们长大、长老,然后死去,刮过村庄的一场风还没有停。

天边大火

那个夜晚我仍旧睡不着,隆冬的夜色涌进屋子,既寒冷又恐怖。我小心地吹灭灯,我知道这是村里最后一盏亮着的油灯了。荒野深处的黄沙梁村现在就我一个人醒着,我不能暴露了自己。连狗都不叫了,几十户人家像一群害怕的小动物,在大雪覆盖的荒野上紧紧挤成一窝,生怕被发现了。它们在害怕什么呢。这些矮矮的土院墙想挡住什么,能挡住什么呢。

我趴在窗台上,看见村后仅有的几颗星星,孤远、寒冷。天低得快贴着雪地,若不是我们家那根拴牛的木桩直戳戳顶着夜空,我可能看不到稍远处影影绰绰的一大片黑影。我知道它们是一蓬一蓬的蒿草,也可能不是草,白天它们伪装成草,成片地站在荒野中,或一丛一丛蹲在村边路旁,装得跟草似的。一到夜晚便变得狰狞鬼怪,尤其有风的夜晚,那些黑影着了魔似的,号叫着,拼命朝村庄猛扑,无边无际都是它们的声音,村庄颤巍巍地置身其中。此刻所有的人都去了风吹不到的遥远梦中。

这个村庄在荒野上丢掉了都没有人知道,它唯一的一条路埋在大雪中,唯一醒着的是我——一个十二岁的孩子。每当夜深人静,我总听到有一种东西正穿过荒野朝这个孤单的村庄涌来,一天比一天更近。我不知道它们是什么,反正一大群,比人类还要众多的一群,铺天盖地。

很小的时候我便知道了发生在大地上的一件事情——父亲告诉我:所有的人们正在朝一个叫未来的地方奔跑,跑在最前面的是繁华都市,紧随其后的是大小城镇,再后面是稀稀拉拉的村庄,黄沙梁太小了,迈不动步子,它落到了最后面。为所有的人们断后的重任自然而然地落在这个小村庄身上,村里人却一点不知道这些。

他们面南背北的房子一年年抵挡着从荒野那头吹来的寒风。他们把荒凉阻隔在村后,长长的田埂年复一年地阻挡着野草对遥远城市的入侵。村里人一点不清楚他们所从事的劳动的真正含义。

天一黑他们便蒙头大睡了,撇下怎么也睡不着的我,整夜地孤守着村子。当他们醒来,天又像往常一样平平安安地亮了,鸡和狗叫了起来,驴又开始撒欢调情,新的一天来了,能过去的都已经过去。只有我,在人们醒来的前一刻,昏睡过去,精疲力竭,没人知道我在长夜中做了什么,看到了什么,为一村庄人抵挡了什么。

那个夜晚可能起风了,也可能村庄自己走动了。屋顶上呼呼地响起来,是天空的声音,整个天空像一块旧布被撕扯着,村外的枯树林将它撕成一缕一缕了,旷野又将它缝在一起。而挂在屋檐上怎么也撕不走的丝丝缕缕,渐渐地牵动了村子。我不知道村庄正朝哪个方向移动,是回到昨天呢,还是正走向冬天的另一个地方。反正,那个夜晚,村庄带着一村沉睡的人在荒野中奔走,一步比一步更荒凉。

我唯一的想法是弄醒村里人,我想冲出去大喊大叫,敲开每扇紧锁的门紧闭的窗户,喊醒每一个睡着的人,但我不敢出去。那种声音越来越清晰越来越近。我感到满世界只剩下我一个人。多少个夜晚我爬在这个小窗口,望着村后黑乎乎的无垠荒野,真切地感到我是最后面的一个人。

我倾听着一夜一夜穿过荒野隐隐而来的陌生声音,冥想它们是遥远年代失败的一群,被我们抛弃的一群,在浩茫的时间之野上重新强大起来,它们循着岁月追赶而来,年月是我们的路,我们害怕自己在时间中迷失,所以创造了纪元、年、月、日,这些人为的标记也为我们留下了清晰的走向和踪迹。

落在最后的黄沙梁村——这个只有几十户人家的小小村庄,男女老少不到百口人,唯一的武器是铁锨、镰刀和锄头,唯一的防御工事是几条毛渠几道田埂几堵破旧的土院墙,这能抵挡什么呢。人们向未来奔跑,寄希望于未来,在更加空茫的未来,我们真能获得一种强大的力量来抵挡过去。

后半夜时,我好像忽然长大了许多,也许是村庄变得模糊而渺小了,我爬起来,拿了盒火柴便朝长满蒿草的野滩跑去。我的脚步很响,好像压住了那种声音,我只听见我的脚步声嚓嚓地向前移动,开始雪地上纵纵横横满是脚印,后来就没有了。我蹲下去,挨近一蓬蒿草,连划了三根火柴都没点着,我的手和心都抖得厉害。第四根终于划着了,点着了我就往回跑,我长长的影子在我前面跑,越跑越大,最后我看它贴着墙壁一溜烟朝天上跑了。

我回过身,身后已是一片火海,整个村庄被照得通亮。我想,这下全村的人都会醒来了,并叫喊着围过来。全村的鸡也会误认为天亮了,齐声鸣叫。狗和驴更不用说了。

我呆呆地站在雪地上,看着火越烧越大,巨大的火龙从南到北汹涌翻滚,像要吞噬一切。我不知道呆站了多久,直到后来,火终于熄灭了,夜色重又笼罩那片烧黑的荒野,村子还是静静的,没有一个人醒来,没有一条狗吠,没有一只鸡鸣叫。

谁 的 影 子

那时候,喜欢在秋天的下午捉蜻蜓,蜻蜓一动不动趴在向西的土墙上,也不知哪来那么多蜻蜓,一个夏天似乎只见过有数的几只,单单地,在草丛和庄稼地里飞,一转眼便飞得不见。或许秋天人们将田野里的庄稼收完草割光,蜻蜓没地方落了,都落到村子里。一到下午几乎家家户户每一堵朝西的墙壁上都爬满了蜻蜓,夕阳照着它们透明的薄翼和花丝各异的细长尾巴。顺着墙根悄悄溜过去,用手一按,就捉住一只。捉住了也不怎么挣扎,一只捉走了,其他的照旧静静趴着。如果够得着,搭个梯子,把一墙的蜻蜓捉光,也没一只飞走的。好像蜻蜓对此时此刻的阳光迷恋至极,生怕一拍翅,那点暖暖的光阴就会飞逝。蜻蜓飞来飞去最终飞到夕阳里的一堵土墙上。人东奔西波最后也奔波到暮年黄昏的一截残墙根。

捉蜻蜓只是孩子们的游戏,长大长老的那些人,坐在墙根聊天或打盹,蜻蜓爬满头顶的墙壁,爬在黄旧的帽檐上,像一件精心的刺绣。人偶尔抬头看几眼,接着打盹或聊天,连落在鼻尖上的蚊子,也懒得拍赶。仿佛夕阳已短暂到无法将一个动作做完,一口气吸完。人、蜻蜓和蚊虫,在即将消失的同一缕残阳里,已无从顾及。

也是一样的黄昏,从西边田野上走来一个人,个子高高的,扛着锨,走路一摇一晃。他的脊背爬满晒太阳的蜻蜓,他不知觉。他的衣裳和帽子，都被太阳晒黄。他的后脑勺晒得有些发烫。他正从西边一个大斜坡上下来，影子在他前面，长长的，已经伸进家。他的妻子在院子里，做好了饭，看见丈夫的影子从敞开的大门伸进来，先是一个头——戴帽子的头。接着是脖子，弯起的一只胳膊和横在肩上的一把锨。她喊孩子打洗脸水："你爸的影子已经进屋了。快准备吃饭了。"

孩子打好水，脸盆放在地上，跑到院门口，看见父亲还在远处的田野里走着，独独的一个人，一摇一晃的。他的影子像一渠水，悠长地朝家里流淌着。

那是谁的父亲。

谁的母亲在那个门朝西开的院子里，做好了饭。谁站在门口朝外看。谁看见了他们……他停住，像风中的一片叶子停住、尘埃中的一粒土停住，茫然地停住——他认出那个院子了，认出那条影子尽头扛锨归来的人，认出挨个摆在锅台上的八只空碗，碗沿的豁口和细纹，认出铁锅里已经煮熟冒出香味的晚饭，认出靠墙坐着抽烟的大哥，往墙边抬一根木头的三弟、四弟，把木桌擦净一双一双总共摆上八双筷子的大妹梅子，一只手拉着母亲后襟嚷着吃饭的小妹燕子……

他感激地停留住。

那时候的阳光和风

西风进村时首先刮响韩三家的羊圈和房顶。风刮过羊圈，穿过房顶那堆木头时变成另一种声音。它们一前一后到达时，我用一只耳朵听，另一只耳朵捂在枕头上。我想留住一个声音时，就像堵漏洞一样把一只耳朵堵住。不想留住什么时，就把头伸进风里，一只耳朵进，一只耳朵出。

听见日日的撕裂声，风已经刮进韩三家的院子，越过马路吹我们林带的树。那个撕裂声是从韩三家的拴牛桩发出的，它直戳戳插进夜空，把风割开一道大口子，就像一匹布撕成两匹，一场风其实变成了两场。风有多长口子就多长，几千里几万里。要在白天我能看见风中的口子，在纷纷刮歪的树梢中，有那么一两枝直直地挺立，一动不动，它正好站在那个无风的缝隙中。

一场漫天大风中总有许多个无风的缝隙。大地上总有一些东西被一场一场的风漏吹，多少年后还保持着最初的样子。我知道有些迎风走的人，能在风中找到这些缝隙，走起来一点不费力。有些马也知道这些缝隙。我们家的个别东西，早在这个缝隙里躲过一场又一场的风。我们长大了，父亲都老了，它们还是原来的样子：铁锤、石磙子、挂在房梁上的筐和担子。

许多年前东风进村时最先吹刮我们家的柴垛和墙，那堵东墙早就没泥皮了，墙也一年年变薄。后来李家在东边盖了房子，每年春天的风，总是先翻过李家的房顶，再刮进我们家院子。连

两 条 狗

父亲扔掉过一条杂毛黑狗。父亲不喜欢它,嫌它胆小,不凶猛,咬不过别人家的狗,经常背上少一块毛,滴着血,或瘸着一条腿哭丧着脸从外面跑回来。院子里来了生人,也不敢扑过去咬,站在狗洞前汪汪两声,来人若捡个土块、拿根树条举一下,它便哭叫着钻进窝里,再不敢出来。

这样的损狗,连自己都保不住咋能看门呢。

父亲有一次去五十公里以外的柳湖地卖皮子,走时把狗装进麻袋,口子扎住扔到车上。他装了三十七张皮子,卖了三十八张的价。狗算了一张,活卖给皮店掌柜了。

回来后父亲物色了一条小黄狗。我们都很喜欢这条狗,胖乎乎的,却非常机灵活泼。父亲一抱回来便给它剪了耳朵,剪成三角,像狼耳朵一样直立着。不然它的耳朵长大了耷下来会影响听觉。

过了一个多月,我们都快把那条黑狗忘了。一天傍晚,我们正吃晚饭,它突然出现在院门口,瘦得皮包骨头,也不进来,嘴对着院门可怜地哭叫着。我们叫了几声,它才走进来,一头钻进父亲的腿中间,两只前爪抱住父亲的脚,汪汪地叫个不停。叫得人难受。母亲盛了一碗揪片子,倒在盆里给它吃。它已经饿得站立不稳。

从此我们家有了两条狗。黄狗稍长大些就开始欺负黑狗,它俩共用一个食盆,吃食时黑狗一向让着黄狗,到后来黄狗变得霸道,经常咬开黑狗,自己独吞。黑狗只有猥琐地站在一旁,等黄狗走开了,吃点剩食,用舌把食盆舔得干干净净。家里只有一个狗窝,被黄狗占了,黑狗夜夜躺在草垛上。进来生人,全是黄狗迎上去咬,没黑狗的份儿。一次院子里来了条野狗,和黄狗咬在一起,黑狗凑上去帮忙,没想到黄狗放开正咬着的野狗,回头反咬了黑狗一口,黑狗哭叫着跑开,黄狗才又和野狗死咬在一起,直到把野狗咬败,逃出院子。

　　后来我们在院墙边的榆树下面给黑狗另搭了一个窝。喂食时也用一个破铁锨头盛着另给它吃。从那时起黑狗很少出窝。有时我们都把它忘记了,一连几天想不起它。夜里只听见黄狗的吠叫声。黑狗已经不再出声。这样过了两年,也许是三年,黑狗死掉了。死在了窝里。父亲说它老死了。我那时不知道怎样的死是老死。我想它是饿死的,或者寂寞死的。它常不出来,我们一忙起来有时也忘了给它喂食。

　　直到现在我都无法完全体味那条黑狗的晚年心境。我对它的死,尤其是临死前那两年的生活有一种难言的陌生。我想,到我老的时候,我会慢慢知道老是怎么回事,我会离一条老狗的生命更近一些,就像它临死前偶尔的一个黄昏,黑狗和我们同在一个墙根晒最后的太阳,黑狗卧在中间,我们坐在它旁边,背靠着墙。与它享受过同一缕阳光的我们,最后,也会一个一个地领受到同它一样的衰老与死亡。可是,无论怎样,我可能都不会知道我真正想知道的——对于它,一条在我们身边长大老死的黑狗,在它的眼睛里我们一家人的生活是怎样一种情景,我们就这样活着有意思吗。

永远一样的黄昏

每天这个时辰,当最后一缕夕阳照到门框上我就回来,赶着牛车回来,吆着羊群回来,背着柴火回来。父亲母亲、弟弟妹妹都在院子,黄狗芦花鸡还没回窝休息。全是一样的黄昏。一样简单的晚饭使劳累一天的家人聚在一起——面条、馍馍、白菜——永远我能赶上的一顿晚饭,总是吃到很晚。父亲靠着背椅,母亲坐在小板凳上,儿女们蹲在土块和木头上,吃空的碗放在地上,没有收拾。一家人静静待着,天渐渐黑了,谁也看不见谁了,还静静待着。油灯在屋子里,没人去点着。也没人说一句话。

另外一个黄昏,夕阳在很远处,被阴云拦住,没有照到门框上。天又低又沉。满院子的风。很大的树枝和叶子,飘过天空。院门一开一合,啪啪响着。顶门的木棍倒在地上。一家人一动不动坐在院子。天眼看要黑。天就要黑。我们等这个时辰,它到了我们还在等,黑黑地等。像在等家里的一个人。好像一家人都在。又好像有一个没回来。谁没有回来。风呜呜地刮。很大的树枝和叶子,接连不断地飘过头顶。

风给你开门,给你关门。

很多年前,我们都在的时候,我们开始了等候。那时我们似乎已经知道,日后能够等候我们的,依旧是静坐在那些永远一样的黄昏里,一动不动的我们自己。

最后一只猫

我们家的最后一只猫也是纯黑的,样子和以前几只没啥区别,只是更懒,懒得捉老鼠不说,还偷吃饭菜馍馍。一家人都讨厌它。小时候它最爱跳到人怀里让人抚摸,小妹燕子整天抱着它玩。它是小妹有数的几件玩具中的一个,摆家家时当玩具将它摆放在一个地方,它便一动不动,眼睛跟着小妹转来转去,直到它被摆放到另一个地方,还是很听话地卧在那里。

后来小妹长大了没了玩兴,黑猫也变得不听话,有时一跃跳到谁怀里,马上被一把拨拉下去,在地上挡脚了,也会不轻不重挨上一下。我们似乎对它失去了耐心,那段日子家里正好出了几件让人烦心的事。我已记不清是些什么事。反正,有段日子生活对我们不好,我们也没更多的心力去关照家畜们。似乎我们成了一个周转站,生活对我们好一点,我们给身边事物的关爱就会多一点。我们没能像积蓄粮食一样在心中积攒足够的爱与善意,以便生活中没这些东西时,我们仍能节俭地给予。那些年月我们一直都没积蓄下足够的粮食。贫穷太漫长了。

黑猫在家里待得无趣,便常出去,有时在院墙上跑来跑去,还爬到树上捉鸟,却从未见捉到一只。它捉鸟时那副认真劲让人好笑,身子贴着树干,极轻极缓地往上爬,连气都不出。可是,不管它的动作多轻巧无声,总是爬到离鸟一米多远处,鸟便扑地飞走了。黑猫朝天上望一阵,无奈地跳下树来。

以后它便不常回家了。我们不知道它在外面干些啥,村里小黑蚂蚁不咬人。偶尔爬到人身上,好一阵才觉出一点点痒。大黄蚂蚁也不咬人,但我不太喜欢。它们到处乱跑,且跑得飞快,让人不放心。不像小黑蚂蚁,出来排着整整齐齐的队,要到哪就径直到哪。大黄蚂蚁也排队,但队形乱糟糟。好像它们的头管得不严,好像每只蚂蚁都有自己的想法。

有一年春天,我想把这窝黄蚂蚁赶走。我想了一个绝好的办法。那时蚂蚁已经把屋内的洞口封住,打开墙外的洞口,在外面活动了。我端了半盆麸皮,从我们家东墙根的蚂蚁洞口处,一点一点往前撒,撒在地上的麸皮像一根细细的黄线,绕过林带、柴垛,穿过一片长着矮草的平地,再翻过一个坑(李家盖房子时挖的),一直伸到李家西墙根。我把撒剩的小半盆麸皮全倒在李家墙根,上面撒一把土盖住。然后一趟子跑回来,观察蚂蚁的动静。

先是一只洞口处闲游的蚂蚁发现了麸皮。咬住一块拖了一下,扔下又咬另一块。当它发现有好多麸皮后,突然转身朝洞口跑去。我发现它在洞口处停顿了一下,好像探头朝洞里喊了一声,里面好像没听见,它一头钻进去,不到两秒钟,大批蚂蚁像一股黄水涌了出来。

蚂蚁出洞后,一部分忙着往洞里搬近处的麸皮,一部分顺着我撒的线往前跑。有一个先头兵,速度非常快,跑一截子,对一粒麸皮咬一口,扔下再往前跑,好像给后面的蚂蚁做记号。我一直跟着这只蚂蚁绕过林带、柴垛,穿过那片长草的平地,再翻过那个坑,到了李家西墙根,蚂蚁发现墙根的一大堆麸皮后,几乎疯狂。它抬起两个前肢,高举着跳个几个蹦子,肯定还喊出了什么,但我听不见。它跑了那么远的路,似乎一点不累,飞快地绕麸皮堆转了一圈,又爬到堆顶上。往上爬时还踩翻一块麸皮,栽了一跟头。但它很快翻过身来,向这边跑几步,又朝那边跑几步,看样子像是在伸长膀子量这堆麸皮到底有多大体积。

做完这一切,它连滚带爬从麸皮堆上下来,沿来路飞快地往回跑。没跑多远,碰到两只随后赶来的蚂蚁,见面一碰头,一只立马转头往回跑,另一只朝麸皮堆的方向跑去。往回跑的刚绕过柴垛,大批蚂蚁已沿这条线源源不断赶来了,仍看见有往回飞跑的。只是我已经分不清刚才发现麸皮堆的那只这会儿跑到哪去了。我返回到蚂蚁洞口时,看见一股更粗的黄泉水正从洞口涌出来,沿我撒的那一溜黄色麸皮浩浩荡荡地朝李家墙根奔流而去。

我转身进屋拿了把铁锨,当我觉得洞里的蚂蚁已出来得差不多,大部分蚂蚁已经绕过柴垛快走到李家墙根了,我便果断地动手,在蚂蚁的来路上挖了一个一米多长、二十厘米宽的深槽子。我刚挖好,一大群嘴里衔着麸皮的蚂蚁已翻过那个大坑涌到跟前,看见断了的路都慌乱起来。有几个,像试探着要跳过来,结果掉进沟里,摔得好一阵才爬起来,叼起麸皮又要沿沟壁爬上来,那是不可能的,我挖的沟槽下边宽上边窄,蚂蚁爬不了多高就会掉下去。

而在另一边,迟缓赶来的一小部分蚂蚁也涌到沟沿上,两伙蚂蚁隔着沟相互挥手、跳蹦子。

怎么啦。

怎么回事。

我好像听见它们喊叫。

我知道蚂蚁是聪明动物。慌乱一阵后就会自动安静下来,处理好遇到的麻烦事情。以它们的聪明,肯定会想到在这堆麸皮下面重打一个洞,筑一个新窝,窝里造一个能盛下这堆麸皮的大粮仓。因为回去的路已经断了,况且家又那么远,回家的时间足够建一个新家了。就像我们村有几户人,在野地打了粮食,懒得拉回来,就盖一间房子,住下来就地吃掉。李家墙根的地不太硬,打起洞来也不费劲。

着,我知道实在活不下去了,树就会死掉。死掉是树最后的一种活法。

我经常去东边河湾里那棵大榆树下玩,它是我的树,尽管我没用布条和绳头拴它。树的半腰处有一根和地平行的横枝,直直地指着村子。那次我在河湾放牛,爬到树上玩,大中午牛吃饱了卧在树下刍草。我脸贴着树皮,顺着那个横枝望过去,竟端端地望见我们家房顶的烟囱和滚滚涌出的一股子炊烟。

以后我在河湾放牛经常爬在那个枝杈上望。整个晌午我们家烟囱孤零零的,像一截枯树桩。这时家里没人,院门朝外扣着。到了中午烟囱会冒一阵子烟,那时家里人大都回去了,院子里很热闹,鸡和猪吵叫着要食吃,狗也围着人转,眼睛盯着锅和碗。烟熄时家里人开始吃饭。我带着水壶和馍馍,一直到天黑才赶牛回去。

夜里我常看见那棵树,一闭眼它就会出现,样子怪怪地黑站在河湾,一只手臂直端端指着我们家房子——看,就是那户人家,房顶上码着木头的那户人。它在指给谁看。谁一直在看着我们家,看见什么了。我独自地害怕着。

那根枝杈后来被张耘家砍走了,担在他们家羊圈棚上,头南梢北做了橡子。他们砍它时我正在河湾边的胡麻地割草,听见"腾腾"的砍树声,我提着镰刀站在埂子上,看见那棵树下停着牛车,一个人站在车上。看不清树上抡着斧头的那个人。

我想跑过去,却挪不动脚步。像一棵树一样呆立在那里。

我是那棵树(我已经是那棵树),我会看见我朝西的那个枝杈,正被砍断,我会疼痛得叫出声,浑身颤动,我会绝望地看着它掉落地上,被人抬上车拉走。

从此我会一年一年地,望着西边那个村子。

我再没有一根伸向西边的树枝。

树会记住许多事

如果我们忘了在这地方生活了多少年,只要锯开一棵树,院墙角上或房后面那几棵都行,数数上面的圈就大致清楚了。

树会记住许多事。

其他东西也记事,却不可靠。譬如路,会丢掉人的脚印,会分叉,把人引向歧途。人本身又会遗忘许多人和事。当人真的遗忘了那些人和事,人能去问谁呢?

问风。

风从不记得那年秋天顺风走远的那个人。也不会在意它刮到天上飘远的一块红头巾,最后落到哪里。风在哪停住哪就会落下一堆东西。我们丢掉找不见的东西,大都让风挪移了位置。有些多少年后被另一场相反的风刮回来,面目全非躺在墙根,像做了一场梦。有些在昏天暗地的大风中飘过村子,越走越远,再也回不到村里。

树从不胡乱走动。几十年、上百年前的那棵榆树,还在老地方站着。我们走了又回来。担心墙会倒塌、房顶被风掀翻卷走、人和牲畜四散迷失,我们把家安在大树底下,房前屋后栽许多树让它快快长大。

树是一场朝天刮的风。刮得慢极了。能看见那些枝叶挨挨挤挤向天上涌,都踏出了路,走出了各种声音。在人的一辈子里,能看见一场风刮到头,停住。像一辆奔跑的马车,甩掉轮子,车体散架,货物坠落一地,最后马扑倒在尘土里,伸脖子喘几口粗气,然后死去。谁也看不见马车夫在哪里。

风刮到头是一场风的空。

树在天地间丢了东西。

哥,你到地下去找,我向天上找。

树的根和干朝相反方向走了,它们分手的地方坐着我们一家人。父亲背靠树干,母亲坐在小板凳上,儿女们蹲在地上或木头上。刚吃过饭。还要喝一碗水。水喝完还要再坐一阵。院门半开着,看见路上过来过去几个人、几头牛。也不知树根在地下找到什么。我们天天往树上看,似乎看见那些忙碌的枝枝叶叶没找见什么。

找到了它就会喊,把走远的树根喊回来。

爹,你到土里去找,我们在地上找。

我们家要是一棵树,先父下葬时我就可以说这句话了。我们也会像一棵树一样,伸出所有的枝枝叶叶去找,伸到空中一把一把抓那些多得没人要的阳光和雨,捉那些闲得打盹的云,还有鸟叫和虫鸣,抓回来再一把一把扔掉。不是我要找的,不是的。

我们找到天空就喊你,父亲。找到一滴水一束阳光就叫你,父亲。我们要找什么。

多少年之后我才知道,我们真正要找的,再也找不回来的,是此时此刻的全部生活。它消失了,又正在被遗忘。

那根躺在墙根的干木头是否已将它昔年的繁枝茂叶全部遗忘。我走了,我会记起一生中更加细微的生活情景,我会找到早年落到地上没看见的一根针,记起早年贪玩没留意的半句话、一个眼神。当我回过头去,我对生存便有了更加细微的热爱与耐心。

如果我忘了些什么,匆忙中疏忽了曾经落在头顶的一滴雨、掠过耳畔的一缕风,院子里那棵老榆树就会提醒我。有一棵大榆树靠在背上(就像父亲那时靠着它一样),天地间还有哪些事情想不清楚呢?

我八岁那年,母亲随手挂在树枝上的一个筐,已经随树长得够不着。我十一岁那年秋天,父亲从地里捡回一捆麦子,放在地上怕鸡叨吃,就顺手夹在树杈上,这个树杈也已将那捆麦子举过房顶,举到了半空中。这期间我们似乎远离了生活,再没顾上拿下那个筐,取下那捆麦子。它一年一年缓缓升向天空的时候我们似乎从没看见。

现在那捆原本金黄的麦子已经发灰,麦穗早被鸟啄空。那个筐里或许盛着半筐干红辣皮、几个苞谷棒子,筐沿满是斑白鸟粪,估计里面早已空空的了。

我们竟然有过这样富裕漫长的年月,让一棵树举着沉甸甸的一捆麦子和半筐干红辣皮,一直举过房顶,举到半空喂鸟吃。

"我们早就富裕得把好东西往天上扔了。"

许多年后的一个早春。午后,树还没长出叶子。我们一家人坐在树下喝苞谷糊糊。白面在一个月前就吃完了。苞谷面也余下不多,下午饭只能喝点糊糊。喝完了碗还端着,要愣愣地坐好一会儿,似乎饭没吃完,还应该再吃点什么,却什么都没有了。一家人像在想着什么,又像啥都不想,脑子空空地呆坐着。

大哥仰着头,说了一句话。

我们全仰起头,这才看见夹在树杈上的一捆麦子和挂在树枝上的那个筐。

如果树也忘了那些事,它早早地变成了一根干木头。

"回来吧,别找了,啥都没有。"

树根在地下喊那些枝和叶子。它们听见了,就往回走。先是叶子,一年一年地往回赶,叶子全走光了,枝杈便枯站在那里,像一截没人走的路。枝杈也站不了多久。人不会让一棵死树长时间站在那里。它早站累了,把它放倒,可它已经躺不平,身躯弯扭得只适合立在空气中。我们怕它滚动,一头垫半截土块,中间也用土块堰住。等过段时间,消闲了再把树根挖出来,和躯干放在一起,如果它们有话要说,日子长着呢。一根木头随便往哪一扔就是几十年光景。这期间我们会看见木头张开许多口子,离近了能听见木头开口的声音。木头开一次口,说一句话。等到全身开满口子,木头就没话可说了。我们过去踢一脚,敲两下,声音空空的。根也好,干也罢,里面都没啥东西了。即便无话可说,也得面对面待着。一个榆木疙瘩,一截歪扭树干,除非修整院子时会动一动。也许还会绕过去。谁会管它呢。在它身下是厚厚的这个秋天、很多个秋天的叶子。在它旁边是我们一家人、牲畜。或许已经是另一户人。

我认识那根木头

也是沉闷的一声,在几年后一个阴雨绵绵的夜里,惊动了村子。

土地被同一件东西又震动了一次。

紧接着细密的雨声中传来一个女人尖厉的哭喊。

"快,醒醒,出事了。"

是母亲的声音。她在喊父亲。父亲嗯了一声,哭喊声又一次传进屋子。

这个夜里我知道土炕上还有一个人没有睡着。她是我母亲。我不知道她为什么事在半夜里醒着。她也许同样不知道她的十二岁的儿子,在这张大土炕上已清醒地躺过了多少个寂寞长夜,炕上的一切声音都被他听到了。

父亲折腾了一阵,穿好衣服出去了。我听见他关门的声音,脚在雨地里吧嗒吧嗒踩过窗根的声音。

狗出来叫了两声,又钻回窝里了。狗的叫声湿淋淋的,好像满嘴雨水。

我悄悄爬起来,套上衣服,黑摸着下了炕,找到鞋穿上。刚迈出一步,母亲说话了。

"你不好好睡觉干啥去。"

我没吭声,轻轻拉开门,侧身出去。

"快回来。"

母亲压低嗓门的叫喊传到耳朵里时,我已经走到门外窗户边,从屋檐上淌下来的雨水噼噼啪啪响。

我在门楼下站了会儿,雨越下越大。路上黑黑的,父亲已经走得不见。我正犹豫着去还是不去,又一声尖叫喊破夜空。

"救人啦。"

我像被喊叫声拉扯了一把,一头钻进雨中猛跑起来。

人们把雨忘记了。雨啥时候停了都没觉着。地上满是泥水,乱糟糟的。

村子渐渐浮现出来,先是房子、树,接着是人。黑夜像水一样一层一层渗到了土地里。这个过程人没有注意。人们突然发现天亮了。睁大眼朝周围看,这才看清刚才从倒塌的房子里挖出来的一家人,全光光地站在泥水地里,男人女人,一丝不挂地站着。刚刚过去的一阵慌忙让人把啥都忘了。

我跑来时这里像有很多人,雨哗哗地往下泻,啥也看不清。只听见一个女人不住地哭叫:"全埋在里面了。""全埋在里面了。"感觉有许多人围着倒塌的房子,乱哄哄的。

"这么长时间了,压不死也早捂死了。"

"里面都没有声,肯定不在了。"

"你们都傻站着干啥,赶快挖呀。"是另一个女人的喊声。人们像突然醒过来,一齐拥向倒塌的房子。啥也看不见,用手摸着扒拉,摸到啥搬啥,土块、椽子、土块。有人端来一盏油灯,亮了几下,被雨浇灭了。

我弓着腰挤在他们中间,用手在一堆东西上摸,摸到一个椽头,拉了几下,没拉动。又往上摸。"檩子。檩子。"我喊了两声,好多人拥过来。

天亮后人们才看清,房子倒了三堵墙,前后墙和一堵边墙。那根歪扭的榆木檩子救了一家人的命。也是那根歪檩条压塌了房子,它太粗太重了。幸亏塌落下来时,一家三口正好睡在檩子的弯弓处,女人先被惊醒,她身子小,扒开土块,从一个椽缝里钻了出来。

"我认识那根檩子,是河湾里长的那棵歪榆树。"要离开时我悄悄对父亲说。

"再别胡说。"父亲压低嗓子呵斥我,"皮都剥光了,你咋能认出就是那棵树。"

"剥再光我都能认出来。就是那棵榆树。不信抬到河湾里对对茬子,树根还在呢。"

"再胡说我扇你。"父亲一把抓住我,一脚水一脚泥地回来了。

五年前一个刮风的夜晚,我听见一件东西碰响大地,声音沉闷而有力,我的心猛地一震。外面狗没叫。也没人惊醒。想出去看看,又有点怕。

躺到半夜时就觉得要出事情。怎么也睡不着。那时风刚刚吹起来,很虚弱,听到风翻过西边沙梁的喘息,像一个软腿人面对长路。当它终于穿过沙梁下的苞米地走进村子,微弱得推不动草屑树叶。后面更强劲的风已在远处形成,能听见天边云翻身的声音,草木朝这边哈腰点头的声音,尘土走向天空的声音。过了好一阵,那场大风到达村子。它呼呼啸啸地漫卷过西边那片无边大地时,我能清晰地感觉到它经过的荒野、山岭、沙漠和大小村落的形状。我在一阵一阵的风声里抵达我没到过的遥远天地。

我在黄沙梁见过两种风,一种从地上往天上刮。风在地上成了形,借着地力朝上飞升,先蹿上房顶,再一纵到了树梢。那时树会不住地摇动,想把风摇下来。如果天空有鸟群,风会踩着鸟翅迅速上升。然后风爬上最低的云,可以看到云块倾斜,然后跌跌撞撞,不一会儿工夫,整个天空的云都动起来。

　　风上升时带着地上的许多东西,草屑、叶子、纸、布片、帽子、头发、尘土、毛……风每次把它们带到半天空,悬浮一阵又落下来。不知风不要它们了还是它们觉得再往上走不踏实。反正,最后它们全落回大地。风空空上行,在最高的天空里没有黄沙梁的一粒土一片叶子。

　　另一种风从高空往下掼。我们都不熟悉这种风。一开始天上乱云翻滚,听到云碰撞云的声音,噼噼啪啪,像屋顶断塌。地上安安静静的。人往屋里收东西,地里的人扛起农具往回走。云在我们村子上头闹事情。有时候云闹腾一阵散了。有时云会越压越低,突然落下一场风,那时可以听见地腾的一声,好像天扇了地一巴掌。人变得急匆匆,关窗户,关门。往回赶的人,全侧着身,每人肩上像扛着很粗的一股子风,摇摇晃晃走不稳。

　　那声沉闷巨响是地传过来的。它在空气中的声响被风刮跑,没有传进村子。

　　那时大风正吹刮我们家院门。哐当、哐当的几声之后,听见顶门木棍倒地的声音、脸盆摔下锅台的声音,有东西滚过房顶、棚顶干草被撕走的声音、树叶撞到墙上的声音、双扇院门一开一合翅膀一般猛烈扇动……我又一次感觉到这个院子要飞升。同时感到地下也在刮风,更黑、更猛,朝着相反的方向。

　　第二天早晨,听人说河湾那棵大榆树被人偷砍了。我爬上房顶,看见空荡荡的河湾,再没有一棵树。

老根底子

　　李家门前只有不成行的几棵白杨树，细细的，没几个枝叶，连麻雀都不愿落脚。尤其大一点的鸟，或许看都不会看他们家一眼，直端端飞过来，落到我们家树上。

　　像鹞鹰、喜鹊、猫头鹰这些大鸟，大都住在村外的野滩里，有时飞到村子上头转几圈，大叫几声，往哪棵树上落不往哪棵树上落，都是看人家的。它不会随便落到一棵树上，一般都选上了年纪的老榆树落脚。老榆树大都长在几个老户人家的院子里。邱老二家、张保福家、王多家和我们家树上，就经常落大鸟。李家树上从没有这种福气，连鸟都知道那几棵小树底下的人家是新来的，不可靠。

　　一户人家新到一个地方，谁都不清楚他会干出些啥事。老鼠都不太敢进新来人家的房子。蚂蚁得三年后才敢把家搬到新来人家的墙根，再过三年才敢把洞打进新来人家的房子。鸟在天空把啥事都看得清楚，院子里的鸡、鸡窝、狗洞、屋檐下的燕子窠、檐上的鸽子。鸟会想，能让这么多动物和睦共居的家园，肯定也会让一只过路的鸟安安心心歇会儿脚。在大树顶上，大鸟看见很多年前另一只大鸟压弯的枝，另一只大鸟踩伤的一块树皮。一棵被大鸟踩弯树头的榆树，最后可能比任何一棵树都长得高大结实。

　　我们家是黄沙梁有数的几家老户之一，尽管我们来的时间不算长，但后父他们家在这里生活了好几辈人，老庄子住旧了又搬到新庄子。新庄子又快住旧了。在这片荒野上人们已经住旧了两个庄子，像穿破的两只鞋，一只扔在西边的沙沟梁，一只扔在更西边的河湾里。人们住旧一个庄子便往前移一两里，盖起一个新庄子。地大得很，谁都不愿在老地方再盖新房子。房子住破时，路也走坏了，井也喝枯了，地毁得坑坑洼洼，人也死了一大茬，总之，都可以扔掉了。往前走一两里，对一个村庄来说，只是迈了一小步。

有些东西却会留下来，一些留在人的记忆里，更多的留在木头、土块、车辕、筐子、麻袋及一截皮绳上。这些东西十分齐全地放在老户人家的院子里。新来的人家顶多有两把新锨，和一把别人扔掉的破锄头，锄刃上的豁口跟他没一点关系，锄背上的那个裂缝也不认识他。用旧一样东西得好几年的时间。尤其一个院子，它像扔一把旧锄头或一截破草绳一样，扔掉好几辈人，才能轮到人抛弃它。

老户人家都有许多扔不掉的老东西。

老户人家的柴垛底下压着几十年前的老柴火，或上百年前的一截歪榆木。全朽了，没用了。这叫柴垛底子。有了它新垛的柴火才不会潮，不会朽掉。

老户人家粮仓里能挖出上辈人吃剩的面和米。老户人家有几头老牲口，牙豁了，腿有点儿瘸，干活慢腾腾的，却再没人抽它鞭子。

老户人家羊圈底下都有几米厚的一层肥土。那是几十年上百年的羊粪尿浸泡出来的，挖出来比羊粪还值钱，却从不挖出来，肥肥地放着——除非万不得已。那就叫老根底子。

在黄沙梁我们接着后父家的茬往下生活，那是我们的老根底子。在东刮西刮的风和明明暗暗的日月中，我们看见他们上辈人留下的茬头，像一根断开长绳的一头找到了另一头。我们握住他们从黑暗中伸过来的手,接住他们从地底下喘上来的气,从满院子的旧东西中我们找到自己的新生活。他们握那把锨,使那架犁时的感觉又渐渐地、全部地回到我们手里。这些全新的旧日子让我们觉得生活几乎能够完整地、没有尽头地过下去。

一个长梦

在黄沙梁,羊的数量是人的三倍或五倍。牛比人少,有人的三分之一。要按腿算,人腿和狗腿则相差不了几条。一个村庄哪种动物最多在午后看地上的蹄印脚印便一清二楚。

一般时候,出门碰见两头猪遇到一个人,闻五句驴叫听见一句人声。望穿一群羊,望见一个人。绕过四五垛柴草,看见一两个人——我在一垛麦草后面看见两个抱在一起的人,脸挨脸肚子贴着肚子,像在玩一个好玩极了的游戏。

谁要问我沙沟沿上谁谁家的人长啥模样,一时半会儿,我可能真说不出。若提起他家的黄狗黑母牛,我立马就能说出它们的毛色、望人望其他东西时的眼神、走路和跑起来的架势,连前腿内侧的一小撮杂毛、后蹄盖一个缺口我都记得清清楚楚。

我记住了太多的牲畜和其他东西,记住很少一些人。他们远远地躲在那些事物后面——人跟在一车草后面,蹲在半堵墙后面,随在尘土飞扬的一群牛后面,站在金黄一片的麦田那边,出现又消失,隐隐约约,很少有人走到跟前,像一只鸡、一条狗那样近地让我看清和认识他们。

树又高又显,草、庄稼遍野遍滩,狗和驴高声叫喊,随地大小便。人低着头,躬着身,小声碎步地活在中间。好几年,我能听见王占元的一两声叫喊,他被什么东西整急了,低哑地叫唤两声,便又听不见。好几个月,我能碰见一次陈有根,他还是那张愁巴巴的脸,肩上扛着锨,手里提一把镰刀,腰绑一根绳,从渠沿下来,一转眼消失在几堵破墙后面,再看不见。

我想起一件东西时,偶尔想起一个人,已经叫不上名字,衣着和相貌也都模糊,只记得是黄沙梁村人,住在北边一间矮土房里。常牵一头秃角白母牛下地。在我熟悉的那堵有一条大斜缝的土墙根坐过一个下午。领一条我认识的黑狗,公的,杂毛,跟我们家黑母狗有过一次恋情。是在我们家房后面的路上,两条狗纠缠在一起,杂毛公狗一会儿亲我们家黑狗的嘴、脖子,一会儿伸长舌头舔黑狗的屁股。我以为它们闹着玩,过了会儿,杂毛公狗的东西伸了出来,红兮兮的一长截子,滴着水。黑母狗也翘起了尾巴,水门亮汪汪的。我知道它们要干事,赶紧捡块土块跑过去打开杂毛公狗。我不喜欢杂毛,我喜欢纯黑色的狗。我一直想让沙沟沿张户家的大黑狗配我们家母狗,可是两条狗见了面互不理识,好像前世有仇。

杂毛公狗吟叫着边跑边回头。黑母狗跟着它跑,我叫了两声,叫不回来。它们跑过大渠沿不见了。我追到渠沿上,只看见那边一片苞谷地哗哗地响动。几个月后,黑狗生了窝小狗,八只,一半是杂毛。我不喜欢,没等出月便把四只小杂毛偷偷抱出去,送到西边的闸板口村了。那时小狗还没睁开眼睛。它不知道自己生在哪里,长大了也不会再找回来。

鸡算最多的了,在黄沙梁,除了蚂蚁,遍地都是鸡。每家都养几十上百只。而且,鸡不住下蛋,蛋又不住地孵出鸡。

鸡这种小东西很难有个准确数目。它到处跑、到处钻。谁都不敢肯定地说他家有多少只鸡,就像不敢肯定他家门前树上有多少只鸟,屋里有多少只老鼠一样。

数鸡的方法很简单,往院子里撒一把苞谷粒,学着鸡嗓子"咯咯"尖叫几声,鸡便争先恐后从角角落落跑出来,拥在一起争食吃。

看见牛还扭头望着我,像在对我说前面什么都没有。

果真没有。

我抱着那几棵柴返回时,牛已下了趟河湾,饮了一肚子水上来,站在一个开满鼠洞的土堆上,两眼茫茫地朝远处望。

我站在它身后面望。

我记住了那个下午。一直记着。记住缓缓西斜的落日,它像个宰羊的,从我身上剥下一层皮,扔到地上,我感到了疼,可惜地看着自己的阴影被越扯越长,后来就没感觉。天上一片昏黄。全是沙土。风突然停住。那些尘土犹犹豫豫,不知道该落下来还是继续朝远处飘移。我恍恍惚惚地站着,仿佛自己刚落下来,挨着地,又倏地要飘起。

多少年后我想起的,是这样一件事。我回来,门口一片潮湿。全是水迹,我探进头,里面充满难闻的刺鼻气味。我不知道发生了什么。门口深陷着几个巨大蹄印。我小声地叫喊着,里面又黑又滑。几块泥土塌落下来,几乎把路堵死。我边叫边朝深处走。没有一声回应。仓房空荡荡的,望不到另一头。以前作为作坊的那片空地上,扔着几片发黄的麦壳。我爬在那个垂直洞口往下看。啥也看不见。我记得收获季节,剥削干净的麦粒就从这个洞口垂落到底仓。我退回来,从一个拐角处往下走,险些滑倒,脚紧抓着地,几块土从我前面滚落下去,过了好一阵,滚到底了,再没声音。我小心地往下走,拐了一个弯,又拐了一个,然后往下滑了几步,一切都看清楚了,它们全躺在那里,有几十个,或许更多,浑身湿漉漉,每个嘴边堆放着两粒麦子,已经泡得发胀,像很快会发出芽子。

我是怎样记住了这些,用谁的眼睛看见这一切。仿佛我是那一窝里的一个,事情发生时我出去晒太阳了。春天的荒野上找不到一点吃食。走好远才是去年的麦地。去年,我们在麦地边的家已成废墟。他们挖开洞,取走麦子、麦穗,还有干干净净的麦粒。远远地我们围成一圈,跳着哭喊着看他们拿走麦子。有几个不想活,头夹在枝杈上吊死了。我们收拾残余的麦粒,也是这时候,天快黑,我们一长队,带着劫剩的麦粒远远地走了。我再不敢朝那边去,从麦地到荒野,我们留下一条路,是要记住再不朝那边去。我绕到河边,爬到一个小土堆上,抬起前肢踮着脚尖望了望河对岸。那片从没去过的荒野仿佛是另一处家园。我曾站在那个青褐色的土堆上久久久久地望过这边?我曾在土堆旁那墩灰色的矮蒿下生活过多年?

等我回来,一切都结束了。

他们分食最后的麦粒,分给我两粒或三粒。叫我的名字。没有回应。又叫一声。里面一片寂静,所有声音都停住,等候一个声音。

没叫第三声。把分给我的麦粒堆放到一边,接着往下分。一个跟着一个,嘴对着屁股。你踩住我的尾巴了。偶尔谁说一句。分完了,每个嘴边抱两粒麦子,都不吃,前爪伏地围成一圈,眼睛骨碌碌相互看。

分给我的那两粒孤孤地堆在中间。

屋顶在这时候震动起来,使劲往下落土。他们不敢动,围成一团躲在最里面,不知道外面发生的事情——一头牛站在土堆上,肚子里全是水,哗啦啦响。它不知道土堆里面有一户老鼠。它昂着头,想看见春天多远。

一个人站在它后面,也在看。

十多天后,那头牛也死了。被青草胀死的。它在荒野中睡着,不知睡了多久,等它醒来,整个荒野被绿草覆盖。它以为在梦中,哞了一声,又哞一声。它没听见自己的叫声。其实它已经羸弱得叫不出一点声音。

　　它扭过头，无力地吃了几口草，突然有了精神，摇晃着站起来，嘴抵着草地一顿猛吃。吃饱了又下到河里饮了一顿水。它忘记了这是春天的绿草，枝枝叶叶都蓄满了长势。吃饱了这种草千万不能饮水的。那些青草在牛的肚子里又长了一大截子，牛便撑死了。

　　那年春天，这头牛瘦弱得没力气拉车耕地，王占元家又没草料喂它，便赶牛出圈，让它自己找生路。

　　牛的尸骨堆在荒野里，一天天腐烂掉。先是内脏、肉，最后是皮。许多年后我经过荒野——我成为一只鸟、一只老鼠、一片草叶、一粒尘土经过这里，还看见那些粗大的牛骨，一节一节散扔着，头不认识脖子，后腿不记得前腿，肋骨将脊梁骨忘在一边。曾经让它们活生生连在一起，组成跑、奔、喜怒和纵情的那个东西消失了，像一场风刮过去。突然停住。

　　我目睹许许多多的死。他们结束掉自己。

　　我还没看见自己的死。从那个春天的道路一直走下去，我就会看见自己的死。那将很远。得走很长一阵子。到达之前我会看见更多的死。我或许仍不会习惯。

　　当我渐渐地接近它时，我依旧怀着无限的惊恐与新奇。就像第一次接近爱情。

　　死亡是我最后的情人，在我刚出生时，她便向我张开了臂膀。最后她拥抱住的，将是我一生的快乐、幸福。还有惊恐、无助。

高　处

　　房子很高，木梯也不结实。我独自爬上房顶往下搬东西。都是些没用的东西，因为没用被放到了高处，多少年房子承受它们，现在快塌了。房顶到处是窟窿，墙上也布满大大小小的裂缝。我一件一件往下扔。开始扔一些小东西，后来扔大东西，它们坠地的声音越来越大，在村子里引起接连不断的巨大回声。我被镇住了，站在房上呆呆地不敢动。村子里空荡荡的，又刮起了风，树上没一片叶子，天空也没一点东西飘飞。突然又剩下我一个人。梯子趴在墙上，短了半截子，我一下害怕起来，想喊，又不敢叫出声——在元兴宫村母亲让我站在房上看父亲回来没有的那个晚上也是这种感觉。我挪动了两步，房顶嘎巴巴响。我俯下身，爬在一个窟窿上朝里面望，看见家里人全在屋子里，好像刚吃过饭。屋子里很暗，却一切都能看见。父亲斜躺在炕里边抽烟。母亲坐在炕沿纳鞋底，饭桌上堆满空碗，人都没散，静悄悄地围坐在桌子边，大哥、三弟、四弟、梅子，我看见坐在他们中间的我，戴一顶旧黄帽子，又瘦又小，愣愣地想着事情，突然仰起头，惊讶地看着屋顶窟窿上望着自己的一张脸。

谁惊扰了我

谁惊扰了我的生长。那时候,我或许会长出更粗壮的枝,生出更多叶子。我或许会朝着夕阳里一只蜻蜓飞去的方向,一直地生活下去。跟一匹逃跑的马去了我不知道的遥远天地,多少年后把骨头和皮还回到村子。或许像一汪水,在某个中午的阳光中,静悄悄地蒸散,变成一朵云在村子上空游来飘去。只有我知道我还在这里。

多少年前,我埋首在这个村庄的土路上慢悠悠走动的时候,心里藏着一个美好去处。尽管我知道这条土路永远通不到那里,但我一直都朝着那个去处不停地迈动脚步:我放牛去野滩的路,上河湾背柴的路,一早扛锨出去傍晚挟一捆青草回来的路,上房顶扒草垛的路,全朝着一个方向。在这块小小的土地上,我来去往返地走了太多的回头路。那时没有人能告诉我,当我这样走到五十岁时,是否离我的目标更近一些呢。

——谁在那时候从背后"呔"地大喝一声,我猛一抬头,一切都停顿了,消散了。我回过神再走时,已经找不见那个去处。生活变得实际而具体。等候我的是一些永远明摆的活:赶车、收麦子、劈柴、上河湾割草……

谁的惊扰使我生长成现在这个样子。

或许从来没有。

我沿那条布满阴影的村巷奔跑时,追赶我的只是一场漆黑的大风。让我从村东游逛到村西的,只是和我一样慢悠悠移动的闲淡光阴。我偶尔仰起头,只为云朵和鸟群。我身体里的阵阵激动,是远胜于这个村庄的——另一个村庄的马嘶驴鸣。

我受的教育

黄沙梁,我会慢慢悟知你对我的全部教育。这一生中,我最应该把那条老死窝中的黑狗称师傅。将那只爱藏蛋的母鸡叫老师。它们教给我的,到现在我才用了十分之一。

如果再有一次机会出生,让我在一根木头旁待二十年,我同样会知道世间的一切道理。这里的每一件事物都蕴含了全部。

一头温顺卖力的老牛教会谁容忍。一头犟牛身上的累累鞭痕让谁体悟到不顺从者的罹难和苦痛。树上的鸟也许养育了叽叽喳喳的多舌女人。卧在墙根的猪可能教会了闲懒男人。而遍野荒草年复一年荣枯了谁的心境。一棵墙角土缝里的小草单独地教育了哪一个人。天上流云东来西去带走谁的心。东荡西荡的风孕育了谁的性情。起伏向远的沙梁造就了谁的胸襟。谁在一声虫鸣里醒来,一声狗吠中睡去。一片叶子落下谁的一生。一粒尘土飘起谁的一世。

谁收割了黄沙梁后一百年里的所有收成,留下空荡荡的年月等人们走去。

最终是那个站在自家草垛粪堆上眺望晚归牛羊的孩子,看到了整个的人生世界。那些一开始就站在高处看世界的人,到头来只看见一些人和一些牲口。

韩老二的死

"你们都活得好好的,让我一个人死。我害怕。"

屋子里站着许多人,大多是韩老二的儿女和亲戚。我揉了揉眼睛,才看清躺在炕上的韩老二,只看见半边脸和头顶。他们围着他,脖子长长的伸到脸上望着他。

"好多人都死了,他二叔,他们在等你呢。死不是你一个人的事情。我们迟早也会死。"

说话的人是冯三。谁家死人前都叫他去。他能说通那些不愿死的人痛痛快快去死。

"……韩富贵、马大、张铁匠都死掉了。他二叔,你想通点,先走一步,给后面的人领个路。我们跟着你,少则一二十年,多则四五十年,现在活着的一村庄人,都会跟着你去。"

天暗得很快。我来时还亮亮的,虽然没看见太阳,但我知道它在那堵墙后悬着,只要跳个蹦子我就能看见。

母亲塞给我一包衣服让我赶快送到韩老二家去。早晨他老婆拿来一卷黑布,说韩老二不行了,让母亲帮忙赶缝一套老衣。那布比我们家黑鸡还黑,人要穿上这么黑一套衣服,就是彻头彻尾的黑夜了。

进门时我看见漆成大红的棺材摆在院子,用两个条凳撑着,像一辆等待客人的车。他们接过我拿来的老衣,进到另一个房子,像是怕让老人看见。人都轻手轻脚走动,像飘浮在空气里。

"都躺倒五天了，不肯闭眼。"一个女人小声地说了一句，我转过头，屋里暗得看不清人脸，却没人点灯。

"冯三，你打发走了那么多人，你说实话，都把他们打发到哪去了。"我正要出去，又听见韩老二有气无力的说话声。

"他们都在天上等你呢，他二叔。"

"天那么大，我到哪去找他们。他们到哪找我。"

"到了天上你便全知道了。你要放下心，先去的人，早在天上盖好了房子，你没见过的房子，能盛下所有人的房子。"

"我咋不相信呢，冯三。要有，按说我应该能看见了。我都迈进去一只脚了，昨天下午，也是这个光景，我觉得就要走进去了，我探进头里面黑黑的，咋没你们说的那些东西，我又赶紧缩头回来了。"

"那是一个过道，他二叔，你并没有真正进去。你闭眼那一瞬看见的，是一片阳间的黑，它会妨碍你一会儿，你要挺住。"

"我一直在挺住，不让自己进去。我知道挺不了多大一会儿。忙乎了一辈子，现在要死了，才知道没准备好。"

"这不用准备，他二叔，走的时候，路就出现了。宽展展的路，等着你走呢。"

我看见韩老二的头动了一下，朝一边偏过去，像要摇头，却没摇过来。

"都先忍着点，已经闭眼了。"冯三压低嗓子说，"等眼睛闭瓷实了再哭，别把上路的人再哭喊回来。"

外面全黑了。屋子里突然响起一片哭喊声。我出来的那一刻，感觉听到了人断气的声音，像一个叹息，一直地坠了下去，再没回来。

人全拥进屋子，院子里剩下我和那口棺材。路上也看不见人影。我想等一个向南走的人,跟在他后面回去。我不敢一个人上路,害怕碰见韩二叔。听说刚死掉的人,魂都在村子里到处乱转,一时半刻找不到上天的路。

我站了好一阵,看见一个黑影过来。听见四只脚走动,以为是两个人,近了发现是一头驴,韩三家的。我随在它后面往回走,走了一会儿,觉得后面有人跟着我,又不敢回头看,我紧走几步,想超到驴前面,驴却一阵小跑,离开了路,钻进那片满是骆驼刺的荒地。

我突然觉得路上空了。后面的脚步声也消失了,路宽展展的,我的脚在慌忙的奔跑中渐渐地离开了地。

你闭着眼走吧,他二叔。该走的时候,老的也走呢,小的也走呢。

黄泉路上无老少啊,他二叔。我们跟着你。

冯三举一根裹着白纸的高杆子,站在棺材前,他的任务是将死人的鬼魂引到墓地。天还灰蒙蒙的,太阳出来前必须走出村子。不然鬼魂会留在村里,闹得人畜不宁。鬼魂不会闲待在空气中,他要找一个身体作寄主,或者是人,或者是牲畜。鬼魂缠住谁,谁就会发疯、犯病。这时候,冯三就会拿一根发红的桃木棍去镇邪捉鬼。鬼魂都是晚上踩着夜色升天下地,天一亮,天和地就分开了。

双扇的院门打开了,他二叔。

儿孙亲戚全齐了,村里邻里都来了。

我们抬起你,这就上路。

冯三抑扬顿挫的吟诵像一首诗,我仿佛看见鬼魂顺着他的吟诵声一直上到天上去。我前走了几步,后面全是哭声。冯三要一直诵下去,我都会跟着那个声音飘去,不管天上地下。

把路让开啊,拉麦子的车。

拉粪的车,拉柴火和盐的车。

一个人要过去。

送丧的队伍经过谁家,谁家会出来一个人,随进人群里。队伍越走越长。

……和你打过架的王七在目送你呢,他二叔。

跟你好过的兰花婶背着墙根哭呢,他二叔。

拴在桩上的牛在望你呢,他二叔。

鸡站在墙角看你呢,他二叔。

你走到了阴凉处了,一棵树、两棵树、三棵树……排着长队送你呢。

你不会在棺材里偷着笑吧。

我们没死过,不知道死是咋回事。

你是长辈啊,我们跟着你。

走一趟我们就学会了,不管生还是死。

你的头已经出村了,他二叔。

你的脚正经过最后一户人家的房子。

我们喘口气换个肩膀再抬你,他二叔。

炊烟升起来了,那是上天的梯子。

你要趁着最早最有劲的那股子烟上去啊,他二叔。

冬衣夏衣都给你穿上了。

欠的债都清还了。

借出去的钱也都要回来了。

这里已经没你的事了。没你的事了,他二叔。

早去的人都在上面等你呢,赶紧上去,赶紧上去啊,他二叔。

已经没有路了,人群往坡上移动,灰蒿子正开着花,铃铛刺到了秋天才会丁零零摇响种子,几朵小兰花贴着地开着,我们就要走过,已经看见坡顶上的人,他们挖好坑在一边的土堆上坐着。

　　他们说你升天了,韩老二,他们骗你呢。你被放进一个坑里埋掉了。几年后我经过韩老二的坟墓,坐在上面休息,我自言自语说了一句。

村庄的头

黄沙梁,谁是你伸向天空的手——炊烟、树、那根直戳戳插在牛圈门口的榆木桩子,还是我们无意中踩起的一脚尘土。

谁是你永不挪动却转眼间走过许多年的那只脚——盖房子时垫进墙基的一堆沙石、密密麻麻扎入土地的根须、哪只羊的蹄子。或许它一直在用一只蚊子的细腿走路。一只蚂蚁的脚或许就是村庄的脚,它不住地走,还在原地。

谁是你默默注视的眼睛呢。

那些晃动在尘土中的驴的、马的、狗的、人和鸡的头颅中,哪一颗是你的头呢。

我一直觉得扔在我们家房后面那颗从来没人理识的榆木疙瘩,是这个村庄的头。它想了多少年事情。一只鸡站在上面打鸣又拉粪,一个人坐在上面说话又放屁,一头猪拱翻它,另一面朝天。一个村庄的头低埋在尘土中,想了多少年事情。

谁又是你高高在上的魂呢。

如果你仅仅是些破土房子、树、牲畜和人,如果你仅仅是一片含沙含碱的荒凉土地,如果你真的再没有别的,这么多年我为什么总忘不掉你呢。

为啥我非要回到你的旧屋檐下听风躲雨,坐在你的破墙根晒最后的日头呢。

别处的太阳难道不照我,别处的风难道不吹我的脸和衣服。

我为啥非要在你的坑洼路上把腿走老,在你弥漫尘土和麦香的空气中闭上眼,忘掉呼吸。

我很小的时候,从一棵草、一只鸡、一把铁锨、半碗米开始认识你。当我熟悉你所有的事物,我想看见另一种东西,它们指给我——那根拴牛的榆木桩一年一年地指着高处,炊烟一日一日地指向高处,所有草木都朝高处指。

我仰起头,看见的不再是以往空虚的天际。

走着走着剩下我一个人

开始天不很黑。我们五个人,模模糊糊向村北边走。我们去找两个藏起来的人。

天上滚动着巨石般的厚重云块。云块向东飘移,一会儿堵死一颗星星,一会儿又堵死几颗。我们每走几步天就更黑一层。

"我到渠沿后边去找,你们往前走。"

"曹家牛圈里好像有动静,我去看一下。"

我走在最前边。他们让我在前面走,直直盯着正前方。他们跟在后面,看左边和右边。

天又黑了一些,什么都看不清了。有一块云从天上掉下来,堵住了前面的路。刚才,他们说话的时候,我还看见村北头的缺口处,路从两院房子间穿过去,然后像树一样分叉,消失在荒野里。那时我想,我最多找到那个缺口处,不管找到找不到,我都回家睡觉去。

走着走着突然剩下我一个人。后面没脚步声了。我回头看了一眼,刚才说话的两个人,连影子都不见了,另外两个不知啥时候溜掉的。村子一下子没一丝动静和声音。我正犹豫着继续找呢,还是回去睡觉,也就一愣神的工夫,风突然从天上掼下来,轰的一声,整个地被风掀动,那些房子、圈棚、树和草垛在黑暗中被风刮着跑,一转眼,全不见了。沙土直眯眼睛,我感到我迷向了。风把东边刮到西边,把南边刮到北边,全刮乱了。

"方头。""韩四。"

我喊了几声。风把我的喊声刮回来,啪啪地扇到嘴上。我不敢再喊。天黑得什么都看不见。我甚至不知道村子到哪去了,路到哪去了。想听见一声狗吠驴鸣,却没有。除了风声什么都没有。大概狗嘴全让风堵住了。驴叫声被刮回到驴嘴里。

我们从天刚黑开始玩捉迷藏游戏。那时有十几个孩子,乱嘈嘈的一群在地上跑。天上一块一块的云向东边跑。我们都知道天上在刮风。这种风一般落不到地上,那是天上的事情,跟我们村子没关系。头顶的天空像是一条高远的路,正忙着往更高远处运送云、空气和沙尘。有时一片云破了,漏下一阵雨。也下不了多大一阵,便收住。若在白天,地上出现狗一样跑动的云影,迅速地掠过田野和房顶。在晚上天会更黑一层。我们都不大在意这种天气,该玩的玩,该出门的出门,以为它永远跟我们没关系。

可是这次却不同,好像天上的一座桥塌了。风裹着沙尘一头栽下来。我一下就被刮蒙了。像被卷进一股大旋风中心。以往也常在夜里走路,天再黑心里是亮堂的,知道家在哪、回家的路在哪。这次,仿佛风把心中那盏灯吹灭,天一下子黑到了心里。

我双手摸索着走了一会儿,听见那边风声很硬,像碰见了大东西,便小心地挪过去,摸到一堵土墙,不知是谁家的院墙,顺着墙根摸了大半圈,摸到一个小木门,被风刮得一开一合,我刚进去,听见门板在身后啪地合住。

在院子里走了几步,摸见一棵没皮的死树,碗口粗,前移两步,又摸到一棵,也光光的没皮。我停下来努力地回想着谁家院子里长着没皮的两棵树。我闭着眼想的时候,心里黑黑的,所有院子里的树都死了,没有皮。

再往前走几步,摸见房子,接着摸见了门。我在门口蹲下身,炕的一角悄悄躺下,这时我听见那场天上的大风,正呼啸着离开村子。那些疯狂摇动的树木就要停住,刮到天空的树叶就要落下来,从这个村庄,到整个大地,无边无际的尘埃,就要落下来了。

偷苞谷的贼

我跑去时天开始黑了,还刮着一股风。破墙圈上站着许多人,都是大人。我在村里听见这边噢噢乱叫,就跑来了。路上听人说抓住一个偷苞谷的贼,把腿打断了,圈在破牛圈里。喊叫声突然停住,墙圈上站着的那些人,像一些影子贴在灰暗的天幕上。

偷苞谷的贼蜷缩在一个墙角,一只腿半曲着,头耷拉在膝盖上,另一只腿平放在地,像在不住地抖。他的双手紧抱着头,我看不清他的脸,只感到他很壮实。

我找了个豁口,想爬到墙上去,爬了两下,没上去。这时天很快全黑了,墙圈上的人一个一个往下跳。我至今记得他们跳墙的动作,身子往下一弓,一纵,直直地落下来。

他们跳下来后,拍打着身上的土,一声不响从一个大豁口往外走。我看见墙上没人了,也赶紧跟着往外走。

"刘二,你把这个豁口守着,别让偷苞谷的贼跑了。"

喊我的人是杜锁娃的父亲。我常和他家锁娃一起玩。他们家住在沙沟沿上,和胡木家挨着。我还在他家吃过一次饭。我一直记着他对我说话的口气,不像对一个孩子,像是给一个大人安排一件事。我愣在那里。

见我站着不动,他三两步走过来,两只大手夹住我的腰,像拿一件小东西,很轻松地把我夹起来,放到那个豁口中间。

"这样,手伸开挡住,不能把贼放跑了。"

如果一堵老墙要倒了,墙身明显地西斜,谁都说这堵墙站不到明天了。人往墙根两米远处用黑灰溜一条线,站在线外边远远地看,没有谁会动手把它推倒。墙啥时候倒是墙的事情。墙直着身子站累了,想斜站一阵也不一定。即使墙真要倒了,一堵墙最后的挣扎和坚持我们也不得干涉。就像一个人快要死了,我们也只能静静站在旁边,等死亡按照它自己的时辰和方式缓缓降临。我们不能因为这个人反正要死了,推他一把,照头给一棒子。

　　我见过一堵向西斜的墙,硬是让西风顶住,不让它朝西倒下去。一棵朝东歪的树,东风硬把树头折卷向西,树身弯折了三次,最后累死了。西风和东风在大地上比本事。西风过来推倒一堵墙,刮歪几棵树。东风过去掀翻一座房顶,吹散几垛草。西风东风都没把这个村庄当一回事,我们也没当一回事。西风东风都刮过去了,黄沙梁变成了这个样子。我变成这个样子——每一棵树都是一场风,每一个人都是一场风,每堵墙都是一场风,每条狗每只蚂蚁都是一场风。在这一场场永远刮不出去、刮不到天上、无人经历的弱小微风中,有一场叫刘二的风,已经刮了三十多年了。